www.lenos.ch

Hanna Mina

Sonne an bewölktem Tag

Roman aus Syrien

Aus dem Arabischen
von Regina Karachouli

Mit einem Nachwort
von Hartmut Fähndrich

Lenos Verlag

Arabische Literatur im Lenos Verlag
Herausgegeben von Hartmut Fähndrich

Die Übersetzerin

Regina Karachouli, geboren 1941 in Zwickau. Studium der Arabistik und Kulturwissenschaften in Leipzig. Promotion über Dramatik und Theater in Syrien. Von 1975 bis 2002 Lehr- und Forschungstätigkeit am Orientalischen Institut der Universität Leipzig. Übersetzerin literarischer Werke aus dem Arabischen (u.a. von Sahar Khalifa, Hassouna Mosbahi, Sabri Mussa, Alifa Rifaat und Tajjib Salich).

Die Übersetzung aus dem Arabischen wurde unterstützt durch die Gesellschaft zur Förderung der Literatur aus Afrika, Asien und Lateinamerika e.V. in Zusammenarbeit mit der Schweizer Kulturstiftung Pro Helvetia.

Titel der arabischen Originalausgabe:
aš-Šams fî yaumin ghâ'im

Satz und Gestaltung: Lenos Verlag, Basel
Umschlag: Anne Hoffmann Graphic Design, Basel
Foto: Kurt-Michael Westermann
Printed in Germany
ISBN 3 85787 337 X

Sonne an bewölktem Tag

1

Als ich achtzehn war, betrieb ich die üblichen Hobbys. Jedes Instrument, das mir in die Hände fiel, ob Laute oder Geige, Busuki oder Rohrflöte, musste ich ausprobieren. Andere Burschen spielten ja auch, wenn sie um Mitternacht unter den Fenstern auf und ab flanierten. Ich wollte sogar Musiker werden. Tief in meinem Herzen drängte etwas nach Ausdruck, was ich mit Worten nicht sagen konnte.

Dass ich mich schliesslich für die Geige entschied, war purer Zufall. Eine Musikantentruppe, die unsere Küstenstadt besuchte, war bankrott gegangen. Das Publikum, alles Männer, hatte sich in zwei Lager geteilt. Die einen feuerten die Tänzerinnen an, die anderen pfiffen den Musikern Beifall. Der Tumult mündete in eine Saalschlacht, die mit Fäusten und Stühlen ausgetragen wurde. Die Truppe brach ihre Vorstellung ab. Die Musiker begriffen, dass die Zeit noch nicht reif war. Ohne Applaus und Pfiffe, Fussstampfen und Stockklopfen konnten diese Hinterwäldler kein Konzert geniessen. Für sie war ein Ensemble, in dem junge Mädchen auftraten, nichts weiter als eine Clique verkappter Zuhälter mit Fliege unterm Kinn. Sehr viel Zeit musste da noch vergehen, bis die Einwohner dieses Kaffs beim Anblick einer halbnackten Sängerin auf der Bühne die Nerven behalten würden.

Die Truppe, übrigens die erste, die sich bis in unsere Stadt vorwagte, erlebte ein materielles und moralisches Fiasko. Zunächst tröstete man sich, ein Opfer der Kunst zu sein. Doch bald nützte dieser Trost nichts mehr. Um die

Kosten für die billige Absteige, die Verpflegung und die Reise aufzubringen, musste die Truppe ihre Instrumente verkaufen. So kam ich zur Geige wie der Schreiner zum zertrümmerten Boot nach dem Sturm – für einen Spottpreis. Wie gewonnen, so zerronnen. Als ich wieder einmal pleite war, versetzte ich die Geige. Nicht weiter schlimm, ich gehörte zu den Betuchteren. Jeder junge Kerl erlebt so eine Panne nach einem kleinen Fehltritt oder dummen Streich. Nachdem ich von meinen Eltern Taschengeld bezogen hatte, kaufte ich die Geige zurück, diesmal allerdings zu einem saftigen Preis. Aber egal, ich wollte sie als Souvenir dieser Truppe behalten, die sich zugetraut hatte, uns ein Konzert zu geben.

Um es gleich von vornherein klarzustellen: Das Geigenspiel habe ich nicht gelernt, obwohl ich eine Zeitlang fleissig Unterricht nahm. Zum Glück fand einer meiner Lehrer heraus, dass es ganz sinnlos wäre, die Ausbildung fortzusetzen. Mein Gehör sei unmusikalisch und meine Ausdauer leider gleich Null. Zu allem sei ich geschaffen, sagte er, nur nicht zum Musiker. Ich liess mich gern überzeugen und versuchte etwas Neues.

Mit der Zeit entdeckte ich neben den beiden Fehlern, die der Musiklehrer in meiner Persönlichkeit aufgespürt hatte, eine ganze Reihe weiterer Mängel. Der schlimmste bestand darin, der unvernünftige Sohn einer sehr vernünftigen Familie zu sein. Ich war schusselig und unberechenbar. Ich hasste, was meine Eltern liebten. Ich wollte etwas und wusste nicht, was. In den Augen meines Vaters war ich ein Nichtsnutz, denn ich taugte nicht zu ernsthafter, gedeihlicher Arbeit wie der Verwaltung und Mehrung unserer Güter. Genau diese Aufgabe hatte er mir aber zugedacht, daran knüpfte er die grössten Hoffnungen.

Der Ehrlichkeit halber muss ich auch zugeben, dass ich schnell für eine Sache begeistert und ihrer ebenso schnell überdrüssig war. Das monotone Luxusleben meiner Familie schien mir unerträglich. Deshalb sahen sie in mir den missratenen Sohn. Obwohl ich in der Schule recht gut abschnitt, fehlte mir für meine Musikstunden einfach das Sitzfleisch. Unaufhörlich wechselte ich die Instrumente und die Lehrer. Wie es sich für einen Sprössling aus reichem Hause gehört, nahm ich zuerst Klavierunterricht bei einem Professor. Doch nicht lange, und ich brach die Ausbildung ab, das zweistündige Stillsitzen ging über meine Kräfte. Als nächstes schwärmte ich für die Flöte. Eines Tages hatte mir ein junger Soldat seine Flöte verkauft und versprochen, mich spielen zu lehren. Ich sah ihn nie wieder. Auf den Ratschlag eines alten Barbiers wechselte ich zur Laute, der Königin aller musikalischen Genüsse. Trotzdem habe ich nachher noch die Geige gekauft. Ein ältlicher Italiener, der auch meiner Cousine Notenunterricht gab, übernahm meine musikalische Ausbildung nach modernsten Prinzipien. Der Barbier mokierte sich allerdings und behauptete, ein besserer Lehrer zu sein als der »Makkaroni-Esser«. Er schnappte sich die Geige, zog zwei Saiten zusammen und erzeugte einen Ton wie aus einer Oboe. »Echt orientalische Kunst«, versicherte er. Die Methode des Italieners sei dagegen völlig »falso«! Wozu ich bei dem ein Jahr brauchte, das könne er mir in einem Monat beibringen, denn von Noten verstehe er nun wahrlich mehr als der »Makkaroni«. Zum Beweis holte er Papier und Stift, malte vier Saiten auf und versah sie mit Griffstellen, die er »Daasât« nannte. Es genüge völlig, sich die Daasât zu merken, um die Noten zu kennen. Der Italiano, dieser Scharlatan und Betrüger, wolle mich bloss ausnehmen. Ich gab ihm recht, ohne seine Darlegungen richtig kapiert zu haben, und entliess den Italiener, der meinen Entschluss sehr bedauerte. Doch schon bald langweilte und verdross mich der Barbier mit seinem Geschwätz, das mich anfangs belustigt hatte. Ein Bekannter führte mich zu einem Schneider, den er mir wärmstens als wahren Virtuosen empfahl.

Auf meiner unsteten Wanderschaft durch die Musik hatte ich das Üben immer nach ein, zwei Stunden satt. Den einen Lehrer bat ich, mir lieber etwas vorzuspielen, statt mich zu unterrichten. Bei einem anderen flirtete ich mit der Tochter des Hauses, während er sein Instrument stimmte. Beim Italiener schwatzte ich mit einer Schülerin oder einem Schüler, die aus dem gleichen Grund wie ich gekommen waren. Von dem Barbier hatte ich immerhin einige kurze Vorspiele gelernt. Er begleitete mich auf der Durbakketrommel, um mir den Rhythmus des Baschraf* ordentlich »einzuhämmern«. Meistens begann er damit nach den Übungen, das nannte er »Tachmîla«**. Beim Musizieren zuckte er immerfort mit den Schultern. Als ich ihn fragte, wozu das gut sei, erklärte er mir: »Schulterzucken dient der Harmonie.« Doch nachdem seine Frau hinausgegangen war, fuhr er mit einem Akkord quer über den Saitenbund der Laute hinweg und raunte mir ins Ohr: »Aber auch, damit

* längeres instrumentales Einleitungsstück mit einer zentralen Melodie

** Instrumentalmusik in Form eines improvisierten Dialogs zwischen dem Orchester und jedem einzelnen seiner Instrumentalisten

die Damen herschauen.« Dann lästerte er wieder über den armen Italiener. »Was für einen Fiedler hätte dieser Makkaroni schon aus dir gemacht?« rief er. »Orientalische Musik – das ist wahre Wonne und Harmonie, das ist Melodik, die den Körper mitreisst!« Ich wandte ein: »Der Italiener hat mir versichert, die Musik käme aus dem Geist, aus dem Gehirn.« Er unterbrach sein Spiel. »Dieser Schwachkopf!« rief er. »Warum nicht gleich aus dem Bauch? Wie hättest du bei ihm jemals den Baschraf kapieren sollen – und der ist das A und O! Nein, Musik kommt aus dem Körper, dem ganzen Körper. Übe nur fleissig das Schulterzucken. Aber verrat's keinem! Bei mir lernst du den Beruf von Grund auf.«

Der Schneider verstand als einziger mein Problem. Er erkannte meine Abneigung gegen alles Eintönige und meinen Drang nach Bewegung. Trotzdem versicherte er mir, der Italiener sei ein besserer Lehrer, falls ich ernsthaft Musik studieren wolle. Doch eigentlich sei ich viel zu unruhig, und so genüge es wohl, wenn ich das Violinenspiel als Hobby erlernte. Er schlug vor, mit der Laute zu beginnen, der Übergang zur Violine sei dann für einen Wirbelwind wie mich leichter zu schaffen. Ich mochte den Schneider und vertraute ihm. Ständig hielt ich mich bei ihm auf, um mit ihm zu üben oder zu diskutieren. Hatten wir die Arbeit satt, spielte er einfach so, zum Vergnügen. Mit seinem Fuss klopfte er den Takt dazu. Einige junge Männer unterrichtete er im »Dolchtanz«, der mich sofort begeisterte. Diesen Tanz musste ich lernen! Komisch, aber alle Schüler und Nachbarn, die sich an der Tür und den Fenstern drängten, hatten offenbar den gleichen Wunsch. Der Schneider strahlte vor Freude über meinen Entschluss. Mit dem linken Fuss gab er den Takt vor, und dann spielte er zum Dolchtanz auf. Er brachte mir bei, die Füsse richtig zu setzen, zu schreiten und mich zu drehen, die Arme auszubreiten oder zu schwenken. Wenn der Rhythmus anzog und das Stampfen härter wurde, skandierte er: »Ja-woll! Ja-woll!«

Als die Übungen mit dem Dolch begannen, reichte er mir ein stumpfes Messer und lehrte mich, ein Bein vorzustrecken und das Knie leicht zu beugen. Der Tänzer musste blitzschnell mit dem Dolch auf seinen Schenkel niederfahren, ohne den Stoff zu berühren oder gar die Haut zu verletzen.

»Du taugst zum Tanz, mein Junge«, meinte er nach einer Weile. »Dein Körper ist gewandt und geschmeidig. In dir steckt etwas, das will heraus. Etwas wie Groll oder Wut, auch wenn du dich nie beklagst. Deine Familie ist reich, und du bekommst sicher alles, was du dir wünschst, schliesslich bist du mit deinen Eltern nicht zerstritten.«

Nun gestand ich ihm rückhaltlos und aufrichtig meinen Abscheu gegen gewisse Dinge bei uns zu Hause. Ich erzählte von meinem grundlosen Trübsinn und meinem Widerwillen gegen unsere Konversation bei Tisch. »Worüber redet ihr denn zum Beispiel?« fragte er. »Na, über das Porträt meines Grossvaters«, antwortete ich. »Und immer dieses Geschwafel über den Verlobten meiner Schwester und den Tango.« Von ganzem Herzen lachend, rief er: »Verstehe, verstehe! Du bist eine Blume im Dornengestrüpp, ja, eine Blume im Dornengestrüpp!« Leiser wiederholte er zum drittenmal: »Eine Blume im Dornengestrüpp.« An seiner plötzlich verfinsterten Miene merkte ich, dass er bitteren Hass gegen diese Dornen hegte.

Wir setzten unsere Proben und Gespräche fort, bis die Feiertage heranrückten. Da trug er mir auf: »Bring zum Fest einen Dolch mit. Du wirst zum erstenmal auftreten.«

Mein Vater besass ein ganzes Arsenal Dolche und Jagdwaffen, die er von Grossvater geerbt hatte. Ich wählte einen Dolch mit geschliffener Klinge und nahm ihn am Festtag mit. Als ich ihn zum Tanz hervorholte, mischte sich die Frau des Schneiders ein. Mit so einem scharfen Dolch zu tanzen sei viel zu gefährlich, kreischte sie. Wenn mir etwas zustiesse? Meine Familie würde sich furchtbar an ihnen rächen! Doch der Schneider wies sie in die Schranken. Er segnete mich und sagte: »Vorwärts, mein Junge! Enttäusch mich nicht! Kümmere dich um niemanden, sonst verletzt du dich.« Dann belehrte er die Nachbarn, die zur Vorführung gerannt kamen und ringsum im Raum, an der Tür und den Fenstern einen Halbkreis bildeten: »Klatscht genau im Rhythmus! Der kleinste Fehler – und der Tänzer ist hin!« Sie verstanden sehr gut, dass so ein Fehler tödlich sein konnte, und ihre Begeisterung wuchs. Nur die Schneidersfrau rief dazwischen: »Hört auf mit diesem Teufelstanz!« Ihr Mann brüllte zurück: »Krächze kein Unheil herbei, Eule!« An die Zuschauer gewandt, sagte er, um mich zu ermutigen: »Keine Angst, haltet nur den Takt!«

Als die Musik einsetzte und das Klatschen im Rhythmus dröhnte, den der Schneider vorgab, merkte ich, dass meine Hände zitterten. Mir wurde ganz mulmig, beinahe hätte ich gekniffen. Aber in diesem Moment geschah es: Mir erschienen zwei wundervolle Augen und der Mund einer Frau mit einem Lächeln, so klar wie die Sonne am blauen Himmel. Spontan sprang ich in den Kreis. Ich fühlte, dass mein Herz vor nie gekanntem Glück zu hüpfen begann. Ihr Lächeln war mitten hineingefallen. Diesem Lächeln zuliebe, ihm zu Ehren, wollte ich den Tanz wagen, und wäre es mein Tod.

Zur Eröffnung stampfte ich auf den Boden, wie ich es vom Schneider gelernt hatte. Nach Art der Tscherkessen einen Fuss hinter den anderen setzend, schritt ich den Raum im Kreisrund ab. Mein Haar flog wie eine Pferdemähne, Strähnen fielen mir in die Stirn, während ich, betört von dem Lächeln, umherstolzierte. Ein Mann rief: »Streich dir die Haare aus den Augen!« Der Schneider parierte: »Mischt euch nicht ein! Klatscht nur, klatscht kräftig.« Der Rhythmus wurde stürmischer, trotzdem war mir, als hörte ich ein einzelnes Klatschen mit einer eigenen Melodie heraus, einer Melodie, die mir sagte: Dein bin ich, dein, dein …

Als ich den Kopf hob, erblickte ich das Lächeln direkt vor mir. Heilige Glut erfasste mich. Mit dem rechten Fuss stampfte ich auf den Boden, elegant und doch kraftvoll, erfüllt von Stolz, wie ihn nur der Tänzer kennt. Im selben Augenblick wechselte der Takt. Gedämpft und geheimnisvoll raunte er wie Flüsterworte hinter einer Fensterscheibe und brach danach aus, auf und davon im Galopp, ungezügelt, unaufhaltsam.

Der entscheidende Augenblick war gekommen. Ich stand in der Kreismitte. Nun musste ich meinen linken Fuss vorstrecken, das Knie leicht beugen und mit einer blitzschnellen Bewegung den Dolch auf den Schenkel setzen. So hatte es mich der Schneider gelehrt, so erwarteten es die anderen Tänzer und die Zuschauer. Alle glaubten, jetzt würde ich es tun. In atemloser Stille ersehnten sie diese Bewegung, die gefährlichste und schönste des ganzen Tanzes. Aber statt sie zu wagen, vollführte ich einen Luftsprung und begann erneut mit dem Drehen, als zögerte ich und scheute die Gefahr. »Nicht doch!« rief der Schneider. Mit einer abrupten, ärgerlichen Geste legte er die Arme um die Laute und stand auf. Im gleichen Augenblick sprang ich noch einmal. Lachend, freudestrahlend grüsste ich den Mund, der mich anlächelte. Plötzlich verstand der Schneider meinen rätselhaften Luftsprung. Voller Stolz feuerte er mich an: »Ja-woll! Bravo, mein Junge! Du Tausendsassa!«

Ich schritt die volle Runde ab, leicht und gleitend wie eine Schwalbe. Den Dolch im Hemdsärmel, breitete ich die Arme aus und zwinkerte dem Lautenspieler zu, dass ich bereit sei. Mit der Virtuosität des Meisters verwandelte er die lebhafte Melodie in eine getragene Weise, in einen gemessenen, intensiven, eindringlichen Rhythmus. Ohne aufzuschauen, stampfte ich irgendwo im Kreis mit dem Fuss auf. Wieder hörte ich zwischen Musik und Applaus das für andere nicht wahrnehmbare einzelne Klatschen. Heisse Freude überströmte mich. Mein Gruss war angekommen, nun empfing ich die Antwort. »Gott im Himmel«, rief ich mit einem heimlichen Stossseufzer, »nimm meine Opfergabe an!«

Der Schneider hatte mir erzählt, vor Tausenden von Jahren, in uralter Zeit, die in keinem Buch verzeichnet sei, habe es einmal einen Tempel gegeben. Darin befand sich ein Standbild, das aus der Felswand gehauen war. Ein Jüngling verliebte sich in das Bildnis, als er eine Opfergabe darbrachte und Räucherwerk verbrannte, um für die Genesung seiner Mutter zu danken. Während er das Bildnis bestaunte, schien ihm, dass er die Frau kannte, sie war ihm innig vertraut. Er erinnerte sich nur nicht, wer sie eigentlich war. Auf dem Heimweg versuchte er sie zu vergessen. Doch vergeblich. In der Nacht kehrte er mit einer Petroleumlampe in den Tempel zurück und vertiefte sich in das Bild. Er ahnte, dass er die Frau irgendwann getroffen, irgendwann geliebt haben musste. Nur wo und wann, das wusste er nicht.

Als der Jüngling entrückt wie ein Buddhist vor dem Bildnis kniete, vernahm er eine hinreissende Melodie. Auch sie schien ihm vertraut, er kannte sie genau. Ja, einst hatte er dazu getanzt! Die abgebildete Frau hatte in der betenden Menge gestanden. Sie hatte seinem Tanz zugesehen und ihn angelächelt. Da sprang er auf, öffnete seine Arme und begann sich zu drehen. Er tanzte und tanzte zu der strömenden Melodie. Weiter, immer weiter tanzte er. Irgendwann hob er den Kopf, und plötzlich sah er ihr Abbild aus dem Bildnis treten. Ganz deutlich sah er, wie es sich löste, formte und Gestalt gewann.

Vor ihm stand eine Frau von betörender Schönheit! Unsagbar zart und weiss war ihre Haut, und auf ihrem Mund erstrahlte ein Lächeln wie ein funkelnder Diamant auf tiefrotem Samt. Für einen Augenblick erstarrte der Jüngling, dann stürzte er zu ihr, um sie zu umfangen, zu küssen, an ihrer Brust zu weinen. Doch er traf nur auf Stein, auf das steinerne Bildnis. Die Melodie brach ab, und der Jüngling fand sich allein mit seiner Petroleumlampe, deren Docht im Windhauch verglomm, allein in der kalten Stille des verlassenen Tempels.

Er konnte nicht glauben, dass alles nur ein Traum gewesen sein sollte. Das Abbild war doch herausgekommen, er hatte die Frau gesehen! Wenn er für sie tanzte, würde sie gewiss wieder erscheinen. Er breitete seine Arme aus und tanzte, tanzte. Er beugte sich über das Bildnis, küsste und beschwor es flehentlich. Aber das Bild blieb, was es war. Von nun an verweilte der Jüngling im Tempel und weigerte sich entschieden, ihn je zu verlassen. Nichts konnte ihn umstimmen, weder die Tränen und Bitten seiner Mutter noch das Zureden der Nachbarn, nicht einmal die Beschwörungen der Magier und die Gebete der Priester. Die Leute hielten ihn für besessen, man legte ihn in Ketten. Seine Mutter brachte ihm Speise. Bald darauf starb er. Seine Seele aber lebt weiter, in den Körpern der Tänzer, Generation um Generation, bis auf den heutigen Tag.

Auch ich öffnete die Arme und tanzte. Auch ich wurde zur Inkarnation des Jünglings. Auch ich erblickte eine Frau mit einem Lächeln, funkelnd wie ein Diamant auf tiefrotem Samt. Sie lächelte mir zu, sie grüsste mich, und ich grüsste sie. Noch einmal wollte ich den Kreis verlassen, zu ihr laufen, ihr huldigen, da befahl mir der Schneider: »Los, mein Junge! Los!« Er zwang mir seinen Rhythmus auf, und ich gehorchte. Doch mir war, als trennten sich meine Füsse vom Körper und tanzten zu einer anderen Melodie, einer, die mein Herz spielte. Die Besessenheit des Jünglings kam über mich – eine unwiderstehliche Gewalt, eine unerhörte, rasende Macht.

Der Schneider griff durch wie ein Stallknecht, der das Fohlen abrichtet, wie ein Dompteur, der den Tiger zähmt. Er bändigte den aufsässigen Tänzer. Der aber rebellierte und missachtete seine Anweisungen. Er beharrte auf eigenen Bewegungen in der Arena, verstand sie gar als Ausdruck seines Innersten, seiner Gefühle und Sehnsüchte. Ja, er vollführte sie als Akt der Befreiung, des Protestes und der Selbstbehauptung.

Zornig und hart griff der Schneider durch. »Vorwärts!« fuhr er mich an. »Vorwärts, mit dem rechten Fuss, na, mach schon! Worauf wartest du?« Wieder lächelte sie mir zu, vielleicht zur Ermutigung, vielleicht zur Bestätigung, dass es kein Traum sei. Blitzschnell zückte ich den Dolch aus dem Ärmel und zog ihn über meinen Schenkel. Applaus brandete auf, aber gleichzeitig vernahm ich eine Stimme, die mir ins Ohr rief: »Schlagt froh in die Hände, alle Völker! Jauchzet mit fröhlichem Schall meinem Geliebten! Der Schönste unter den Menschen ist er, mein Geliebter!«

Wie lange dauerte der Tanz? Wie ging er zu Ende? Man sagt, ein Wort am rechten Platz enthält die ganze Welt. Ich kenne es nicht, dieses Wort, ich bin unfähig, ein Lächeln zu beschreiben, das die ganze Welt enthält. Wie ein Blitz war diese Welt aufgeflammt und wieder erloschen. Das Abbild war ins Bildnis zurückgekehrt. Als die Musik verstummte und der Tanz aufhörte, fand ich die Frau nicht mehr.

»He, Junge«, sagte der Schneider zu mir, »was war heute los mit dir? Bist du übergeschnappt? Warum ziehst du den Tanz derart in die Länge? Überhaupt, wo hast du all diese Bewegungen gelernt?« Er schwor, sein Herz sei vor Schreck beinahe stehengeblieben, als ich wie ein Mondsüchtiger auf dem Dach im zehnten Stock umhergewandelt sei. Die Stösse des geschliffenen Dolches auf meinen Schenkel – rechts, links! – habe er kaum mit ansehen können. So kraftvoll sei ich in die Knie gegangen! Wie ein erprobter Athlet, der im alten Rom vor der Kaiserin auftrat und alles riskierte!

Ein Kämpfer, der das Schicksal um den höchsten Einsatz herausforderte: Tod oder Schlafgemach!

Lange sprach er danach zu mir, liebevoll und freudig erregt. »Das ist er«, sagte er, »das ist der echte Tanz. In einem fernen, glücklichen Land habe ich ihn erlernt, und ich gelobte mir, ihn anderen beizubringen. Manchmal habe ich Erfolg, manchmal scheitere ich. Beharrlichkeit entscheidet am Ende alles. Ich gebe nicht auf. Solange ich lebe, will ich diesen Tanz lehren. Viele werden ihn lernen und unserer schlafenden Erde Fusstritte versetzen, um sie endlich aufzuwecken, die träge Hundetochter. Und sie wird erwachen. Klopfet an, so wird euch aufgetan! Stetes Handeln bricht den Bann! Eine Menge junger Männer wie du haben schon an diesem Ort getanzt. Du allerdings ... Sag mal, hattest du denn gar kein Herzklopfen?«

»Nein«, erwiderte ich.

»Wir schon«, sagte er und legte mir die Hand auf die Schulter. »Ich und alle Anwesenden, wir hatten welches. Du hast uns verzaubert mit deinem Tanz. Am liebsten hätten wir uns die Finger wund gespielt und die Hände blutig geklatscht. Du hast den Höhepunkt hinausgezögert. Ich fürchtete schon, du könntest dich drücken oder dir vor lauter Aufregung in den Schenkel stechen. Insgeheim sagte ich mir: Der Junge ist entweder ängstlich oder konfus. Ich machte mir Vorwürfe, dich zu früh zu dieser Aufführung gedrängt zu haben. Einen Moment lang warst du ganz fassungslos. Ich hab dich beim Spielen beobachtet: Plötzlich strahltest du vor Freude. Was war da passiert? Warum hast du gelächelt? Sahst du jemanden? Hast du jemanden angelächelt? Vielleicht eine Frau? Das kommt vor. Es wäre

Betrug, nur so, für nichts, zu spielen, zu singen, zu tanzen. Irgend etwas muss doch gemeint sein – ein Mensch, ein Gedanke. Erst dann macht das ganze Musizieren, Singen und Tanzen Sinn. Für nichts und wieder nichts zu leben, dahinzuvegetieren und bloss seine Tage herumzubringen, das wäre der Tod. Dir ginge es wie dem Reisenden, der seine Siebensachen gepackt hat und auf den allerletzten Zug wartet. Es ginge dir wie mir. Ich spüre schon, wie die grosse Kälte herankriecht und mein Bett, mein Herz, mein ganzes Leben mit Rauhreif überzieht. Hör zu, mein Junge, wenn du nichts dabei im Sinn hast, solltest du weder tanzen noch musizieren noch schreiben. Nicht einmal sprechen. Der Mensch darf nicht mit sich selber reden. Tut man es trotzdem, wird man bald merken, dass es nicht lohnt. Du musst immer etwas meinen. Finde heraus, was es ist, spinn dir was zusammen. Bleib nicht allein. Mach es nicht wie ich, treib's nicht mit dir selbst.«

»Aber Sie haben doch eine Ehefrau, Meister«, wandte ich ein.

Ungeduldig sprang er auf, dann beugte er sich über mich und brummte: »Ich weiss, ich weiss. Trotzdem treib ich's mit mir selbst. Kapiert, was ich sage? Zuerst bist du auch nur so für dich herumgehüpft. Aber dann ist dir etwas erschienen, und dafür hast du getanzt. Für einen anderen Menschen – ist doch klar, sonnenklar.«

Mein Vater regte sich furchtbar auf, als er von dem Vorfall erfuhr. Dieses Benehmen sei eine Schande! Tanzstunden in der Behausung eines Flickschneiders, und obendrein mit einem Dolch! Höchst deplaziert für einen Studenten »en baccalauréat deuxième partie«! Er artikulierte diese französischen Wörter, als kostete er jeden einzelnen Buchstaben aus. Tief betrübt sekundierte meine Mutter: »Il étudie la philosophie aussi.«

»Jawohl«, bestätigte er resigniert, »auch Philosophie. Sein Vater bekleidet ein hohes Amt im Serail, im Palast des französischen Gouverneurs. Seine Schwester ist mit einem Verwaltungsdirektor verlobt. Seine Familie ist hochangesehen und pflegt Umgang mit den höchsten Kreisen der Stadt.« Er befestigte den gestärkten Kragen an seinem weissen Hemd. Ein protziger Ring funkelte an seinem kleinen Finger, der so dick war, dass der Reif einschnitt. Als er die Prozedur beendet hatte, drehte er sich gereizt zu mir um. »Jetzt begreife ich, warum du dem Maestro gekündigt hast. Du beabsichtigst keineswegs, das Musizieren zu erlernen, du machst dir gar nichts daraus! Das Geld, das du verschleuderst, die Zeit, die du vergeudest, das Pack, mit dem du verkehrst – all das beweist zur Genüge deinen Mangel an Verantwortungsgefühl. Also gut, du kannst wählen. Entweder gehst du wieder zum Maestro und lernst wie deine Cousine Noten. Oder du gibst das ganze Gefiedel auf und widmest dich deiner Ausbildung, indem du an dein Institut in Beirut zurückkehrst und das Studium fortsetzt. Das ist mein Wille, danach hast du dich zu richten. Bedenke, wessen Sohn du bist!«

Wie er mich abkanzelte! Einfach widerlich, dieses theatralische Pathos! Als er fertig angezogen war, bückte sich das Dienstmädchen, um die Schnürsenkel an seinen Schuhen zu binden. Danach half sie ihm ins Jackett und reichte ihm den Fes. Er schnipste mit dem Zeigefinger noch ein

Stäubchen weg und setzte ihn auf den Kopf. Mit der Hand, an deren kleinem Finger der Ring blitzte, drückte er den Fes bis zur Stirnmitte. Dabei wurde er schon wieder fuchtig, weil der steife Vatermörder seinen Hals würgte. Schliesslich griff er nach seinem Spazierstock mit dem silbernen Knauf und stakste ohne ein weiteres Wort hinaus.

Lächelnd huschte meine Schwester im Salon hin und her, um aufzuräumen. Ihr Verlobter hatte von der Affäre mit dem Tanz erfahren und entrüstet reagiert. In provokantem Ton hatte er die Bemerkung fallenlassen: »Auf diese Art tanzen nur Zigeuner um Geld.« Meine Schwester hatte erwidert: »Aber alle tanzen doch, sogar du.« Darauf er: »Ja, das stimmt. Allerdings im Casino, und dort tanzt man Tango. Dieses Gestampfe, das dein Bruder lernt, kommt von der Strasse.«

Einmal hatte ich ihn beim Tango beobachtet. Alles an ihm war mickrig, die Patschhändchen, die Stummelfinger. Auch seine Beine waren zu kurz geraten. Er ähnelte einem drallen Spanferkel. Seine Partnerin war eine richtige Bohnenstange. Keine Ahnung, warum er gerade sie engagiert hatte. Vielleicht aus Versehen. Vielleicht war sie gar nicht so lang, wie sie mir vorkam. Jedenfalls verblüffte mich der Grössenunterschied zwischen den beiden. Bei einer verträumten Schnulze versuchte er den Kopf an ihren Hals zu schmiegen. Er reichte ihr jedoch kaum bis zur Brust, um nicht zu sagen, bis zum Bauch. Bei diesem Anblick prustete ich los. Mein Vater erwischte mich. Mit finsterer Miene wies er mich zurecht: »Du hast nicht über ihn zu lachen! Er ist dein Schwager!« Letzteren Hinweis fand ich überflüssig. Ich wusste selbst, dass er mein Schwager war. Trotzdem konnte ich mich nicht beherrschen. Das war schon schlimm genug. Noch schlimmer aber war, dass es jemanden betraf, der bei meinem Vater einen Stein im Brett hatte. Immerhin – ein Verwaltungsdirektor und der Verlobte meiner Schwester! Alles andere war für ihn bedeutungslos.

Mein Vater, der Direktor, meine Mutter und all die Schranzen des Serails gehörten zur Oberschicht, und das Casino war ihr Statussymbol. »Wir haben im Casino gefeiert«, brüstete man sich. Der Verwaltungsdirektor lehnte mitunter einen Kaffee ab, weil er bei dieser Gelegenheit anmerken konnte: »Ich habe meinen Kaffee bereits im Casino genommen.« Manchmal spottete ich: »Heute hat sich Monsieur Casino ja noch gar nicht eingefunden.« Meine Schwester heulte über diese Geringschätzung. Aus Respekt vor ihr schluckte ich den Rest hinunter.

Nachdem Vater gegangen war, sagte meine Schwester: »Du wirst also zum Maestro zurückkehren, genau wie ich und unsere Cousine. Herrgott noch mal, warum bist du nur so aufsässig? Und warum missachtest du die Ärmste? Dabei hat sie dich richtig gern.«

In unserer Familie sprach man mit grösster Sympathie von meiner Cousine. Schliesslich würde sie einmal die Hälfte aller grossväterlichen Besitzungen erben, die vorerst an ihre Eltern gegangen waren. Mein Vater hielt sie mir gern als Beispiel vor, wenn er mich wieder mal wegen der verflixten Musikstunden heruntermachte. Ich hatte nichts gegen meine Cousine, wie man immer behauptete. Nur ihre dicken Brillengläser mochte ich nicht leiden. Ich hatte sogar Mitleid mit ihr, aber liebhaben konnte ich sie nicht. Mir gefiel einfach keine Frau mit Brille. Meine Cousine merkte das, genau wie ihre Maman, die mich dafür hasste. Wenn wir zu Besuch kamen und sie baten, uns etwas vorzuspielen, zierte sich die Maman mit der üblichen Floskel: »Heute ist sie gar nicht dazu aufgelegt.« Wenig später zeigte sich, dass meine Cousine doch aufgelegt war. Distinguiert nahm sie Beifall und Komplimente entgegen, genauso distinguiert, wie ihr Spiel gewesen war, wie der Tango, den sie tanzten, wie ihr ganzes Leben, dieser ewige Tango! Es bedeutete schon ein rechtes Unglück für meine Eltern, dass ich, ihr einziger Sohn, Student »en baccalauréat« et »en philosophie«, ihren geliebten Tango verschmähte und dafür den Dolchtanz, dieses Zigeunerhopsen bei dem verwünschten Flickschneider, vorzog.

»Am liebsten würde ich bei Maestro Casino Musik studieren«, neckte ich meine Schwester, lief aber gleich zu ihr und gab ihr einen Kuss, um sie zu versöhnen. Sie kicherte ein bisschen über meinen Scherz und riet mir, doch besser nach Beirut zu fahren. »Bring Vater nicht in Rage wegen solch einer Lappalie. Verschone ihn und schone dich. Dass du ja nicht wieder zu dem Schneider gehst! Schluss mit diesem Dolchtanz! Warum bist du bloss so verrückt danach?« Ich wollte gar nicht mit ihr streiten oder sie kränken, ich ergriff nur die Gelegenheit, um mich auf ihre Kosten an Vater zu rächen, als ich antwortete: »Er ist eben mein Verwaltungsdirektor.« Sie schleuderte das Kleiderbündel, das sie in Händen hielt, aufs Sofa und rannte empört aus dem Salon. Ein Liedchen vor mich hin pfeifend, schlenderte ich ans Fenster. Nach einer Weile verdrückte ich mich und ging auf den Suk. Ich besuchte den alten Barbier und setzte mich zu ihm in den Laden.

»Nun hör mal zu, mein Freund«, sagte der Barbier. »Wärst du bei mir geblieben, hättest du die Baschrafgriffe längst intus. Zeig deinen Mittelfinger her.« Ich hielt ihm die Hand hin, und er legte los: »Dein Lehrer ist ein Schwindler, ein Hundesohn. Warum bindet er dir den Mittelfinger nicht fest? Beim Geigen ist dieser Finger nur im Weg. Man muss ihn vergessen. Pfeif drauf! Wäre ich hartherzig, würde ich sagen: Abschneiden, und weg damit! Aber nein, dein Lehrer, dieser vermaledeite Italiano, tut nichts dergleichen. Also will er die Ausbildung in die Länge ziehen und dich abzocken. Kannst du ihm ruhig von mir bestellen. Nimm mich mit in seine Übungsstunde, dann sag ich's ihm glatt ins Gesicht, wenn nötig mit ner Ohrfeige gratis.«

Er schwatzte immer in den Spiegel hinein und sprach mit dem Bild des Kunden, dem er die Haare schnitt, nicht mit dem Kunden selbst. In Redepausen liess er nur seine Schere plappern und schnipste mit der Spitze einige Härchen vom Hinterkopf. Zwischendurch drehte er sich zu mir um und sagte irgend etwas, bevor er sich erneut dem Spiegel zuwandte und Unterstützung heischend das Bild des Kunden anstarrte. Doch der war über dem anheimelnden Klappern der Schere längst eingenickt.

Der Barbier zwinkerte mir zu. »Siehst du? Scherenklappern macht Alt und Jung müde. Wer auf diesem Stuhl Platz nimmt, wird von mir eingelullt. Er sinkt in Schlaf, als läge er daheim in seinem Bett. Mir passt das allerdings gar nicht. Wenn der Kunde schläft, sitzt sein Kopf nicht locker, und die Beweglichkeit des Kopfes ist nun mal das A und O beim Haareschneiden. Mit ein wenig Geschick kann ich ihn anheben, runterdrücken und nach rechts oder links neigen, ohne auch nur meinen Mund aufzutun. Eine Andeutung mit den Fingerspitzen genügt, um den Kunden zu führen. Schläft er ein, verpfuscht er mir die ganze Arbeit. Ich drücke seine Schläfen, und er wacht auf. Erschrocken fährt er hoch, als hätte ich ihn aus einem Traum gerissen. Doch kaum beginnt meine Schere zu klappern, pennt er schon wieder.« Er stoppte seinen Redefluss für einen Moment. »Wir sind vom Thema abgekommen«, fuhr er dann fort. »Eine musikalische Hand lässt sich nicht verleugnen. Meine Hand ist von Natur aus musikalisch. Ich hatte gehofft, deine ebenso auszubilden.«

»Mein Lehrer meint, dass es aufs Ohr ankommt, nicht auf die Hand«, warf ich ein.

»Der dumme Bock!« schrie der Barbier. »Wahrhaftig, ein gehörnter Ziegenbock! Das Ohr hört, die Hand vollbringt. Spielt dieser Scharlatan mit seinem Ohr oder mit seiner Hand? Trotzdem willst du bei ihm bleiben? Lass ihn sausen und komm zu mir. Das Geigenspiel …«

Ich unterbrach ihn: »Jetzt spiel ich Laute. Den Italiener habe ich entlassen. Ich lerne beim Schneider die Laute schlagen.«

»Bei dem schäbigen Hungerleider?«

»Aber er ist tüchtig!«

»Tüchtig? Was verstehst du schon davon? Der legt dich doch rein. Nun sag mir mal, in welcher Tonart beginnt der Baschraf ›Tatros‹?«

Er liess den Kunden sitzen und holte seine Laute. Einen Fuss auf dem Stuhl, stimmte er das Instrument. Dann reichte er es mir. »Nimm! Zeig mir, wie du spielst.«

»Zur Zeit spiele ich nicht, ich tanze.«

»Der Hurensohn! Macht mir die Schüler abspenstig und verdirbt sie obendrein! Wenn er ihnen bloss seine Stümperei beibrächte, wäre es nur halb so schlimm. Aber dass er sie zum Tanzen verführt, der zweimal gehörnte Bock! Welchen Tanz hat er dir beigebracht?«

»Den Dolchtanz.«

»Ausgerechnet! Ach, dieser Hurensohn! Wo will er ihn denn gelernt haben? Verflucht sei Abdulhamîd![*]«

Der Kunde schreckte auf. Der Barbier legte die Laute beiseite und trat zu ihm. Er klapperte ein bisschen mit der Schere, musterte das Spiegelbild und sagte zu ihm: »Nun sehen Sie sich diesen jungen Mann an! Lernt bei mir spielen, und schwups, schnappt ihn der Schneider weg. Wie zieht man ein Haar aus dem Teig? Genauso glatt hat er ihn von mir abgezogen. Doch statt ihn musikalisch weiterzubilden, lässt er ihn herumhopsen. Will ihm angeblich den Dolchtanz beibringen, der Dreckskerl.«

»Aber das hat er schon«, warf ich ein. »Ich kann tanzen, sogar mit einem echten Dolch.«

»Du? Mit einem echten Dolch? Sag, mit einem Löffel, und ich glaub's. Sag, ich fuchtle irgendwie herum und schlag mir den Löffel oder ein Holzscheit auf den Schenkel, und ich gebe mein Amen dazu. Also, der Dolchtanz … jetzt pass gut auf, mein Junge! Dieser Tanz ist für die Tscherkessen gemacht, für niemanden sonst. Wäre dein Lehrer Tscherkesse, würde ich die Klappe halten. Hast du schon mal was von Georgien gehört? Hast du die Wildenten flie-

[*] Gemeint ist der osmanische Sultan Abdulhamîd II., reg. 1876–1909; wegen seines despotischen Regimes wurde sein Name sprichwörtlich in Flüchen gebraucht.

gen sehen? Oder die Rebhühner? Was soll's, es hat keinen Zweck. Du bist noch zu jung, und dieser Verfluchte treibt sein Spiel mit dir.«

Er starrte auf das Spiegelbild des Kunden und beteuerte ihm: »Sein Spiel treibt er mit ihm, das Schwein!«

Der Kunde glotzte einen Moment in den Spiegel, dann räkelte er seinen im Schlaf zusammengesunkenen Körper. Vielleicht wollte er die verkrampften Glieder lockern oder seine Langeweile bekunden, vielleicht wollte er den Barbier auch nur daran erinnern, dass er noch immer hier auf diesem Stuhl sass.

»Ich gehe mit dir zum Schneider«, verkündete der Barbier unter heftigem Scherengeklapper. »Ich sag ihm: ›Spiel mir doch mal den Baschraf ›Tatros‹.‹ Wenn er das hinkriegt, mach ich meinen Diener. Mit dieser Tanzerei ist jedenfalls Schluss. Du besuchst mich nicht mehr, aber ihn auch nicht. Halte dich künftig an den Italiener. Es ist zu deinem Besten. Ich werd's deinem Vater stecken. Er soll die Wahrheit erfahren, damit er dir verbietet, dich bei diesem Scharlatan herumzutreiben.«

»Bemühen Sie sich nicht«, sagte ich und stand auf. »Mein Vater weiss Bescheid und hat's mir schon verboten.«

»Na, um so besser. Und was tust du?«

»Ich höre nicht auf. Ich mach weiter mit dem Dolchtanz.«

»Aber es ist nicht mal der echte!«

»Doch. Ich habe mit einem richtigen Dolch getanzt, der war von meinem eigenen Grossvater. Die Leute klatschten, ganz lange und begeistert. Sie hätten mich sehen sollen! Nie werde ich das vergessen. Und sie war dort …«

Die Schere schloss sich mit einem scharfen Knall, der die Luft zerschnitt. Mit einem Satz sprang der Barbier zu mir. »Wer ist dort gewesen?« kläffte er, und noch einmal: »Wer war dort?«

Ich antwortete nicht.

»Warum schweigst du? Aber muss ich mich wirklich von dir aufklären lassen? Der zweigehörnte Ziegenbock, der! Jawohl, dieser Kuppler! Ich kenne seine Tricks. Aber von heute an werde ich nicht mehr stillhalten.«

Während er so weiterredete, stierte er unentwegt in den Spiegel. Noch im Hinausgehen hörte ich ihn schimpfen: »Dieser Zuhälter! Mit solchen Tricks spannt er mir die Kunden aus.«

Planlos lungerte ich umher, als suchte ich an einem bewölkten Tag meinen Schatten. Der alte Barbier war genau vom gleichen Schlag wie mein spiessiger Vater, wie mein Schwager, der Bürokrat, wie meine Cousine, die Brillenschlange. Keiner von denen verstand mich oder wollte mir auch nur zuhören. Nie würde aus mir ein Musiker werden. Ich war nicht fähig, ein Instrument zu spielen, noch besass ich die Geduld, es zu lernen. Nur durch einen Zufall hatte ich überhaupt erst entdeckt, dass mir Musik etwas bedeutete.

Ich war die Strasse vom Serail zum Hospital entlanggeschlendert. Als ich an der römisch-katholischen Kirche vorbeikam, hörte ich Orgelspiel. Tiefe, volle Töne, die in mächtigen Wogen aus den hohen Fenstern der gotischen Fassade strömten. Ich blieb stehen und lauschte, den Rücken an die Mauer gelehnt. Dann schaute ich durch den Türspalt und sah drinnen die Kerzen brennen. Auf einmal fühlte ich mich verwandelt, wurde selber eine Kerze, die stetig und friedlich im Freien brannte. Es war Winter, die Strasse lag verlassen. Ich setzte mich auf die Kirchentreppe. Mir schien, als schmölze ich von innen her. Die Musik erfasste mich, trug mich hinauf in die Lüfte. Ich betrat die Wolken. Ich wurde zur Wolke. Der Wind blies mich fort, und ich liess mich treiben. Ich wirbelte umher, löste mich, schloss wieder auf. Als graues Baumwollknäuel purzelte ich hinunter, zerfiel und fuhr abermals gen Himmel wie Elias' flammender Wagen, von dem uns der Lehrer in der Schule erzählt hatte; es fehlte nur das Donnergrollen. Höher und höher stieg ich, ein samtener Nebelschleier, der bald darauf verwehte und in der Ferne verschwand. Die Orgel verstummte. Die Kerze erlosch, und die Wolke war nur noch ein kauernder Körper auf der Treppe. Ich stand auf und ging weiter.

Bin ich eine Wolke, die den Wind ersehnt, damit er sie weit in die Ferne trägt? Herbei, ihr Orgelstürme aus allen Kirchen der Erde, kommt und nehmt mich noch einmal mit! Eine Geige ist keine Orgel. Niemals wird aus mir ein Geiger, nie ein Organist. Alle Bemühungen meiner Familie sind ganz zwecklos. Nicht einmal meine bebrillte Cousine hat das geschafft. Ihr Klavier klingt nicht wie eine Orgel, auch nicht die Violine des Italieners. Ach, könnte ich doch Orgel spielen!

Ich beruhigte mich erst wieder, als der Schneider mir riet: »Tanzen ist besser für dich als Musizieren.« So war es auch. Ich tanzte los, brach förmlich in Tanzen aus. Wieder fühlte ich mich weit fortgetragen. In Elias' Wagen, unter donnerndem Getöse, stieg ich empor. Im gleissenden Licht der Sonne schmolz ich dahin. Und dann erblickte ich jene

Frau, wie der Jüngling in der Legende. Hatte ich nur geträumt, beim Tanzen geträumt? Hatte der Schneider mich verzaubert? War ich verhext? Würde ich sie wiedersehen, wenn ich noch einmal tanzte?

»In uralter Zeit, die in keinem Buch verzeichnet ist, gab es einen Tempel. Darin befand sich ein Standbild. Ein Jüngling verliebte sich in das Bildnis.«

Ich rief mir die Worte des Schneiders ins Gedächtnis zurück, erinnerte mich an das Musikstück, an den Dolchtanz. Um mich der Kreis. Dichtgedrängte Gesichter in den Fenstern, an der Tür. Klatschende Hände. Dann der einzelne Beifall, das einzigartige Lächeln. Wieder wurde ich unsicher, zweifelte an dem, was ich gesehen hatte. Nichts war gewesen. Ich hatte geträumt. Alles wegen dieses Bildes. Das Märchen von dem Bildnis hatte mich beeinflusst. Ich durfte niemandem davon erzählen. Keiner würde mir zuhören, und glauben sowieso nicht. Mein eigener Vater kanzelte mich ab, während er sich mit seinem gestärkten Stehkragen beinah selber strangulierte. Der Barbier schwatzte ununterbrochen, ohne mich zu Wort kommen zu lassen. Meine Mutter interessierte sich nur für den Verlobten meiner Schwester, diese für ihren Verwaltungsdirektor und jener für das Casino. Und wo blieb ich?

»Des Nachts auf meinem Lager suchte ich, den meine Seele liebt. Ich suchte, aber ich fand ihn nicht. Ich will aufstehen und in der Stadt umhergehen auf den Gassen und Strassen und suchen, den meine Seele liebt. Ich suchte, aber ich fand ihn nicht. Es fanden mich die Wächter, die in der Stadt umhergehen: ›Habt ihr nicht gesehen, den meine Seele liebt?‹«

Ich werde sie suchen, die meine Seele liebt. Sie, die meine Seele liebt, ist ein Bild. Wie könnte ein Abbild aus dem Bildnis treten? Ist sie wirklich dort gewesen? Hat sie wirklich geklatscht, wirklich gelächelt?

Soll ich für ein Bildnis tanzen? Wo mag sie sein, in welchem Tempel, welchem Land? Jener Jüngling hatte mehr Glück als ich. Doch wie sagte der Schneider: »Klopfet an, so wird euch aufgetan.« An welche Tür soll ich klopfen? Ob er mich zu ihr führt? Wenn er mich aufforderte anzuklopfen, muss er auch die Türe kennen.

2

Den Rest des Tages vertrödelte ich mit ziellosem Umherwandern. Zur Abwechslung besuchte ich ein gewisses Etablissement und trieb es mit einer »Dame«, die ich bereits gut kannte. Sie war recht appetitlich, und ich kam voll auf meine Kosten. Ich fühlte ich mich so wohl, dass ich für ein paar Stunden sogar die Frau mit dem Lächeln vergass. Nachts aber stürzte ich in tiefste Verzweiflung.

Lange wälzte ich mich schlaflos im Bett. Um Mitternacht stand ich auf und rannte durch die Strassen. Noch einmal klopfte ich bei der »Dame« an und warf mich gierig auf sie. Es war genau das Richtige. Kaum zu Hause angelangt, sank ich sofort in einen tiefen Schlaf. Als ich am nächsten Nachmittag erwachte, musste ich erst überlegen, warum ich gestern eigentlich so verzweifelt gewesen war. Dann erinnerte ich mich an den Tanz und an ihr Lächeln. Ich sah sie vor mir, jede schöne Linie ihrer Gestalt, das Gesicht, den Mund. Und wieder verbrannte ich innerlich. Vergeblich suchte ich ihr Bild aus meinem Gedächtnis zu streichen, vergeblich stellte ich mir einen anderen Körper vor, den der »Dame«, mit der ich geschlafen hatte, irgendeine Frau, die ich kannte. Meine Finger blieben kalt wie grüner Türkis, während ich mir ausmalte, wie sie diese Leiber streichelten. Mir wurde klar, dass sich mein Problem nicht auf ein physisches Bedürfnis reduzieren liess. Mein ganzes Ich schrie in unstillbarer Sehnsucht nach seiner verlorenen Hälfte. Sie war mir so lieb und kostbar wie meine Seele, wie mein Leben, das ich um ihretwillen hingeben würde, denn ich existierte ja nur für sie. In diesem Augenblick schien mir das ganze Leben banal und leer, wenn es nicht von ihr erfüllt war.

Zu unserem Haus gehörte ein grosser Garten. Ich besass eine Menge Bücher und Schallplatten. Ich war ein guter Schwimmer und nannte sogar ein kleines Boot mein eigen. Freunde und Freundinnen hatte ich auch. All diese Zerstreuungen nahm ich mir der Reihe nach vor, nur um dem Schneider nicht bekennen zu müssen, wie es um mich stand. Ich begann dies und das, aber nichts machte mir Spass. Nach einem kleinen Spaziergang durch den Garten verliess ich das Haus und lief zum Geschäft des Schneiders. Ich wollte unbedingt herausfinden, ob mein Erlebnis Wirklichkeit oder Illusion gewesen war.

Pech, der Schneider war nicht im Laden. Sein Gehilfe hatte keine Ahnung, wann der Meister zurückkommen würde. Nachdem er mich gründlich gemustert hatte, fragte er mit freundlicher Neugier: »Warst das nicht du mit dem Dolchtanz?«

Er trug ein langes Gewand. Mit untergeschlagenen Beinen hockte er auf einem Holzschemel mit geflochtenem Strohsitz und nähte. Bedrückt und müde beugte er sich über den Stoff. Sein Kopf war kahl geschoren, ganz kleine Ohren hatte er. Sein Gesicht sah gütig aus, nur die Stimme klang rauh. Bestimmt weiss er's vom Schneider, dachte ich. Doch der Mann klärte mich auf, ohne dass ich nachfragen musste.

»Ich hab's im Viertel gehört. Alle schwärmen von deinem Tanz. Einige behaupten sogar, nie etwas Schöneres gesehen zu haben. Du sollst ja einen ziemlich ausgefallenen Takt gestampft haben. Sie sagen, du hast vor dich hin gelächelt. Beinahe hättest du dir den Dolch in den Schenkel gestossen, als du nach dem Sprung niederknietest. Alles nur, weil du angeblich irgend etwas erblickt hast.«

»Gar nicht wahr«, stritt ich ab, »daran kann ich mich nicht erinnern.«

»Mag sein«, meinte der Mann freundlich. »Ein Tänzer oder Musiker kontrolliert sich nicht ständig. Versucht er's dennoch, geht es schief. Das wäre ja, als wollte man beim Rennen und Springen dauernd seine Füsse beobachten.«

»Aber trotzdem vergisst er die Welt nicht völlig«, wandte ich ein. »Zumindest merkt er, was mit ihm passiert.«

Er musterte mich mit dem Blick eines Experten, der eine Statue betrachtet. Dann sagte er, als resümiere er eine Erfahrung, von der er fest überzeugt war: »Mein Sohn, ganz egal, ob du musizierst, tanzt oder liebst – du vergisst die Welt darüber. Zu ihr zurückzukehren heisst, aus einem schönen Traum zu erwachen oder von einem Leiden zu genesen. Du bist noch jung, mein Sohn. Aber – nimm's mir nicht krumm – kannst du für immer jung bleiben? Leider nicht. Was soll's, lauf weiter, lauf nur zu. Ich laufe ja auch. Alle laufen wir. Und wohin? Mit vierzig werden wir nostalgisch, mit fünfzig packt uns der Katzenjammer. Also, lauf nicht zu schnell. Eile mit Weile. Geniesse die Welt, koste sie aus. Sie ist schön, weiss Gott, so schön. Trink dich satt an ihrer Quelle. Was dir heute trüb erscheint, ist morgen klar wie Kristall. Aber alles braucht seine Zeit. Weshalb bist du so traurig?«

»Ich bin nicht traurig. Ich will überhaupt nicht traurig sein.«

»Traurigkeit hat nichts mit Wollen zu tun. Auch ich wollte nie traurig sein.«

»Haben Sie früher getanzt?«

»Ja, schon. Wie man eben tanzt. Ich war nicht besonders gut, hab's nicht mit ganzer Seele getan. Verstehst du, was das bedeutet?«

»Was?«

»Etwas mit ganzer Seele tun.«

»Das heisst, es zu mögen.«

»Mehr. Etwas leidenschaftlich zu lieben. Wenn du das nicht fertigbringst, wenn du einer Sache nicht deine ganze Seele hingibst, gibt sie sich dir auch nicht hin. Das höchste Glück bleibt dir verwehrt.«

»Die meisten Leute tanzen, ohne den Tanz leidenschaftlich zu lieben!«

»Ja, und genauso musizieren und singen und lieben sie. Von denen rede ich nicht. Ich meine die anderen, die es mit Begeisterung tun. Sie leiden daran, aber sie erlangen die Glückseligkeit.«

Er redete ruhig und leichthin, als spräche er nur Gedanken aus, die fix und fertig waren wie die Kleidungsstücke am Garderobenständer im Geschäft. Ich entnahm seinen Worten, dass er die Schneiderei ohne Begeisterung betrieb. Er nähte, wie er getanzt hatte – dilettantisch, allein der Not gehorchend.

Er lud mich zum Sitzen ein, und ich nahm Platz. Ich mochte ihn, obwohl ich nicht einmal seinen Namen kannte. Schon seine kleine Nase gefiel mir. Seine rauhe Stimme berührte mich seltsam. Irgendwie kam ich zu der Überzeugung, dass dieser Mann litt wie ich.

Er hatte den Ärmel angenäht und hob das Jackett mit der linken Hand hoch. Mit der Rechten strich er den Stoff glatt, um zu prüfen, ob alles richtig sass. Dann sagte er in sachlichem Ton: »Bin mal Musiker gewesen, früher.«

Wieder ein Lehrer, dachte ich.

»Eine Zeitlang war ich ganz versessen aufs Musizieren, ich war recht gut.«

Angestrengt mit den Augen blinzelnd, fädelte er die Nadel ein. »Später habe ich's aufgegeben«, setzte er hinzu.

»Wurde es Ihnen langweilig?«

Er zog die Brauen zusammen. »Das trifft es. Ja, es wurde mir langweilig. Vielleicht hat sich's auch mit mir gelangweilt. Jedenfalls, wir trennten uns. Aber warum wirklich? Ich weiss nicht genau. Die Umstände hatten sich verändert. Ich war alt geworden, mein Sohn, vorzeitig gealtert. Allzu schnell genas ich von meinem Leiden. Das Fieber raffte mich nicht völlig dahin.«

Von welchem Fieber redete er?

»Ich spielte die Dafftrommel, war Taktmeister oder, wie man heute sagt, Dirigent. Meine Finger konnten sprechen. Sobald ich irgendein Tanzlied trommelte, irgendeine Taksîma*, einen Makâm** oder Baschraf, wurden die toten Dinge lebendig, und die Steine bebten. Finger hatte ich …«

Unwillkürlich fiel mein Blick auf seine Hände. Nein, alle Finger waren dran.

* Traditionelle musikalische Gattung; stellt durch die Wechselwirkung zwischen Komposition und Improvisation hohe künstlerische Anforderungen an den Interpreten.

** Bezeichnung der Modi für alle improvisierenden Vokal- und Instrumentalgattungen; jeder Makâm besitzt einen eigenen Gefühlsgehalt; im ostarabischen Raum sind über hundert klassische Modelle bekannt.

Er lächelte über meine spontane Reaktion. »Es fehlt keiner«, sagte er. »Fünf rechts, fünf links. Alles komplett, nur dass sie tot sind. Nicht doch, sie leben ja. Wieso sollten sie schuld sein? Das Herz ist gestorben. Das Feuer ist aus. Hier hat es einmal gebrannt.« Er legte die Hand auf seine Brust. »Aus und vorbei. So ist das Leben. Etwas entflammt in dir, du brennst, du loderst. Irgendwann erlöschst du und erkaltest. Aus Glut wird Asche. Ruhe in Frieden! Sag deiner Welt ade. Tritt schnell ab oder vegetiere wie ich, mit einem toten Holzklotz in der Brust. Was soll's! Vergiss, was ich gesagt habe. Lass dir nicht die Seele vergiften. Warum erzähle ich dir das überhaupt? Was hast du mit alledem zu schaffen? Aber durch dich kam ich wieder darauf. Ich war einmal wie du – ein Liebender. Na, geh jetzt, es reicht. Der Schneider kommt heute nicht mehr. Ich mache dicht, hab noch was zu erledigen.«

Niedergeschlagener als zuvor kehrte ich nach Hause zurück. Die Wolke begleitete mich. Sie senkte sich nieder, beschattete und umhüllte mich wie Rauch, erfüllte mich mit grauer Trostlosigkeit. Ich – ein Liebender? Wen liebe ich denn? Sie ist doch da gewesen! Für sie habe ich getanzt. Der Schneider hat sie gesehen, die Leute haben sie gesehen. Also war es keine Illusion? Ich habe nicht geträumt! Aus dem Reich des Unsichtbaren rief sie nach mir, so wie ich nach ihr. Wer rief zuerst, wer wurde gerufen? Wie? In welcher Sprache? Warum?

»In uralter Zeit, die in keinem Buch verzeichnet ist, gab es einmal ein Bildnis. Und ein Jüngling verliebte sich in das Bild.« Ist das nicht alles Betrug? Vielleicht hat der Schneider mich wirklich reingelegt. Dieser Magier hat mich verzaubert, wie der Barbier sagte. Ausnehmen will er mich. Er gab mir keinen Musikunterricht. Ich eigne mich nicht, mein Ohr sei unmusikalisch, meinte er. Tanze! Und ich tanzte. Aber auch darin unterrichtete er mich nicht. Wozu denn, tanzen konnte ich längst. Seit wann eigentlich? Mein armer Kopf! Ein Damm ragt empor, was verbirgt sich dahinter? Wo war ich vorher – ein Jahr, einen Monat, einen Tag, eine Stunde, eine Sekunde, ja einen Augenblick, bevor ich geboren wurde, bevor ich entstand? Woher kam ich? Wohin gehe ich? Wieder ein Damm! Also hätte er mir das Tanzen gar nicht beigebracht? Er erfand ja auch nicht die Orgel, die Melodie, die Legende. Was hat es dann mit diesem besessenen Jüngling auf sich? Und mit dem Standbild? Wer ist sie?

Adam schlief ein, und Gottes Hand nahm eine Rippe von ihm. Sie nahm von ihm eine Hälfte … und nach dieser Hälfte suchte er … Gott gab ihm das Paradies und alles, was darinnen war … Aber Adam schien traurig … Die Wolke war über ihm, in ihm, und das Gefühl der Einsamkeit quälte ihn … »Mein Gott, mein Gott, wie bin ich traurig!« Damit er nicht länger traurig sei, gab Gott ihm seine Hälfte zurück und machte ihn wieder ganz. Da frohlockte Adam und er fand Ruhe, denn nun war er vollkommen.

Wir alle sind wie Adam, wir streben nach Vollkommenheit, nach unserer verlorenen Hälfte.

Der Schneider treibt es mit sich, das hat er selber gesagt. Seine Frau ist bei ihm, und trotzdem schläft er allein. Ist sie denn nicht seine Rippe? Ist nicht das Weib des Mannes Rippe? Wie viele Männer leben so, wenn ihre Ehefrau nicht zu ihnen passt?

Der Bürohengst wird jedenfalls ohne Rippe auskommen müssen. Undenkbar, dass meine Schwester seine Rippe ist. Sie gehört zu einem anderen Mann. Vielleicht ist es einer wie ich, wie der Schneider oder der Taktmeister. Irgendwo, in irgendeinem Land, sucht er schon nach ihr. Günstige Winde werden ihn zu ihr tragen, heute oder morgen, vor der Heirat oder danach. Mag sein, auch nie. Denn wer nicht anklopft, dem wird niemals aufgetan.

Ein Liebender, der philosophiert. Waren nicht alle Philosophen Liebende? Meine Mutter kann zufrieden sein. Ihr Sohn studiert Philosophie nicht in Büchern, sondern empirisch, mit seinem Herzen.

Nach dem Mittagessen versuchte ich zu schlafen – voller Neid auf alle, die leicht hinübergleiten. Sie legen sich zu Bett und sagen vertrauensvoll: Jetzt schlaf ich ein Stündchen, eine halbe Stunde – und weg sind sie. Der Schlummer eilt zu ihnen wie eine Odaliske in der Osmanenzeit. Ein Wink genügt, schon schlüpft sie gehorsam unter die Decke.

Meine Odaliske erschien nicht. Liebe und Schlaf sind Rivalen. Doch auch im Wachen kommen die Träume. Wachend erträume ich meine Geliebte, sehe ich sie vor mir stehen. Königlich ihr Wuchs, die Taille, die Brust. Und der Hals – so weiss. Mein Gott, wie weiss und schön! Tiefrot leuchtet ihr Mund, und aus dem Rot funkelt ein mandelförmiger Diamant. Da – ein einzelner zarter Applaus, er tönt nach seinem eigenen Rhythmus, und er sagt mir: Dein bin ich, dein, dein ... Der Tanz ist aus, die Musik verklungen, das Bild verweht. Die Frau mit dem Lächeln verschwand. War sie nur ein Trugbild? Eine Fata Morgana? Ist sie jetzt wieder eine Wolke?

»Was steigt da herauf aus der Wüste wie ein gerader Rauch, wie ein Duft von Myrrhe und Weihrauch? Meine Freundin, du bist schön! Deine Augen sind wie Taubenaugen hinter deinem Schleier. Dein Haar ist wie eine Herde Ziegen, die herabsteigen vom Gebirge Gilead. Deine Zähne sind wie Perlen, die aus der Schwemme kommen. Deine Lippen sind wie eine scharlachfarbene Schnur, und dein Mund ist lieblich. Deine Schläfen sind wie eine Scheibe vom Granatapfel. Dein Hals ist wie ein Turm. Deine beiden Brüste sind wie junge Zwillinge von Gazellen, die unter den Lilien weiden. Du bist wunderbar schön, meine Freundin, und kein Makel ist an dir.«

3

Wo steckte der Schneider nur? Ich traf ihn weder zu Hause noch im Geschäft, und sein Gehilfe wollte mir nicht verraten, wo er sich aufhielt. Er wisse es nicht, sagte er. Wenn ich ihn fände, würde ich ihm vorschlagen, gemeinsam auf die Jagd zu gehen. Ich hatte auch beschlossen, das Entgelt für meinen Musikunterricht zu verdoppeln. Bis jetzt begründete ich meine Beziehung zu ihm damit, dass er mir das Musizieren beibrachte. Niemand in unserer Stadt würde Tanzstunden nehmen und obendrein noch Geld dafür bezahlen.

Ich fragte mich, was der Schneider mit seinem Handwerk verdienen mochte. Er betrieb es unregelmässig, und seine Einkünfte aus den Musikstunden waren gewiss recht dürftig. Das erklärte seine Armut und das unaufhörliche Keifen seiner Frau. Ich wusste noch nicht so recht, was ich von ihm halten sollte. War er nun ein Magier, wie der Barbier behauptete, oder ein Weiser, als der er mir erschien? Nur eines stand für mich fest: Dieser Mann war ein Rätsel, aber jedenfalls kein Übeltäter. Er war ein glänzender Erzähler, und er verdiente meine ganze Zuneigung und Bewunderung. Er würde mich zu jener Frau führen, die ich beim Tanzen gesehen hatte. Dafür wollte ich ihm geben, was immer er wünschte.

Ich schlenderte ziellos umher, betrat dann eine Kneipe und bestellte irgendein Getränk, trank aber das Glas nicht aus. Die Kneipe war schmutzig. Besser, ich gehe in ein Strandcafé, dachte ich, und genehmige mir dort ein kühles

Bier. Wie die anderen jungen Kerle verlangte ich gleich eine Flasche und goss mir selber ein. Ich kaufte eine Schachtel Zigaretten und paffte vor mich hin. All das tat ich hastig, als müsste ich eine Aufgabe erledigen, als kippte ich rasch ein kaltes Getränk hinter, um meinen Durst zu löschen. Bald stand ich auf und ging ins Kino. Doch der Film war mir zu dramatisch, meine Nerven streikten. Ich verliess das Kino und bummelte wieder umher. Ich könnte bei meinem Onkel vorbeischauen, überlegte ich, und setzte die Idee sofort in die Tat um.

Meine Cousine war zu Hause, nachmittags spielte sie ihre Etüden. Mein Besuch überraschte sie so, dass sie richtig verlegen wurde und nicht mehr wusste, was sie tun sollte. Schliesslich überredete ich sie, einfach weiterzuspielen, als sei ich gar nicht da. Sie würde mir eine Freude machen. Ich wolle ihr nur zuhören, mal sehen, was sie schon alles spielen konnte.

Ich wusste nicht, was sie wirklich bei meiner Bitte empfand. Wahrscheinlich kam sie ihr gelegen, auf diese Weise würde sie am besten ihre Befangenheit überwinden. Sie trug ja ihre Brille. Und ich hasste Brillen. Das hiess, wir hätten uns unterhalten müssen, ohne dass einer den anderen anblickte. Das Klavierspiel bot einen Ausweg. Durch die Musik konnte sie mit mir und mit sich selbst reden, freiweg und ohne diese Hemmung, die sie stets befiel, wenn sie mir gegenüberstand.

Ich sass nicht weit vom Fenster, das auf die Strasse hinausging. Sobald die schönen Melodien den Salon erfüllten, erhob ich mich von meinem Sessel. Durch einen Fensterspalt schaute ich zum Himmel hinauf. Ich folgte den Wolken.

Ich betrat sie. Wieder drangen Orgelklänge an mein Ohr. Das Klavier spielte, aber es tönte eine Orgel. Ob meine Cousine die Orgel auch hörte? Über ihr stand keine Wolke. War sie in ihr? Geraubte Rippe, sagte ich insgeheim, verlorene Hälfte. Du Bildnis. Armes Cousinchen, mit deiner Brille. Aus welchem Körper stammst du? Wessen Hälfte warst du einst? Welchen Rahmen wirst du verlassen, Abbild, das auf seinen Tänzer wartet?

Sie spielte für sich. Hatte sie sogar meine Anwesenheit vergessen? Ihre Maman war mir spinnefeind wegen meiner Aversion gegen die Brille. Noch schlimmer wurde es, als sie von meinen Besuchen bei dem Schneider und von dem Dolchtanz erfuhr. Bitte, sie verliess nicht einmal ihr Zimmer, um mich zu begrüssen. Wenn schon, ich war nicht ihretwegen hier. Eigentlich war ich aus keinem bestimmten Grund gekommen. Nur weil ich nicht wusste, was ich mit meiner Zeit anfangen sollte. Ich stand am Fenster und berauschte mich an der hinreissenden Musik, die dröhnend anschwoll, leise verebbte und fast erlosch, bevor sie von neuem auflebte, strömte, emporschwebte, zärtlich und schwingend, um schliesslich ganz zu verhauchen – wie ein heimlicher Seufzer, wie das ferne Gurren einer Wildtaube.

Sie unterbrach ihr Spiel. Ach, wenn sie doch die Brille abnähme! Sie blieb sitzen. Nervös hämmerten ihre Finger auf die Tasten, besänftigten sich dann und eilten hurtig darüber hin. Plätscherndes Wasser. Ein dröhnender Gong, ein Entschluss. Im letzten Verzittern zerbarst er in klingende Kreise, die in der Luft auseinanderstrebten, weiter und weiter, bis der grosse See des Schweigens im Salon sie verschluckte.

Sie erhob sich und trat mit gesenktem Kopf zu mir. Sie tat mir leid. Warum mussten sie ihr verraten, dass ich Brillen hasse? Sie stellte sich neben mich ans Fenster, und wir blickten hinauf in den Himmel. Ich bemerkte ihre hängenden Schultern. Wer hatte diese kleine Ente gefangen? Wer brach ihr die Flügel?

Über den See fliegen Enten. Ein Jäger beobachtet sie im Gebüsch. Er schiesst. Eine Ente stirbt, aber sie stirbt im Flug, und es gab jemanden, der auf sie zielte. Nur mein Entchen, meine Cousine, fasst niemand ins Visier. Sie fliegt und fliegt, doch keiner legt auf sie an. Warum hat es keiner auf sie abgesehen?

Sie lehnte am Fenstersims. Durch die Stille tönte eine Melodie. Auch im Schweigen verging sie nicht. Sie gehörte zum Schweigen. Die Klänge hüllten uns ein, so traurig, so sehnsüchtig.

Weisse Wolken stehen über dem Horizont. Wir steigen zu ihnen auf, meine Cousine und ich. Wir fliegen. Ein Entenpaar im Flug. Der Erpel ist getroffen. Der Jäger hat ihn angeschossen. Er tötet ihn nicht, liest ihn nicht auf. Er lässt ihn liegen, um später nach ihm zu suchen. Die Ente ist heil geblieben, zu ihrem Unglück. Kein Jäger zielt auf sie, niemand will sie haben.

»Nimm mich mit.« Sie blickte nicht auf, vermied es, mich anzusehen.

»Wohin?« fragte ich, ohne mich umzudrehen.

»Zu diesem Schneider.«

Ich fuhr herum. »Was willst du dort? Etwa mit dem Dolch tanzen?«

»Ich lerne das Musikstück zu dem Tanz.«

»Wozu? Deinen Eltern wirst du es nie vorspielen.«

»Ich spiel's für mich allein.«

»Und wenn sie dich hören?«

»Sollen sie doch.«

Wir schwiegen.

Mir war, als legte sich eine Hand auf die meine, als ruhten warme, sanfte Finger auf meiner Haut. In Wellen floss der Druck über meinen Handrücken. Ich hatte mich zum Zimmer gewandt, sie schaute weiter hinaus. Wir standen voneinander abgekehrt. Ohne Absprache wich jeder dem Blick des anderen aus.

Nichts war auf meiner Hand. Ist es ein Traum gewesen? Ein Wunsch? Vielleicht hatte sie es tun wollen. Traute sich aber nicht. Es gab nichts auf meiner Hand. Nur die Wärme eines Körpers nahe bei mir. Unsere Hüften berührten sich. Sie schaute nicht hoch. Eine Barriere! Wer hat ihr verraten, dass ich Brillen hasse?

»Tanzmusik willst du lernen? Du bist wohl scharf auf Probleme? Sieh dich vor. Überhaupt, für wen bringst du dieses Opfer?«

Ihre rechte Schulter zuckte. Auch die linke. Ich bemerkte es, als ich ihr einen verstohlenen Blick zuwarf. Sie stützte sich mit beiden Armen auf das Fensterbrett, ihr Kopf lehnte an der kühlen Scheibe. Die Ente ist zurück von ihrem Flug. Kein Jäger hat auf sie gezielt, kein Tänzer für sie getanzt. Ihre Musik war umsonst. Alle Lieder sind abgenutzt. Zerschlissen die Partituren. Wirkungslos die Fingerspitzen, die nur über Tasten gleiten, aber nicht anklopfen.

»Spiel lieber Tango«, riet ich ihr, »einen wie im Casino. Dazu tanzen alle gern – dein Vater, mein Vater, meine

Schwester, der Verwaltungsdirektor, unsere Freunde. Was ist bloss in dich gefahren?«

»Sprich nicht von mir!« unterbrach sie mich heftig. »Lass mich in Ruhe! Du weisst ja nicht, weisst nicht …«

Mit einer spontanen, unbewussten Bewegung legte sich meine Hand auf ihren Hinterkopf. Nicht, dass ich besondere Sympathie für sie empfunden hätte, meine Hand schien ihren eigenen Gefühlen zu folgen. Aber nun war die Barriere gefallen. Die Handfläche strich über den Hals, begegnete einem Wirbel. Zwischen den Schultern der Nacken, weizenfarben, flaumig. Und an der Seite klopfte der Puls. Was, wenn ich sie hierhin küsste? Ich, ihr Cousin, ihr Freund, ihr Kamerad – ein Mensch, der ihr beistehen wollte.

Was ist denn das? Ach! Seine Hand auf meinem Haar, meinem Nacken. Das kribbelt. Eine grosse Kribbelameise. Wie das kitzelt, wenn so grosse Ameisen laufen. Jetzt erreicht seine Hand die Schulter. Gleich wird er sie zurückziehen, auf den Sims stützen oder einfach herabhängen lassen. Auf meine Wange wird er sie nicht legen. Er mag ja weder mein Gesicht noch meine Wangen ansehen. Ich trage eine Brille!

Die Tür ging auf. Unwillkürlich nahm ich die Hand von der Schulter meiner Cousine. Wir standen wie zuvor, voneinander abgewandt. Jemand schaute herein – meine Tante. Eine Matrone über vierzig mit kurzem Hals und maskenhaft flachem, rundem Gesicht. Sie zeigte sich überrascht. Sie grüsste, lächelte.

»Du hier? Sag mal, was ist mit diesem Schneider? Stimmt es, dass du auf der Strasse getanzt hast? Ich wollte es nicht glauben.«

»Glaub's nur.«

»Wie ein Zigeuner hast du getanzt?«

»Genauso.«

»Was meinten die Leute dazu?«

»Hab niemanden gefragt.«

»Und dein Vater?«

»Soll sagen, was er will.«

»Und der Verlobte deiner Schwester?«

»Der Paragraphenreiter?«

»Man hat dich verdorben. Dieser verwünschte Schneider hat dich verleitet. Gestern im Casino ...«

»Hör auf, Maman«, sagte meine Cousine. »Er mag das Casino nicht.«

»Aber sein Vater mag es.«

»Ich nicht«, sagte ich.

»Du liebst weder deinen Vater noch den Verlobten deiner Schwester.«

»Den Verlobten seiner Schwester kann ich auch nicht leiden«, sagte meine Cousine.

»Meinetwegen«, erwiderte meine Tante. »Vielleicht gefällt er mir auch nicht. Aber er stammt aus angesehenem Hause und er ist Verwaltungsdirektor. Ausserdem hat er gute Manieren.«

»Deshalb regt er mich ja auf. Das Getue ist mir zuwider.«

Ihr kurzer Hals rutschte zwischen die Schultern. Durch die ovalen Brillengläser warf sie mir einen schiefen Blick zu. »Gute Manieren sind dir also zuwider?«

Ich wollte sie absichtlich reizen. »Ich verabscheue sie sogar.«

»Du verabscheust sie? Wo bleibt deine Kinderstube? Und was hältst du von einem üblen, miserablen Benehmen, wie es dieser Flickschneider an den Tag legt?«

Ärgerlich protestierte meine Cousine: »Warum hasst ihr nur alle den Schneider? Etwa weil er arm ist?«

»Weil er deinen Cousin verdirbt. Weil er ihn angestiftet hat, den Maestro zu entlassen.«

»O nein«, rief sie. »Weil mein Cousin sich frei für ihn entschieden hat!« Und noch einmal französisch: »Comme il faut.«

Sie wollte wohl mehr ihrem Ärger Luft verschaffen als mich verteidigen. Doch meine Tante fasste ihre Worte als Provokation auf und reagierte mit schweigender Missbilligung. Sie schloss die Tür hinter sich und kehrte in ihr Zimmer zurück.

Meine Cousine und ich wechselten ein kurzes Lächeln des Triumphes, ohne etwas zu sagen. Sie setzte sich wieder ans Klavier und begann einen Walzer zu spielen. Ihre Stimmung beflügelte die Melodie. Ausgelassene Freude schien in ihren Fingerkuppen zu pulsieren. Ihre Worte machten sie geradeso glücklich, wie sie die Maman verärgert hatten.

Dankbar verliess ich das Haus meines Onkels. Hier schlug ein Herz, das wie meines nach Freiheit verlangte. Aufrichtig wünschte ich meiner Cousine alles Glück. Fragte sich nur, aus welcher Richtung, mit welchem Wind, das Glück zu ihr kommen würde.

Warme Zärtlichkeit durchströmte meine Brust, eine tiefe Leidenschaft, durchweht von der leisen Wehmut herbstlicher Abende. Mein Herz schlug voller Verlangen, als erwartete mich die Frau, die ich gesehen hatte, als ginge ich zu einem Rendezvous mit ihr. Später, als die Nacht hereinbrach, erlosch die süsse Euphorie. An ihre Stelle trat die Empfindung, etwas heiss Ersehntes für immer verloren zu haben, und unendlicher Schmerz über diesen Verlust.

»›Ich habe mein Kleid ausgezogen – wie soll ich es wieder anziehen? Ich habe meine Füsse gewaschen – wie soll ich sie wieder schmutzig machen?‹ Mein Freund steckte seine Hand durchs Riegelloch, und mein Innerstes wallte ihm entgegen. Da stand ich auf, dass ich meinem Freunde auftäte. Doch er war weg und fortgegangen. Meine Seele war ausser sich, dass er sich abgewandt hatte. Ich suchte ihn, aber ich fand ihn nicht; ich rief, aber er antwortete mir nicht. Es fanden mich die Wächter, die in der Stadt umhergehen; die schlugen mich wund. Die Wächter auf der Mauer nahmen mir meinen Überwurf. – Ich beschwöre euch, ihr Mädchen, findet ihr meinen Freund, so sagt ihm, dass ich vor Liebe krank bin.«

4

Tag für Tag sank mein Stimmungsbarometer. Die überschwengliche Euphorie verwandelte sich in depressive Lethargie, wie sie aus Hoffnungslosigkeit entsteht. Jugendliche Romantik tat ein Übriges, den Weltschmerz zu verstärken. Der Verlust jener Frau mit dem strahlenden Lächeln erfüllte mich mit leiser, brennender Trauer. Nie mehr würde ihr Bild mir erscheinen, und nichts würde mich je darüber hinwegtrösten.

Nachdem ich mich derart in Verzweiflung gesteigert hatte, tat es mir doch um meine Liebe leid, und ich beschwor wieder die Hoffnung. Besser quälende Hoffnung als bequeme Verzweiflung. Eine Reise könnte mich retten. Nur würde das bedeuten, die Aussicht auf ein Wiedersehen mit ihr ganz aufzugeben. So liess ich mich von meinen Zweifeln treiben wie ein Boot, das mit gerissenem Ankertau vor dem Sturm kapituliert.

Zu meinem Pech war der Schneider wieder verreist. Ich erkundigte mich im Geschäft nach ihm. Der Taktmeister lächelte freundlich, konnte mir jedoch nicht weiterhelfen, weil er nichts wusste. Ich fand den Mann sympathisch, schon wegen seiner Freundlichkeit, aber auch wegen dieser rätselhaften Melancholie, die ihn umgab.

Als ich ankam, sass er auf demselben Hocker, in der gleichen Stellung. Zwischen den Händen hielt er ein Stück Stoff, in das seine Finger mit festem Druck die Nadel einführten und herauszogen. Ich sah ihm zu. Hinter der gleichförmigen Bewegung und seiner müden, gebückten Haltung ahnte ich tief verborgenes Leid. Vor allem seine Finger gaben mir zu denken. Ich erinnerte mich, dass er gesagt hatte: »Sie sind tot.« Ich stellte mir vor, wie sie lebten und trommelten, und ich fragte mich, warum sie tot sein mussten, warum das Herz gestorben war. Weshalb sterben unsere Herzen wie Kinder, wie Blumen vor der Zeit?

»Mein Sohn«, hatte der Schneider eines Abends zu mir gesagt, »wir sind aus Lehm gemacht, genau wie alle Menschen in allen Ländern. Nur, unseren Lehm hat das Feuer nicht ausgehärtet. Die Ware gerät der Töpferei nicht immer gleich gut. In jedem Ofen gibt es Randstellen, wo die Keramik nicht richtig hart wird. Dann muss sie noch mal gebrannt werden. Auch unser Steingut kam zurück in den Ofen. Es wurde tüchtig gebrannt, aber hart ist es nicht geworden. Verfluchter Lehm, sagst du? Ich bin anderer Meinung. Das Problem liegt beim Töpfer. Letzten Sommer ging ich öfter zu einer Werkstatt und besah mir das Tonzeug, das man dort formte und brannte. Es war besser und solider als alles Geschirr der Welt. Jedenfalls behauptete das der Töpfermeister. Ich hab's ihm geglaubt. Er beschwindelte mich, aber ich nahm es ihm ab. Sie belügen uns, und wir glauben ihnen, immer wieder fallen wir drauf herein. Ein Arbeiter hat mich dann aufgeklärt. ›Lassen Sie sich nichts vormachen‹, sagte er. ›Unsere Keramik ist zerbrechlich und ganz gewöhnlich. Daran ändert sich auch nichts, solange die Werkstatt und der Besitzer sind, wie sie sind.‹ Demnach lebt dieser Töpfermeister von dem Schwindel, dass seine Ware die allerbeste sei, und das redet er den Leuten ein. Niemand in seiner Umgebung wagt, ihm die Wahrheit ins Gesicht zu sagen. Er ist ein aufgeblasener Faulenzer, sein miserabler

Ofen bringt keine Hitze. Aber er lügt und tischt immer neue Lügen auf. Er betrügt und profitiert vom Betrug. Er arbeitet nicht und belässt alles beim Alten. Er macht nur, was ihm gefällt, weil ihn keiner zu etwas anderem zwingt. Man sieht ihn im Kaffeehaus sitzen, er schmaucht seine Wasserpfeife und genehmigt sich ein Gläschen. Sein Ehegespons protzt mit ihren Juwelen und Roben, und das Grammophon leiert in einem fort das alte Lied von der Genügsamkeit. Wir versinken derweil im Schlamassel. Uns knurrt der Bauch, unsere Haut ist bleich. Und unsere Krüge sind undicht, die überstehen nicht den kleinsten Stoss.«

Die Nadel fährt hinein. Die Nadel kommt heraus. Erstorben das Herz. Die Finger tot. Sie arbeiten mechanisch wie die Kolbenstange einer Lokomotive, angetrieben vom Hunger nach dem täglichen Brot.

Teilnahmsvoll fragte mich der Taktmeister: »Du hattest wohl Probleme mit deinen Eltern wegen dem Dolchtanz?«

»Sie machen mir Vorwürfe. Sie möchten nicht, dass ich ihn tanze. Sie ziehen Tango vor.«

»Hör zu, mein Freund. Tangotänzer können Dolchtänzer nicht ausstehen. Mag sein, dass sie ihnen mal zuschauen, aber sympathisch sind sie ihnen darum noch lange nicht. Du hättest beim Maestro bleiben und wie deine Cousine Noten lernen sollen.«

»Meine Cousine hat die Noten auch satt«, sagte ich. »Sie möchte mit mir zum Schneider gehen und das Stück zum Dolchtanz lernen.«

»Schon möglich. Sie ist jung. Gott segne die Jugend! Aber warum will sie das?«

»Nur so.«

»Es muss einen Grund geben. Frag sie.«

»Sie will es für sich selbst lernen.«

»Dann schafft sie es nie. Sie bringt's nicht weit. Der Spiegel gibt dir nur zurück, was du ihm darbietest. Der Garten blüht, weil ein Gärtner ihn pflegt. Deine Cousine ist ein Mensch wie jeder andere. Sie lernt diese Musik für einen, der dazu tanzt.«

Beinahe wäre mir herausgefahren: »Aber sie trägt eine Brille!« Ich verkniff es mir und sagte: »Im Haus meines Onkels tanzt niemand mit einem Dolch.«

»Und du?«

»Ich? Ausgeschlossen. Ich dürfte nie bei meinem Onkel tanzen. Dort stehen sie auf Schleichertango.«

»Du wirst tanzen, mein Sohn. Sie wird spielen, und du tanzt. Selbst wenn du nicht anwesend bist, tanzt du, vielleicht auch ein anderer, in ihrer Phantasie. Der Schneider erzählte doch, eine junge Frau sei aus dem Bild gekommen und habe getanzt. Weshalb sollte nicht einmal ein junger Mann erscheinen und für deine Cousine tanzen?«

Ich rückte näher an den Taktmeister. Flehend sah ich ihn an. Er kannte also die Legende, er könnte mir einen Rat geben. Was immer er sagte, ich würde ihm glauben. Der Barbier war ein Schwafler. Ich war zu ihm gerannt, aber er machte überhaupt keine Pause, dass ich ihm eine Frage hätte stellen können. Wenn der Taktmeister meine Geschichte als Schauermärchen abtat, wäre ich erlöst. Ich brauchte jemanden, der sie für Unsinn erklärte. Zwar wusste ich es selbst, aber ein anderer musste es mir bestätigen. Danach würde ich die Suche einstellen. Das Gesicht, das ich sah, wäre nur eine Augentäuschung gewesen, das Lächeln nichts als ein Sonnenfleck auf einem Stück Holz mit eingeritzten Zügen.

»Glauben Sie dem Schneider?« fragte ich.

»Warum sollte ich nicht? Ich war auch mal so jung wie du. Auch mich hat eines Tages eine Frau angelächelt. In einer Mondnacht ist sie aus einer Statue zwischen den Bäumen im Park zu mir herausgetreten.«

Ich begann an ihm zu zweifeln. Sein grauer, rasierter Kopf verschwamm zu einer rauchigen Kugel, an der zwei Augen glänzten. Der Mund regte sich, die Lippen sprachen, aber die Worte klangen dumpf, als kämen sie aus einem Brunnen. Nur die rauhe Stimme blieb mir vertraut. Auf und ab ging der spitze Adamsapfel. Eine Bleistiftskizze à la Dschibrân* auf einem weissen Blatt Papier, das war alles, was von ihm übrigblieb.

Der Schneider hatte ihn verhext. Um den Verstand hatte er ihn gebracht, und meinen würde er auch noch rauben. Nur deshalb sorgten sich meine Eltern um mich. Der Schneider war doch ein Magier! So sah die Wahrheit aus. Jetzt wusste ich Bescheid. Diese Legende war ein Hirngespinst. Das Gesicht, das Lächeln, die Musik, der Tanz – pure Illusion! Zaubertricks eines Magiers. Tausendundeine Nacht, Märchen von Dschinnen. Gleich heute abend würde ich meinem Vater alles berichten.

Der Taktmeister begann zu erzählen, und ich hörte zu, ich lauschte. Die Worte tönten in einem melodischen Rhythmus. Sie fielen wie einzelne, hallende Schläge auf

* Dschibrân Chalîl Dschibrân (1883–1931), libanesischer Schriftsteller, führender Vertreter der Romantik in der modernen arabischen Literatur; lebte jahrelang in den USA, wo er auch als Maler bekannt wurde.

die grosse Mashartrommel, die einer Karawane bei ihrem Zug durch die Wüste vorangeht. Die Stille wirft das Echo zurück, bevor sie es verschluckt. Dumm! Dumm! Dumm! Ich erzitterte unter dem Klang, ohne den Sinn zu erfassen. Meine Gedanken waren ganz von dem Schneider ausgefüllt. In meiner Vorstellung sah ich ihn, hörte sein Lautenspiel. Zwei Szenen liefen synchron vor mir ab. Die eine spielte nach dem Text des Taktmeisters, die andere nach meinem. Er nahm keine Notiz von mir. Wenn er auf mich eingegangen wäre, hätte er mich zurückgeholt und aus meinem Gespaltensein gerettet. Doch er ignorierte meine Zerstreutheit, mag sein, dass er mich vergessen hatte. Vielleicht war auch er ein Magier. Warum sonst fühlte ich mich in seinem Beisein wie betäubt, wie hypnotisiert, ohne das Bewusstsein ganz zu verlieren?

Ich hörte den Taktmeister weiterreden: »Einmal sagte ich zu dem Meister, der mich das Trommeln lehrte: ›Wüsste ich um die Geheimnisse der Mumifizierung, würde ich Ihre Finger konservieren. Nach Ihrem Tod würde ich sie einbalsamieren und immer bei mir zu tragen. Dann könnte ich jederzeit hören, wie sie einst gespielt haben.‹ Mein Meister lachte. ›Besser, du trägst deine eigenen lebendigen Finger bei dir‹, erwiderte er. ›Wenn du fleissig lernst, lebe ich in dir fort. Mit deinen Fingern werde ich trommeln. Alles andere ist Staub zu Staub. Spiel, mein Junge, spiel! Jeder Finger, jeder Knöchel hat eine Aufgabe und einen Schlag, eine Stimme und einen Nachhall. Bring die Rikktrommel zum Sprechen. Verlass dich nicht auf die Schellen am Daff. Die kaschieren nur deine Schwächen, und ich will nicht, dass du schwach bist. Werde ein echter Taktmeister. Vermagst du es aber nicht, so begnüge dich nicht mit Mittelmass. Dann gib den Beruf auf.‹ Ich hielt mich an seinen Rat. Alle Rhythmen habe ich bei ihm gelernt, in seinem ärmlichen Zimmer, wo er später einsam gestorben ist. Schliesslich wurde ich Taktmeister. Bei vielen Orchestern habe ich gearbeitet. Unzählige Motive habe ich improvisiert, unbeschreibliche Schlagfolgen auf meiner Trommel intoniert. Doch das gehört zum Beruf, davon wollte ich dir nicht erzählen. Das Eigentliche kommt erst. Also, die Damen irgendeines Wohltätigkeitsvereins hatten eine Feier geplant. Sie baten mich, mit den jungen Mädchen den Samâchtanz einzustudieren. Ich nahm den Auftrag an und gab mein Bestes. Insgeheim musste ich über einige von den Damen lachen. Was für ein Getue! Einfach abscheulich. Die Gemahlin des Gouverneurs rief mir zu: ›He, Schlagzeuger!‹ Ich drehte mich nicht einmal um. Wie geschmacklos! Ein Musiker klärte sie auf: ›Er ist unser Taktmeister, Madame. Morgen zur Feier wird er die ganze Kapelle dirigieren.‹ Madame kapierte nichts. Die eingebildete Schnepfe! Ich liess sie links liegen.«

Bestimmt eine Tangoanhängerin, dachte ich. Eine wie meine Tante.

Der Taktmeister erzählte weiter: »Die Party widerte mich an. Richtig übel wurde mir von dem affektierten Gehabe mancher Vereinsdamen, aber ich wollte die Mädchen bei ihrem Tanz nicht sitzen lassen. Ich wartete in den Kulissen hinter der Bühne. Eine Stunde vor Beginn konnten wir endlich die Generalprobe durchführen. Ein Dämchen rannte schon seit Mittag mit einem Zettel auf und ab, obwohl sie ihre Rede erst am Abend halten sollte. Morgens waren Geschenke an die armen Kinder verteilt worden. Was für ein Schieben und Drängen, um aufs Foto zu kommen! Jede Dame schnappte ein Präsent und drängelte sich vor, wenn sie es einem Kind überreichte. Zur Hölle mit alledem! Doch es sollte schlimmer kommen. Ich bat die Damen, sich ein wenig von der Bühne zurückzuziehen, damit wir die Tänze noch einmal proben könnten. Aber nein, gerade vor den Kulissen mussten sie sich zusammenrotten. Ohne Sinn und Zweck schwirrten sie wild durcheinander. Die mit dem Zettel marschierte unentwegt über die Bühne. Bald entfaltete sie den Wisch, bald benutzte sie ihn als Fächer. Vor leerem Saal deklamierte sie lauthals ihre verwünschte Rede. Sie brachte die Tänzerinnen aus dem Konzept und provozierte bereits spöttische Bemerkungen. Die Probe war eine einzige Farce. Unter die Tänzerinnen wurden fünf neue Pummelchen eingereiht, ihren Müttern zu Gefallen, die gedroht hatten, andernfalls aus dem Verein auszutreten. Ich protestierte, das seien viel zu viele Tänzerinnen. Die Gouverneursgattin schritt ein und schickte zwei Mädchen aus dem Kreis. Ausgerechnet die besten Tänzerinnen! Die Direktorin der Schule konnte nichts für sie tun. Eins der Mädchen schaute zu mir her, als sie ihren Platz verliess. Nun war das Mass voll! Ich holte die beiden zurück, und zwar mit allem Nachdruck. Später sagte man mir, in jener Nacht hätte ich mich selbst übertroffen. Die Trommel tanzte nur so zwischen meinen Fingern. Jeder einzelne Knöchel klopfte mitreissende Melodien. Da war ein Gesicht ... Immer wieder sah ich hin, und jedesmal, wenn unsere Blicke sich trafen, wuchs meine Begeisterung.«

Der Taktmeister phantasiert, dachte ich. Noch ein Opfer des Wahns? Unsere Geschichten ähnelten einander.

Auch ich schaute in eine bestimmte Richtung, zu einem bestimmten Gesicht und dachte an die Legende des Schneiders. Bei ihm war es also dasselbe gewesen. Der Schneider musste uns beide verzaubert haben.

Schon wollte ich es aussprechen, schon öffnete ich den Mund. Verblüfft starrte ich ihn an, meine Haltung war ein einziges inständiges Fragen. Aber der Taktmeister bewegte seinen Mund und redete weiter. Seine angenehme rauhe Stimme klang, als käme sie aus einem Brunnen.

»Am nächsten Tag suchte ich nach der Frau, die ich gesehen hatte. Ich fand sie weder in der Schule noch im Verein. Die Direktorin stellte sich dumm und verspottete mich. Zur Gattin des Gouverneurs konnte ich nicht vordringen. Niemand wusste, wer diese junge Frau gewesen sein sollte und wo sie zu finden wäre. Wie du irrte ich durch die Strassen, schaute in die Fenster und wanderte durch Parks und Grünanlagen. Am Ende war ich richtig krank.

Ich wurde in eine Klinik eingeliefert, aber es gab keine eindeutige Krankheit. Der Arzt tippte auf Blutarmut. Er behandelte mich mit Stärkungsmitteln und empfahl mir, viel Sport zu treiben. Ich sollte spazierengehen und leichte Unterhaltungsliteratur lesen. Schliesslich überwies man mich in ein Sanatorium, wo ich auch nur Stärkungsmittel bekam. Immerhin durfte ich frei im Klinikpark umherwandern, denn mein Leiden erforderte keine Bettruhe.

Glaubst du mir, meine Sohn, dass ich ihr Gesicht in diesem Sanatorium wiedersah? Ja, ich sah es. Zwischen Zypressen, Jasmin und Flieder stand auf einem hohen Steinsockel die Büste einer betenden Frau. Schon oft war ich dort vorbeigegangen, ohne sie zu beachten. Doch eines Tages kam ich direkt von vorn, und unsere Augen trafen sich. Plötzlich fühlte ich mich erfrischt, Körper und Geist erwachten, und ich erinnerte mich an das Gesicht jener Frau. Sie war es, in Marmor gemeisselt, zu Stein erstarrt.

Ich blieb ein Weilchen bei ihr, streichelte ihre Wangen, ihr Haar, und benahm mich, als wäre sie lebendig. Dann kam ich zu mir und merkte, was ich da tat. Ich verliess sie und ging auf mein Zimmer. Wenn du das Bild deiner Geliebten in einem Buch oder unter dem Kopfkissen aufbewahrst, holst du es von Zeit zu Zeit hervor und schaust es dir an. Du weinst um sie oder lachst sie an. Du flüsterst ihr Zärtlichkeiten zu. Du küsst das Bild und drückst es an dich, als sei es deine Geliebte in Fleisch und Blut. Genauso machte ich es auch. Ich besuchte die Statue, um sie zu küssen, ihr Liebesworte zu sagen und in ihrer Nähe Ruhe und Frieden zu finden. Dann hatte ich einen Einfall: Warum sollte ich ihr nicht ein bisschen vortrommeln? Die Idee liess mich nicht mehr los. Nur konnte ich sie nicht sofort in die Tat umsetzen. Meine Trommel war nicht erreichbar. Ich durfte doch niemanden bitten, sie zu holen, geschweige denn jemanden in mein Vorhaben einweihen. Man würde es als Beweis für meine Verrücktheit betrachten. Eines Nachmittags stahl ich mich aus dem Sanatorium fort und kaufte eine Trommel. Ich hüllte sie in meine Jacke und schob sie unters Bett. In der Nacht, es war Mondschein, kletterte ich aus dem Fenster und schlich mich leise in den Park. Vorsichtig, dass mich ja keiner hörte, begann ich vor ihrem Bildnis meine Rhythmen zu schlagen. Ich spielte wie im Traum. Noch einmal durchlebte ich die Feier des Wohltätigkeitsvereins – die Musik, die Tänze, die Kostüme und

Gestalten, die Bewegungen und Gesichter. Alles, was auf jenem Fest passiert war, wurde wieder lebendig. Auch sie. Ich sah sie zwischen den Tänzerinnen stehen und stürzte zu ihr hin. Aber ich fand nur die Statue, und meine Hände umklammerten ihre Arme aus kaltem Stein. Ich eilte zurück in mein Zimmer. Fix und fertig warf ich mich angekleidet aufs Bett. Zum Glück war mein Zimmergenosse am selben Tag entlassen und sein Bett nicht neu belegt worden. Ich war allein und konnte hemmungslos weinen oder lachen oder sonst etwas tun, um meine Nerven zu beruhigen. Das Stöhnen und Jammern half. Ich kam zur Ruhe, mein Körper erschlaffte. Mattigkeit lullte mich ein, und ich ergab mich der angenehmen Betäubung. War ich eingeschlummert? Nein! Meine Augen standen ja weit offen. Eine weisse Gestalt glitt, kaum den Boden berührend, durch das Zimmer. Mit rhythmischen Bewegungen reckte sie die Hände, drehte sich im Kreis, kreuzte die Arme über der Brust und öffnete sie wieder. Ihre wachsweissen Finger malten rätselhafte Ornamente in die Luft. Bestürzt und sprachlos sah ich ihr zu und wollte meinen Augen nicht trauen.

Als ich mich endlich aufrichtete, flatterte die Gestalt mit ihren Armen, schwang sich auf den Fenstersims und zog davon wie ein weisser Nebel. Ich konnte nicht mitfliegen, folgte ihr nur mit den Augen. Sie glich einer Wolke, einer Taube. Langsam schwebte sie im Kreis und landete dann auf dem Sockel der Statue.

Im Sanatorium wurde gemunkelt, in jener Nacht hätten die Patienten Trommelschläge und alte Gesänge gehört. Doch niemand gab an, eine weisse Gestalt bemerkt zu haben. Ich allein hatte sie erblickt, aber das sagte ich keinem Menschen. Ich hätte mich bloss lächerlich gemacht. Wenige Tage darauf verliess ich die Klinik. Ich erzählte die Geschichte dem Schneider, der mir versicherte, dass es gewiss keine Einbildung war. Die Frau sei tatsächlich aus dem Marmor herausgetreten, und hätte ich nur weiter für sie gespielt, wäre sie zum Leben erwacht.«

5

Eine Woche später hörte ich, der Schneider sei zurückgekehrt. Ich beschloss, ihn gleich aufzusuchen. Wie hatte ich während seiner Abwesenheit gelitten! Wie oft wollte ich einfach alles vergessen – den Tanz, das Bild. Nach der Erzählung des Taktmeisters lag die Sache für mich völlig klar: Seine Legende von dem Bildnis war nur ein Abklatsch der Legende von der Statue, und diese wiederum eine Imitation von etwas anderem in der Art. Verästelungen einer Illusion, nichts weiter. Aber ein schlingerndes Schiff bleibt nicht auf Kurs. Bald darauf war ich überzeugt, dass der Taktmeister mit seiner Geschichte die des Schneiders bestätigte. Wenn er es mit Trommeln geschafft hatte, das Abbild aus der Statue zu holen, dann musste ich eben tanzen. Der Tanz war mein Mittel, die Frau aus dem Bild herauszulocken. Einmal müsste es geschehen, sagte ich mir, wenigstens ein einziges Mal. Danach würde ich weggehen und mit der Zeit vergessen.

Ich hatte den Schneider lieb gewonnen. Sobald ich von seiner Rückkehr erfuhr, fühlte ich mich froh und ruhig, als wäre mir schon sein Anblick genug. Ich schämte mich meiner Zweifel, die der alte Barbier geschürt hatte. Noch am Vormittag machte ich mich auf den Weg. Ich hoffte, mit ihm reden zu können und einen neuen Termin für den Unterricht festzulegen.

Der Schneider wohnte in der oberen Etage eines alten Hauses. Unten befand sich ein Kellergewölbe, das mir bei meinem ersten Besuch unbewohnt erschienen war. Die steinerne Türfassung rundete sich wie ein Torbogen, der Gang dahinter verlor sich in ungewissem Dunkel. Die Tür bestand aus Holz, in den Ritzen steckten Strohhalme. Nebenan gab es eine zweite Holztür von gleicher Grösse und Form. Einmal hatte ich beobachtet, wie ein ausgemergelter Esel von seinem schimpfenden Herrn am Halfter herausgezerrt wurde. In der Hausmitte führte eine Treppe mit kaputten Fliesen vom gemauerten Vorbau nach oben, zur Wohnung des Schneiders. Diese bestand aus einem einzigen rechteckigen Raum, der zum Schlafen, Kochen und Verweilen diente. Hier hatte ich auch getanzt. Gegenüber und zu beiden Seiten lagen noch andere Räume, die von ihren Bewohnern in ähnlicher Weise genutzt wurden.

Im Zimmer des Schneiders war mir ein Fenster aufgefallen, das zum Hof der Kellerwohnung hinausging. Aus irgendeinem Grund fand ich es interessant, ganz besonders aber, nachdem mir seine Frau mit einer missbilligenden Geste untersagt hatte, dort hinunterzusehen. Einmal wollte ich sie überlisten und rasch einen Blick aus dem Fenster werfen. Sie ertappte mich dabei und wies mich in scharfem Ton zurecht: »Nicht runterschauen!« Natürlich stachelte sie damit meine Neugier noch mehr an.

Ich malte mir die Welt drunten im Keller wie ein Genrebild aus. Ein Detail war der Esel, den ich gesehen hatte. Mehrere elende Kinder aus dem Armenviertel kamen dazu. Inmitten der Kinderschar plazierte ich ihre Mutter. Auf dem staubigen Boden kroch ein Säugling umher. Ein paar Hühner, ein Hund. Meine Vorstellung stammte sicher von einem Gemälde, das ich irgendwann betrachtet, aus einem Roman, den ich einmal gelesen hatte.

Ich gab mir die grösste Mühe, der Frau des Schneiders zu gehorchen und nicht aus dem Fenster zu schauen. Aber der Keller mit dem Hof und allem Drum und Dran liess mich nicht mehr los und lockte mich mit geheimnisvollen, faszinierenden Bildern. Jedesmal, wenn ich auf meinem Weg zum Schneider in die Gasse einbog, packte mich der Wunsch, einen Blick durch die rissige Holztür zu werfen. Zu gern wollte ich herausfinden, was in dem Hof war, und endlich das Geheimnis lüften, das die Schneidersfrau zu ihrem Verbot veranlasst hatte.

Eines Tages, als ich den Schneider früher als sonst besuchte, begegnete ich zum erstenmal einem der Kellerbewohner. Es war eine Frau, die draussen vor der Tür stand. Ungeniert beobachtete sie von weitem, wie ich näherkam. Mir schien, dass sie mir zulächelte, denn ausser mir hielt sich niemand in der Gasse auf. Ihr taxierender, verführerischer Blick verunsicherte mich. Als ich sie fast erreicht hatte, zog sie sich zurück, blieb jedoch hinter der angelehnten Tür stehen, um zu spähen. Lässig schlenderte ich an ihr vorüber. Unter dem Torbogen drehte ich mich plötzlich um. Wie erwartet, steckte sie den Kopf aus der Tür. Auf die kurze Entfernung konnte ich sie deutlich erkennen, besonders ihre schwarzen Augen, die vor weiblicher Koketterie nur so sprühten. Ich war sicher, dass sie mir nachspionierte, um zu erkunden, ob ich in die Wohnung des Schneiders ging. Ich hatte das Gefühl, dass sie, ohne ein Wort zu sagen, nach mir rief.

Der Schneider war nicht daheim. Auch gut. So hatte ich einen Vorwand zurückzukehren. Ich konnte noch einmal durch die Gasse gehen. Vielleicht würde die Frau dann wieder vor der Tür stehen. Wenn nicht, könnte ich mir wenigstens die Tür genauer ansehen. Anklopfen würde ich nicht. Dazu fehlte mir der Mut. Die angelehnte Tür hatte mich gerufen, und ihr Ruf traf meinen Rücken. Ihre Augen aber trafen mein Herz. Ich hatte ihr Hemd gesehen, lila war es. Und unter dem Lila ... Vom Fenster könnte ich zu ihr hinunterschauen. Ach, dürfte ich nur einmal allein in dem Zimmer bleiben!

Die Frau des Schneiders empfing mich übertrieben freundlich. In ihren Augen war ich ein profitabler Schüler. Deshalb lud sie mich ein, Platz zu nehmen, obwohl sie weder wusste, wohin ihr Mann gegangen war, noch wann er zurückkehren würde. Sollte ich sie um ein Glas Wasser bitten? Wozu? Sie brauchte das Zimmer nicht zu verlassen, um es zu holen. Dort stand der Krug, daneben der Becher. Sie setzte sich mir gegenüber an den Tisch und versperrte die Sicht zum Fenster.

»Nicht runterschauen!« hatte sie gesagt.

Was gibt's denn da unten, du prüde Gouvernante? Hältst du mich für so naiv? Hab sie ja längst gesehen. Wer mag sie wohl sein? Die Frau des Eselbesitzers? O weh, mein Meister, ich stecke im selben Schlamassel wie du. Bin sogar noch übler dran. Nicht mal aus dem Fenster darf ich schauen. Keine Chance. Das Genrebild mit Esel kann ich mir aus dem Kopf schlagen. Mit einem Grasbüschel wäre sowieso nichts getan. Ich müsste schon einen Rosenstrauss binden und ihn am Faden zu ihr hinunterlassen. Mag sie ruhig spotten und mir die Zunge rausstrecken. Wenn sie ihn nur annimmt. Sie weiss, dass ich hier bin. Sie erwartet, dass ich zu ihr hinuntersehe. Doch die Hausfrau verdeckt mit ihrer Leibesfülle das Fenster. Bleibt mir eben nichts übrig, als zu gehen. Aber ich komme wieder. Ich weiss, dass ich wiederkomme. Also, Rückzug – vorerst.

Ich zog mich zurück. Beim Hinuntergehen stapfte ich laut auf die Steintreppe. Vielleicht hörte die Frau im Keller meine Schritte und kam zu mir heraus. Gleich stand ich auf der Schwelle. Noch ein Schritt, und ich betrat die Gasse. Die Tür blieb geschlossen. Einen Augenblick verharrte ich unschlüssig. Dann ging ich weiter. Da, ein Rascheln im Feigenbaum an der Aussenmauer ihrer Wohnung! Ich fuhr herum. Niemand. Nicht mal ein Vogel. Alles nur Einbildung?

Als ich nach Hause kam, thronte mein Vater an der Stirnseite des Mittagstisches. Er war noch beim ersten Gang. Der Verwaltungsdirektor sass neben meiner Schwester. Eben löste er das zierliche dünne Gabelbein aus dem gekochten Huhn, um es mit seiner Verlobten im Spiel auseinanderzureissen. Mutter himmelte ihn mehr an als meine Schwester. Erfreut und geschmeichelt nahm sie seine Komplimente für ihre Kochkünste entgegen. Vater sparte sich die Kommentare auf, bis ich eintraf. Sobald ich Platz nahm, verstummten alle. Meine Miene zeigte an, dass ich nichts mehr vom Thema Dolchtanz hören wollte. Die Konversation wandte sich der Olivenernte zu, den Gaunereien der Bauern, ihren Diebstählen.

»Heute treffe ich den Polizeichef im Casino«, sagte mein Vater. »Dem werde ich ein Licht aufstecken! Seine Männer schlafen, während unsere Plantagen geplündert werden. Kürzlich erwischt doch unser Aufseher eine Bäuerin, wie sie gerade Oliven beiseite schaffen will. Erst hat er sie verprügelt und eingesperrt, dann übergab er sie der Polizei. Ein paar Tage später liess man sie frei. Was für ein Schlendrian!«

»Verprügelt hat er sie?« rief meine Schwester empört.

»Prügel reichen da nicht mehr aus«, meinte der Verwaltungsdirektor.

Mein Vater sagte: »Bauernhand, heut gekappt, wächst morgen nach.«

»Genau!« pflichtete der Direktor bei. »Die wächst glatt wieder nach.«

»Aber warum?« fragte meine Schwester. »Bloss wegen einer Handvoll Oliven?«

»Reingefallen! Ich habe gewonnen!« juchzte ihr Verlobter.

»Bravo!« lobte ihn meine Mutter. »Du bist Sieger!«

»Wir haben die Bauern zu gut ernährt«, sagte mein Vater.

»Richtig«, warf meine Mutter ein.

»Und wenn wir ihnen keine Grenze setzen …«, fügte der Verwaltungsdirektor provozierend hinzu.

Aufgebracht rief mein Vater: »Morgen rede ich mit dem Berater!«

»Der wird Sie auch besser verstehen als der Polizeichef«, bestärkte ihn der Direktor.

»Vielleicht sehen wir ihn heute abend im Casino«, sagte meine Mutter.

»Ja, beim Ball«, bestätigte der Verwaltungsdirektor.

»Am Bridgetisch könnte ich ihn finden«, überlegte mein Vater. Dann sagte er zu mir: »Ich möchte dich ihm vorstellen.«

»Seine Exzellenz wird hocherfreut sein, Näheres über den Dolchtanz von ihm zu erfahren«, stichelte der Direktor.

Verächtlich und hasserfüllt starrte ich ihn an. »Seine Exzellenz dürfte wohl mehr am Tango interessiert sein. Sicher wäre er glücklich, dich engagieren zu dürfen.«

»Das geht zu weit!« schrie mein Vater. »Das erlaube ich nicht!«

Der Verwaltungsdirektor wurde bleich. Mit einer theatralischen Geste riss er sich die Serviette vom Hals, zündete eine Zigarette an und verliess die Tafel. Mutter rannte ihm nach. Meine Schwester ass weiter.

»Du wirst dich bei ihm entschuldigen!« befahl mein Vater.

Früher duellierte man sich in solchen Fällen. Seine Ehre wurde verletzt? Na schön, duellieren wir uns eben.

»Entschuldigen sollst du dich!«

In welchem Jahrhundert leben wir denn?

Eine Bäuerin, eine Handvoll Oliven ... Unser französischer Berater spielt Bridge und geruht mit den Damen im Casino zu tanzen. Er trinkt ein paar Gläschen, er regelt ein paar Problemchen. Hoch Seine Exzellenz – Schutz und Schirm der Plantagen!

»Ich sage dir, entschuldige dich!«

Um so besser, wenn Vater darauf besteht, dann beharre ich auf meiner Trotzhaltung.

»Wirst du dich wohl entschuldigen?«

Ob der Federfuchser uns zuhört? Hoffentlich dreht Vater noch ein bisschen mehr auf!

»Was soll diese Sturheit? Deinen Schwager in meinem Beisein derart zu beleidigen!«

Solange er von Beleidigung redet, bedeutet mein Schweigen nur Bestätigung. Also schweige ich weiter.

»Eine Impertinenz!«

Na, wenn schon. Manchmal ist das ganz nützlich.

Mein Vater gab auf. Ausser sich vor Entrüstung schnaufte er nur noch, um die Ehre seines Schwiegersohns in spe zu verteidigen: »Die reinste Katastrophe!« Damit warf er seine Serviette auf den Stuhl und zog sich in den Salon zurück, um zu rauchen.

Meine Schwester und ich blieben schweigend zurück. Heimliche Blicke wechselnd, assen wir weiter.

Wenn sie jetzt redet oder mir zu verstehen gibt, dass ich sie mit der Beleidigung ihres Verlobten gekränkt habe, werde ich mich sofort bei ihr entschuldigen. Die blosse Tatsache, dass ich ihr Bruder bin, genügt dann nicht mehr, um die Situation zu entschärfen. Ihren Verlobten so zu beleidigen! Ihr Verlobter müsste eigentlich auch ihr Liebster sein. Aber ihr Schweigen sendet mir ein Zeichen der Zuneigung. Könnte es sich nicht ebensogut auf ihn beziehen? Das bezweifle ich. Meiner Schwester geht es mal wie Mutter. Sie heiratet ohne Liebe. Vater hat zugestimmt, also ist sie einverstanden. Ihre innere Welt ruht wie ein stiller See. Da komme ich und werfe einen Stein hinein. Seid bedankt, ihr Steine!

Ich hatte aufgegessen. Trotzig benahm ich mich, als wäre gar nichts geschehen. Ohne jemanden anzusehen, marschierte ich quer durch den Salon zur Haustür. Der Verwaltungsdirektor versuchte gerade die Beleidigung herunterzuspielen, indem er zu meinem Vater sagte: »Naja, die Jugend von heute …« Vater gab keine Antwort. Er wurde einfach nicht fertig mit meiner Widersetzlichkeit.

Auf der Strasse begegnete ich meiner Cousine. Ganz verlegen war sie, als sie plötzlich vor mir stand. Verflixte Brille! Sie sei auf dem Weg zu meiner Schwester, sagte sie, deshalb schwänze sie die Stunde beim Maestro. Die Worte sprudelten über ihre Lippen, als wollte sie mir ein Geschenk damit machen. Aber ich reagierte nicht, bekundete weder Verständnis noch Interesse für ihr Verhalten. Meine Passivität dämpfte ihre Begeisterung. Sie liess den Kopf hängen und zog die Schultern hoch, ihre Freude erlosch. Aus Mitleid lud ich sie zu einem kleinen Spaziergang ein. Sie nickte wortlos. Resigniert sah sie aus, richtig niedergeschlagen. Sie hob nicht einmal den Kopf, um mich anzusehen, sie schien sich davor zu fürchten. Es ärgerte mich. Ich lief neben ihr her, als sei ich allein.

6

Ich hatte meine Ausbildung beim Schneider wieder aufgenommen. Eines Tages fragte ich ihn nach dem Taktmeister, ohne jedoch mein Gespräch mit ihm zu erwähnen.

»Ein wahrer Künstler!« rief er. Kopfschüttelnd setzte er hinzu: »Jetzt ist nichts mehr mit ihm los.« Und nach einer Pause: »Schade!«

Ich sagte: »Seine Finger sind tot.«

»Von wegen tot! Ich glaube nicht an den Tod eines Menschen, solange er lebt. Ich meine, solange er sich nicht aufgibt.«

»Warum sagen Sie ihm das nicht?«

»Ich hab's ihm gesagt, gut zugeraten hab ich ihm. Aber er will nicht.«

»Was will er nicht?«

»Leben.«

Geschickt vermied er es, auf den Kern meiner Frage einzugehen. Er redete gern in Andeutungen. Seine Sanftheit bedurfte der harten Schale, aus Kummer und Sorge war sie ihm zugewachsen.

Mit einem mitleidigen Lächeln sagte er: »Nie hätte ich geglaubt, dass du wieder zu mir zurückkehren würdest. Sie haben dir ganz schön zugesetzt, was? War ja zu erwarten.«

»Sie wollen, dass ich beim Maestro Unterricht nehme.«

»Warum tust du es nicht?«

»Ich kann den Maestro nicht ausstehen.«

»Bist du dir sicher? Der Dolchtanz ist doch nur so eine Laune von dir, etwas Sensationelles für dich und deine

Leute. Er wird dir bloss Ärger einbringen. Ich kenne deine Verhältnisse und würde es verstehen, wenn du aufgibst.«

Er will also auch, dass ich den Dolchtanz aufgebe. Warum? Wo liegt das Problem? Welchen Ärger würde ich mir einhandeln? Hat er etwa Angst um mich? Um sich selbst? Will er mich von diesem Viertel fernhalten? Hat seine Frau gepetzt, dass ich aus dem Fenster zu schauen versuchte? Was verbirgt das Fenster? Was ist mit dieser Frau im lila Hemd? Was steckt hinter der Legende? Hinter dem Bild?

»Mein Junge«, sagte der Schneider, »Überzeugung allein reicht nicht aus, um eine Sache in Angriff zu nehmen. Auch Mut ist nötig. Du liebst den Dolchtanz? Liebst eine Frau? Möchtest etwas Nützliches tun? Nur immer zu. Aber kaum wird dein Wunsch in die Tat umgesetzt, stösst er auf Ablehnung, Widerstand und viele Schwierigkeiten. Nicht alle Menschen können sich gegen Schwierigkeiten behaupten. Sie finden keinen Spass dran oder haben kein Durchhaltevermögen. Vielleicht gehörst du dazu. Es ist meine Pflicht, dich zu warnen. Bitte, geh ruhig zum Maestro und lerne Noten. Stell deine Eltern zufrieden und lebe nach ihrer Fasson. Bei mir gibt's keine Noten, ich brauche nichts Schriftliches, um meine Zuhörer von Herzen froh und glücklich zu machen. Der Dolchtanz kennt keine Partitur. Er ist frei wie der Sturm. Diesen Wind liebe ich, und ich hasse die Zugluft der Klimaanlagen und Ventilatoren.«

Der Schneider war aufrichtig. Ich wusste, dass er es gut mit mir meinte. Aber da war noch etwas, was ihn quälte, worüber er nicht reden wollte, ein Groll, der in seinen Worten mitschwang. Hätte er gesagt: Rebelliere gegen deine Eltern, wäre ich ihnen gehorsam gewesen. Hätte er erklärt:

Der Dolchtanz ist schöner als der Tango, wären mir Zweifel gekommen. Hätte er seine Musik in den höchsten Tönen gelobt und die Noten völlig verworfen, wäre er mir als Betrüger erschienen. Auch dieser Mann hatte seine Geschichte, genau wie der Taktmeister, wie ich selbst. Liebte er etwa die Frau mit dem lila Hemd?

»Sie haben mir gefehlt«, gestand ich. »Wo waren Sie die ganze Zeit?«

»Auf der Jagd.«

»Warum haben Sie mir nichts gesagt?«

»Wärst du denn mitgekommen?«

»Ich wollte Sie selber zu einer Jagdpartie einladen.«

»Und deine Familie?«

Meine Familie hasst ihn. Das weiss er. Und er hasst sie genauso. Mein Gott, woher kommt diese gegenseitige Feindschaft?

»Meine Eltern würden natürlich nie zustimmen. Aber ich will es. Eines Tages gehen wir zusammen auf die Jagd.«

»Sollte mich freuen. Allerdings, wenn du nicht darfst … Sag mal, magst du eigentlich die Bauern?«

»Manche schon. Ich habe oft von ihnen gelesen.«

»Das heisst, du magst sie in Büchern. Na ja, viele Leute mögen Ungewohntes nur in Büchern. Was redet man bei dir zu Hause über die Bauern?«

Meine Antwort wunderte ihn nicht. Er fragte mich, was ich in seiner Abwesenheit so getrieben hätte. Er öffnete mir eine Tür. Doch ich wich mit einer Gegenfrage aus: »Ist die Geschichte von dem Bild wahr?«

»Vielleicht. Eine Legende ist wahr und auch wieder nicht.«

»Hat die Frau das Bildnis verlassen?«

»Sie ist herausgetreten.«

»Kann sich denn das Modell aus der Statue lösen?«

»So was kommt vor.«

»Aber wie?«

Er lächelte, dann sagte er ernst: »Ich hab's dir schon einmal erklärt: Die Tür wird dem aufgetan, der anklopft. Vergiss es nicht. Jetzt lass uns mit der Übung beginnen.«

Dieses Mal tanzte ich nicht. Ich fand es wundervoll, wie er musizierte, und bat ihn, weiterzuspielen.

Musizieren lerne ich nie. Also werde ich tanzen. Wer anklopft, dem wird aufgetan. Klopfe ich eben an. Ich tanze so lange für das Abbild, bis es aus dem Bildnis tritt. Ich treibe mich so lange in der Gasse herum, bis ich das Geheimnis der Frau im lila Hemd gelüftet habe.

Fast drei Tage verstrichen. Ihre Tür blieb verschlossen. Ich passierte die Gasse auf meinem Weg zum Schneider, auf meinem Weg in die Armenviertel. Aber eigentlich ging ich nur hindurch, um sie wiederzusehen. Sicher machte ich mich verdächtig, als ich wie ein Landstreicher um diese Kellerwohnung schlich, deren Bewohner ich nicht kannte, ja von denen ich niemanden gesehen hatte ausser einem Esel und einer Frau.

Ich zermarterte mein Gedächtnis. Immer wieder verglich ich die Frau, die mir beim Tanzen zugelächelt hatte, mit der anderen, der ich vor der Tür begegnet war. Ich kam zu keinem Ergebnis. Beide waren sie schön, und doch so verschieden. Das Lächeln der ersten, das lila Hemd der zweiten. Ich fühlte mich hin und her gerissen. Meine Seele verlangte nach der Frau mit dem Lächeln, mein Körper schrie in leidenschaftlicher Erregung nach der Frau mit dem lila Hemd. Ich wollte sie beide, brauchte sie beide, denn ich wusste, dass keine die andere ersetzen konnte.

Am Nachmittag des dritten Tages durfte ich sie endlich wiedersehen. Sie stand hinter der Tür zu jenem Keller, der meine Phantasie beflügelte, den ich mir als ein Gemälde vorstellte. In der Tür gab es ein Loch, in der Mauer einen Spalt. Ich hörte ein Rascheln im Feigenbaum hinter der Wand. Hatte sie all die Tage mein Hin und Her durch die Gasse beobachtet? Wusste sie, zu welcher Zeit ich kam? Wartete sie heute hier, damit ich sie im Vorbeigehen grüsste?

Ich nahm meinen Mut zusammen und grüsste.

Ein Gruss, und das war's? Wie unbeholfen! Allein vom Grüssen wurde mir die Kehle trocken. Vielleicht hatte sie mich nicht einmal gehört. Was würde mein Vater dazu sagen? Wie würde der Verwaltungsdirektor reagieren? Und die Tante? Hat der missratene Sohn nicht schon genug angestellt? Erst Musikunterricht bei einem Flickschneider, dann Tanzen mit einem Dolch! Muss er seinen Sündenberg noch weiter aufstocken? Was treibt er da, in diesen zweifelhaften, modrigen Kellern, wo Esel und Menschen auf Stroh beieinander hausen?

»Hör gut zu. Dein Grossvater war Ehrenkonsul. Schau ihn dir an. Weisst du überhaupt, was das ist – ein Ehrenkonsul? Seine Füsse waren zu fein, den Boden zu berühren! An der Treppe zum Serail eilte ihm ein Lakai voraus, um die Türen zu öffnen. Sogar der Statthalter nahm vor ihm Haltung an. Deine Grossmutter stieg nur vom Fussende zu ihm ins Bett. Noch in allerletzter Minute konnte er einem Verurteilten den Strick vom Hals lösen. Vor seiner Tür

– dieser unserer Tür! – lagerten die Leute wie Schafe in der Mittagshitze und warteten, dass er heraustrat und geruhte, sie zu beachten oder im Vorbeigehen ihre Klagen anzuhören. So, und nun zu mir. Bedenke, all diese Besitzungen, der Ruf dieses Hauses, mein Renommee in der Stadt. Ahnst du, was Renommee bedeutet? Wohl kaum. Zur Hölle mit Voltaire, Rousseau und Montesquieu! Ich lasse dich studieren, damit du ein Diplom erwirbst, und nicht, damit du das Geschreibsel dieser Halunken liest. Hör zu. Du bist der Enkel dieses grossen Mannes. Sieh ihn dir gut an. Ihm zu Ehren, seinem Andenken zu Ehren, lass es dir gesagt sein: Quäle nicht seine Seele, beschmutze sie nicht. Treib's nicht so weit, dass ich mich für dich schämen muss, wenn ich am Jüngsten Tag vor ihn hintrete. Bring mich nicht dazu, dass ich den Kopf einziehe, wenn ich an seinem Bild vorübergehe. He, Mädchen! Her mit dem Kragen. Los, bind mir die Schuhe. Wenn deine Herrin aufwacht, richte ihr aus, dass ich sie im Casino erwarte. Heute speisen wir dort zu Abend. Den Spazierstock, Mädchen! Dich lasse ich jetzt allein mit deinem Grossvater. Du wirst mir sagen, wozu er dich inspiriert hat. Betrachte sein Gesicht. Denk darüber nach, wie du dich als Enkel seines Andenkens würdig erweisen kannst.«

Immer hin und her durch die Gasse …

Die Tür war angelehnt. Sie stand dahinter.

Mein Grossvater kannte diese Gasse nicht. Mein Vater betrat keine Schwelle wie diese. Wenn er mich hier erwischte, wäre er wirklich schockiert. Vielleicht bekäme er einen Herzschlag. Würde ich dein Andenken verraten, Grossvater, wenn ich einträte? Aber ihr lila Hemd! Was ist schöner, Grossvater, ihr Hemd oder dein Stehkragen?

Die Tür ruckte. Sie öffnete sich ein wenig. Eine Aufforderung, einzutreten? Vielleicht nur ein Windstoss ... Ich ging bis ans Ende der Gasse und kehrte zitternd zurück.

Pardon, Grossvater. Dein Enkel wird dein Andenken doch verraten. Ihr lila Hemd ist verführerischer als dein gestärkter Kragen. Die Truppe, die bankrott ging und ihre Instrumente verkaufen musste, vagabundiert sicher jetzt noch umher. Du kanntest kein Vagabundieren. Deine Füsse waren zu fein, den Boden zu berühren. Du hast nie mit einem Dolch getanzt. Grossmutter stieg nur vom Fussende zu dir ins Bett. Wie hast du ihre Brust gestreichelt? Mit Handschuhen? Und die Spitzen hast du wohl mit der Pinzette angefasst? Arme Grossmutter, Opfer eines Ehrenkonsuls! So war das eben damals, zur Konsulatszeit. Du hattest Beischlaf mit einem Erlass des Sultans und wurdest geschwängert von Seinen Gnaden. Dann gebarst du lauter kleine Erlasse. Auch ich hätte einer werden sollen. Da hätte ich Bauern geprügelt, Tango getanzt und vor dem französischen Berater gekatzbuckelt. Lila Hemden hätten mich kalt gelassen und Brustspitzen hätte ich mit der Pinzette angefasst. Ich hätte mich in einen Stehkragen gezwängt und Schlabberfalten am Hals bekommen.

Eine Hand schob sich durch den Türspalt. Ich bohrte die Fingernägel in meinen Handteller. Mir blieb keine Wahl. Meine Füsse waren mutiger als ich. Vielleicht hab ich schon immer meinen Füssen gehorcht. Ist niemand vor mir auf die Idee gekommen, seinen Füssen zu danken? Warum hängt man sich keine Gemälde mit Fussmotiven an die Wand? Wieso stehen auf öffentlichen Plätzen keine Skulpturen von Füssen?

»In unserer Familie gab es niemals einen Fauxpas«, brüstete sich mein Vater.

Ein Jammer, Vater, dass wir nie einen Fehltritt begingen! Unsere Familie ist reinrassig wie Zuchtpferde, die zum Erhalt ihrer edlen Abstammung nur untereinander gekreuzt werden. Wir gleichen einer einzigartigen Made, deren Schwanz mit dem eigenen Kopf koitiert und umgekehrt. Als hochwohlgeborene Parasiten rumoren wir in fremden Bäuchen, bereiten ihnen Beschwerden, erregen Wut und Ekel. Eines Tages wird man uns ausspülen. Wir landen in der Kloake und werden als Abfall entsorgt.

Meine Füsse begehen einen Fauxpas! Der Familie samt Grossvater und Ehrenkonsulat zum Trotz sind sie auf die schiefe Bahn geraten. Sie rutschen, rutschen – und ab in den Keller! Ratlos blieb ich stehen.

Ein rechteckiger, staubiger Hof. Auf einer Seite, gegen Osten, Wände mit höhlenartigen Öffnungen. Keine Menschenseele. Ich hatte die Tür hinter mir geschlossen. Passanten konnten mich nicht mehr sehen. Wieder stockten meine Füsse. In welche Richtung sollte ich gehen? Wo war die Frau mit dem lila Hemd geblieben? Vielleicht würde sie schreien, wenn ich weiter vordrang. In der oberen Etage, nicht nur beim Schneider, würden die Leute aus den Fenstern schauen. Was für ein Skandal! Ich – ein Dieb, ein Weiberheld, ein Wüstling!

Mein lieber Grossvater, dein Renommee ist schwer in Gefahr! Hast du je etwas Ähnliches erlebt wie ich jetzt? Aber das hiesse ja, die einzigartige Made wäre fremd gegangen! Grossmutter wäre nicht mehr vom Fussende zu dir ins Bett geschlüpft. Die Sonne hätte ihre Bahn verlassen, um herniederzusteigen in all ihrem Glanz. Als leuchtender Ball wäre sie in eine der Höhlen gerollt und hätte wenigstens einmal diese Dunkelheit erhellt.

Hände in die Hosentaschen, Schultern hochgezogen! Mein Herz klopfte zum Zerspringen. Was für ein Abenteuer! Welch freudige Erwartung! Mich überrieselte ein Schauer. So fühlt sich ein Galan, der um Mitternacht ins Schlafzimmer einer Dame schleicht. Wärst du nur einmal um Mitternacht in ein Boudoir geschlichen, Grossvater, einmal ohne deinen Spazierstock mit dem Silberknauf, ohne deine Ehrentitel! Einfach so, wie dein Enkel. Wie jeder Mann, der heimlich über eine Schwelle tritt oder durch ein Fenster springt. Der den Kopf verliert, wenn er plötzlich vor einer Frau mit nackten Schultern und Armen steht, vor einem heissen, verführerischen Körper, der ihn einschüchtert und zugleich fasziniert. Fiebrig, angstvoll kreisen all deine Phantasien um das Bett mit dem Körper. Zitternd sehnst du dich, und sei es um den Preis deines Lebens, diesen Körper zu umfassen, mit ihm zu ringen, bis er sich ganz hingibt, bebend, erhitzt, atemlos, bis er mit einem letzten Aufbäumen vergeht in deinen Armen und dich mitreisst in die höchste Ekstase.

Ich trat in die erstbeste Höhle, die sich vor mir auftat. Innen war es dunkler als erwartet. In einer Ausbuchtung der Mauer bewegte sich jemand und röchelte wie ein Asthmakranker. Er befand sich direkt hinter mir. Beim Eintreten hatte ich ihn gar nicht bemerkt. Mir schien, als regten sich tiefer im Keller noch andere dunkle Gestalten. Für einen Augenblick erstarrte ich. Beinahe hätte ich aufgeschrien. Ich wollte die Beine unter den Arm nehmen und hinausrennen. Aber ich konnte mich nicht rühren. Erst allmählich fasste ich mich wieder, und meine Aufregung liess nach. Ich drückte mich an die Mauer, so dass der Asthmatiker rechts von mir stand. Angestrengt die Augen zusammenkneifend, starrte ich zu ihm hin. Im ungewissen Dämmer ahnte ich eine Bewegung, einen schwarzen, gekrümmten Schatten, von dem das Röcheln ausging. Er rückte mir näher und näher. Anscheinend hatte er es auf meine Hand abgesehen, die ich unwillkürlich gegen die Mauer stützte. Im selben Moment, als eine heisse, klebrige Zunge sie berührte, ballte sich meine Hand und schlug in panischer Abwehr und Todesverachtung auf einen Kopf ein. Die Kreatur schrie nicht, jammerte nicht. Sie zeigte keinerlei Gegenwehr. Ein leichtes Zusammenzucken war alles, dann wackelten ihre beiden langen Ohren. Das Wesen erhob sich auf vier Beine, scharrte mit einem Fuss, dass die Strohhalme stoben, und trottete gemächlich aus der Grotte. Endlich begriff ich und stiess ein nervöses Lachen aus. Es war nur dieser nette Esel, dem ich ein Bündel Heu aus dem Fenster herablassen wollte.

Ich drang nicht weiter vor. Mir verging alles, Angst und Begehren, als in der Dunkelheit mehrere Schemen auftauchten. Hinter einer Biegung regte sich etwas. Da, ein Schatten, und noch einer! Mir stockte der Atem. Der Esel reckte den Hals und legte sein Maul auf meine Schulter. Ich wich zurück, zur Tür. An der Schwelle stand die Frau. Sie lächelte. Als ich mich von meiner Überraschung erholt hatte, öffnete ich den Mund, um etwas zu sagen. Doch sie legte mir die Finger auf die Lippen, nahm meine Hand und zog mich beiseite. Sie blickte nach oben, zum Fenster in der Wohnung des Schneiders.

Der Raum vis-à-vis vom Eingang, am anderen Ende des Hofes, ähnelte den übrigen Kellergewölben, nur dass er heller war. Eine nachträglich über der Tür eingebaute Luke liess Licht herein und machte das Zimmer bewohnbar. Scharfe junge Augen hätten hier ohne Lampe ein Buch lesen können. In der Mitte stand ein Holzschrank, an der Seite ein Bett. Gegenüber gab es einen Tisch, dazu ein paar Stühle, grössere und kleinere. Der Fussboden war zementiert, aber voller Löcher. Kein Teppich, keine Matte.

Sie bat mich, am Tisch Platz zu nehmen. Erst jetzt bemerkte ich ein junges Mädchen, kaum zwanzig Jahre alt, die niedergeschlagen in einem Winkel kauerte und uns regungslos anstarrte. Als ich stutzte, wurde auch die Frau auf das Mädchen aufmerksam.

»Warte drüben auf ihn«, befahl sie streng, indem sie auf die Tür zum Nebenraum wies. »Das andere Zimmer ist besetzt.«

»Und das Bett?« stammelte das Mädchen zaghaft.

»Das Bett?« schrie die Frau. »Hab ich es dir nicht oft genug gesagt? Die Matte tut's auch!«

Das Mädchen fügte sich und ging zur Tür. Auf der Schwelle blieb sie stehen und sah mich an.

»Er gefällt dir wohl?« fragte die Frau. »Der kommt nur mal vorbei. Ein Kunde eben. Noch dazu ein schüchterner, wirst es gleich merken.«

Das Mädchen zuckte ärgerlich mit den Schultern und ging hinaus. Ich glaubte, sie werde zur Hoftür laufen. Doch sie trat ins Nebenzimmer. Dabei schluchzte sie aus irgendeinem Grund, den ich nicht kannte. Die Frau stand auf und schloss die Tür hinter ihr. Das Weinen klang nur noch gedämpft herüber. Sonst war alles still im Hof. Die Frau wandte sich wieder zu mir. »Hab ich dich erschreckt?« fragte sie.

»Durchaus nicht. Ich hatte nur nicht erwartet … Vielleicht habe ich mich im Haus geirrt.«

»Von wegen geirrt! Zehn zu eins hätte ich gewettet, dass du kommst. Hast dir ganz schön Zeit gelassen. Ich dachte schon, du willst mich auf die Folter spannen. Jetzt weiss ich, dass du schüchtern bist. Aber deine Schüchternheit ist reine Tarnung. Schmachte mich bloss nicht so an. Ich bin keine Nonne, die du aus dem Kloster entführen willst. Nimm dich in acht mit deinen Blicken, die verleiten sogar eine Jungfrau zur Sünde. Trotzdem, mit meinen Blicken kannst du es nicht aufnehmen. Schau her. Was siehst du in meinen Augen?«

Ich schaute ihr nicht in die Augen. Der Schneider hatte mir einmal erzählt: »Als der heldenhafte Feldherr das Ratszelt betrat, senkten alle Anwesenden ehrerbietig den Blick. Er war ein tapferer Ritter, der seine Männer weit über Berg und Tal geführt hatte. Mit ihnen und für sie hatte er die härtesten Entbehrungen erduldet, um die schändliche Herrschaft des osmanischen Sultans abzuschütteln. Niemand konnte seinem Blick standhalten. Doch an diesem Tage sass im Rat ein Mann, der dem Recken entgegensah, als er eintrat. Unverwandt starrte er ihn an. Knisternde Stille legte sich über das Zelt. Verwirrt und verblüfft schwiegen die Männer. Der Ritter trat zu dem Mann und schrie: ›Vorwärts! Schlagen wir uns, bis einer aufgibt oder stirbt!‹ Jener aber erwiderte: ›Nein. Dazu besteht kein Anlass. Wir gehören beide zum selben Stamm der echten Männer. Und in unserem Stamm gibt es etwas, das man Männerfreundschaft nennt. Erweise mir also deine Freundschaft. Das genügt. Dann braucht keiner mehr den Blick zu senken.‹ Der Ritter erfüllte seinen Wunsch. Er gewährte ihm Freundschaft von Mann zu Mann. Von nun an stand einer dem anderen im Unglück zur Seite.«

Ich liess sie stehen, ich schaute ihr nicht in die Augen. Der Schneider hatte mir auch erzählt: »Es war einmal eine Frau, die liebte einen Mann. Sie war ungestüm, er war ungestüm. Sie forderte ihn heraus, er forderte sie heraus. Der Kampf entbrannte. Zwischendurch gab es Waffenstillstand, und weiter tobte das Gefecht. Sie waren eins in Liebe und Streit. Freunde, und trotzdem Widersacher. Denn sie gehörten zu zwei grundverschiedenen Stämmen – dem der Frauen und dem der Männer. Sie waren todmüde, aber keiner ergab sich. So wurde aus Liebe Hass. Einer musste sterben. Es war der Mann. Die Frau brachte ihn um. Sie entschied die Situation, jedoch zu ihrem Nachteil. Ihr Ungestüm erlosch, weil sie ihm nicht mehr die Stirn bieten konnte. Ohne seine Herausforderung war ihre Lebenskraft gebrochen. Sie ging zum Grab des Mannes und tötete sich aus Gram. Erst jetzt liebte sie wirklich.«

Ich schaute ihr nicht in die Augen, ihr tiefes Schwarz erschreckte mich. Es war, als hätte einer dem anderen die Hand auf die Augen gelegt.

Wie sagte der Schneider zu mir: »Dein Ohr ist unmusikalisch. Lerne tanzen.«

»Tango?« fragte ich.

Er lachte. »Dazu musst du schon ins Casino gehen.«

»Was könnte ich sonst lernen?«

»Den Dolchtanz.«

»Aber das ist ein kriegerischer Tanz.«

»Gerade deshalb will ich, dass du ihn lernst.«

»Was soll ich damit anfangen?«

»Frag dich selbst.«

Ich frage mich ja, ich frage!

»Schau keiner Jungfrau in die Augen«, hat die Frau gesagt.

Auch in deine werde ich nicht schauen.

O doch, das wirst du.

Ich habe Angst vor dir.

Du machst mir genauso Angst.

Unsere Hände fielen herab. Aug in Auge. Ohrensausen. Wir senkten den Blick. Ich fühlte mich zerschlagen wie ein Gefangener nach der Folter. Ich erhob mich und wankte zur Tür. Sie sagte nichts. Ich ging weiter. Sie sagte nichts. Ich erreichte die Mitte des Hofes. Sie sagte nichts. Als ich am Ausgang stand, hörte ich ihre Stimme: »Schliess die Tür hinter dir!«

Ich schloss sie nicht. Nun gerade nicht!

7

Herrgott, war ich wütend! Wie beleidigt ich mich fühlte! Tagelang, seit ich Hals über Kopf aus der Wohnung der Frau geflüchtet war, grübelte ich über meine Situation, mein Verhalten, meine Familie. Nun verstand ich, warum die Schneidersfrau mir verboten hatte, aus dem Fenster zu schauen und warum sie so verächtlich auf die Leute im Keller herabsah. Der Schneider hielt aber nicht zu ihr, obwohl er wusste, was sich da unten abspielte. Im Gegenteil, er empfand Achtung, vielleicht sogar Liebe für die schwarzäugige Frau. Sie schien seine Gefühle zu teilen, und womöglich seine Ansichten. Selbstbewusst trat sie auf, sie schämte sich ihres Gewerbes nicht. Es war, als verfolgte sie mit alledem ein Ziel, als wüsste sie genau, was sie wollte, und arbeitete darauf hin. »Schliess die Tür hinter dir«, hatte sie gesagt. Ich war gegangen, hatte aber die Tür nicht geschlossen. Ich konnte nicht bleiben. Gar nichts konnte ich, weder aufmucken noch nachgeben. Verloren war ich im Dunkel dieser armseligen, unbekannten, aufregenden Welt umhergetappt. Wehe mir, wenn meine Familie dahinterkäme, dass ich den Keller aufgesucht und mit dieser Frau angebandelt hatte! Vater würde lauthals seine ewige Leier anstimmen. Unsere berühmte Dynastie mit ihren Ländereien und Olivenhainen! Mein Grossvater, der Konsul! Mein Schwager, der Verwaltungsdirektor! Und Mutter mit ihrer hochwohlgeborenen Herkunft! Früher oder später würde er mir sein eigenes Amt unter die Nase reiben – höchster Beamter im Serail, rechte Hand des französischen Beraters!

In der Stadt pflegte ich Umgang mit jungen Männern, die ganz anders dachten als meine Familie. Eines Tages hatte ich an einer nationalistischen Demonstration vor dem Serail teilgenommen. Mein Vater stand oben auf der Veranda und übersetzte dem Berater unsere Losungen und Parolen. Als er mich entdeckte, kam er richtig in Wut. Er kanzelte mich ab und bestrafte mich. Schliesslich verkündete er seinen Beschluss: Verbannung zum Studium nach Beirut. »Du wirst ein Mann des Gesetzes!« rief er. Und gleich noch einmal auf französisch: »Un homme de loi!« Obwohl ich davon nicht überzeugt war, akzeptierte ich das Exil. Wenigstens musste ich Vaters schändliche Haltung zu seinem Land nicht länger ertragen.

In Beirut las ich Werke von Rousseau, Voltaire und Montesquieu, den geistigen Führern der Revolution. Meine Familie verehrte die Französische Revolution, nicht aber ihre Denker. Für meine Schwester gab es nur ein einziges Idol – Napoleon Bonaparte. In der Schule hatte man ihr beigebracht, General Kléber* sei ein grosser Mann gewesen und Sulaimân al-Halabi** ein Verbrecher. Ich erklärte ihr, wie es wirklich war, und wir lachten zusammen über den cholerischen Eifer, mit dem der Verwaltungsdirektor die Ehre der Geschichte verteidigte.

Als ich diesen Sommer aus Beirut zurückkehrte, glaubte ich die Wogen glätten zu können. Ein paar Zugeständnisse,

* Kléber, Jean-Baptiste: 1753–1800, französischer General, dem Napoleon Bonaparte im August 1799 das Oberkommando über seine Armee in Ägypten übertrug. 1800 fiel er dem Attentat durch Sulaimân al-Halabi zum Opfer.

** Syrischer Asharstudent, verübte am 14. Juni 1800 das tödliche Attentat auf General Kléber.

was meine Lektüre und die Ehre der Geschichte betraf, und alles liefe glatt. Aber der Dolchtanz hatte die Lage zugespitzt. Nun hiess es nur noch: dafür oder dagegen. Sie sind für Tango, ich bin für Dolchtanz. Ich muss endlich Farbe bekennen.

Also gut! Ich wähle den Dolchtanz. Komme, was wolle.

Bevor die Musikertruppe bankrott ging, hätte ich niemals geglaubt, dass ich zu all diesem Zank und Streit fähig wäre. Ich hatte die Geige gekauft, um die Schuldgefühle zu verdrängen, die mein Vater mir aufbürdete. Nach einigen Zwischenstationen war ich bei dem Schneider gelandet, der mir ungeschminkt erklärte: »Dein Ohr ist unmusikalisch!« Seine Worte gaben meinen musikalischen Neigungen den Gnadenschuss. Aber sie machten mir auch eine tiefe, verborgene Kraft bewusst, die mit aller Gewalt aus mir heraus wollte. »Spiel mit deinen Füssen«, sagte er. »Stampf auf die Erde, stosse hinein!«

»Warum?«

»Na, darum. Sie muss aufwachen.«

Ich tanzte und trat fest auf.

»Stärker!« befahl der Schneider. Ich versuchte es, während er mit seiner Laute aufsprang und wieder rief: »Stärker!«

»Genug«, sagte ich.

»Nein!« schrie er. »Diese Hündin schläft. Wir müssen sie wecken!«

Was denn für eine Hündin? Unter meinen Füssen war nichts. Was sollte da auf dem Boden sein? Oder lag es etwa im Innern? Wie oft hatte ich Tänzern bei der Dabke und anderen Volkstänzen zugesehen, wenn sie mit ihren Füssen stampften. Wollten sie auch die Erde wecken? Im Casino passierte nichts dergleichen. Behutsam schlichen die feinen Pinkel über die Erde, als wollten sie ihren Frieden nicht stören, als sagten sie: »Gesegnet seist du, liebe Erde. Du gibst uns, was wir brauchen. Kannst ruhig weiterschlafen, alles läuft wie am Schnürchen.«

Mache ich mich schuldig, wenn ich auf die Erde stampfe? Behindere ich den Lauf der Dinge? Das junge Mädchen im Keller hat wütend aufgestampft, bevor sie das Zimmer verliess. Der Taktmeister hat die Stille im Klinikpark aufgestört. Die Menschen klopfen auf verschiedene Weise, an tausenderlei Stellen, aber immer ist es dieselbe Tür.

Ich erschrak über den Gedanken, der Schneider sei vielleicht kein Magier oder Musiker, sondern ein Aufrührer. Plötzlich wurde mir klar, warum meine Familie jede Beziehung zu ihm ablehnte. Sie kannten ihn also. Der Verwaltungsdirektor hatte ihn beschimpft. Aber auch der alte Barbier. Eigentlich müsste der Barbier zu ihm halten, und ich müsste mich gegen ihn stellen. Das wäre logisch. Doch ich hatte nun mal was gegen Logik. Meine Angst vor dem Schneider konnte mich nicht von ihm fernhalten. Im Gegenteil. Seine Lehren beeindruckten mich nur noch mehr, seine Aussprüche schürten meine Neugier. Alles zog mich unwiderstehlich an – die Gasse, das Viertel, die alten Gebäude, die Gewölbe, der Keller mit dem Esel und den dunklen Räumen, mit dem traurigen Mädchen und der Frau, die mich provozierte, mit seinen verfallenen Mauern, seiner Armut, Auflehnung, Verachtung und seiner Faszination.

Am Sonntag ging ich wieder zum Schneider, um zu tanzen. Er ass gerade, sein Mahl bestand aus Brot und Datteln. »Was gibt's Neues?« fragte er. »Wie läuft's mit deinen Eltern?«

»Nicht besonders.«

»Der Barbier hat mir einiges erzählt.«

»Mir auch. Er hat Sie schlechtgemacht.«

»Schimpfworte kann man vergessen.«

»Ich nicht.«

»Du bist noch zu jung.«

»So jung nun auch wieder nicht«, warf die Frau des Schneiders ein. »Ich habe ihn gesehen …« Unwillkürlich schaute sie zum Fenster.

»Hör auf, die Leute auszuspionieren«, sagte der Schneider.

»Und was sollen seine Eltern sagen?«

»Was sie wollen.«

»Sein Grossvater war Konsul.«

»Du bist nicht sein Vormund.«

»Aber er kommt zu uns.«

»Zu uns oder zu anderen. Was schert's dich?«

»Diese Dirne!«

»Unsere Probleme sind hausgemacht«, sagte der Schneider. Er schüttelte betrübt den Kopf. »Na, reich mir die Laute. Vorwärts, mein Junge. Nimm den Dolch.«

»Die lass ich hier nicht rein!«

»Sei doch vernünftig. Mag sie ein wenig zuschauen.«

»Die Hure!«

»Und du? Bist wohl die Göttin der Tugend? Oder ihre Wächterin?« Zu mir gewandt, sagte er: »Sie ist eifersüchtig.«

»Auf so ein Dreckstück sollte ich eifersüchtig sein?«

»Wir stecken alle miteinander im Schlamassel, auf dem Grund des Brunnens sitzen wir.«

Er regte sich nicht auf, war nur traurig. »Auf dem Grund des Brunnens …«

Er begann zu spielen. Seine Finger streichelten die Saiten, bevor sie eine ernste, dramatische Tonart anschlugen. Hilferufe ertönten aus dem Brunnenschacht. Körper wanden sich, zuckten, kletterten, fielen, kletterten. Der Rhythmus beschleunigte sich. Dann verhielt er, wurde langsamer und leiser, noch leiser. Nichts mehr. Finsternis. Ein schwermütiges Gesicht. Nacht. Irgendwann ein Lichtstrahl. Der Gebetsruf. Morgendämmerung …

»Auf geht's«, sagte der Schneider. »Steigen wir aus dem Brunnen. Auf zum Tanz!«

Und ich tanzte.

Die Nachbarn kamen gerannt. Zuerst die Kinder. Sie glaubten, es sei eine Hochzeit. »Sieh mal, der Bräutigam!« hörte ich einen Jungen rufen. Ein anderer belehrte ihn: »Ein Bräutigam trägt doch einen Fes, der steht auch ganz still.« Ein dritter beteuerte: »Mein Vater kauft mir genau so einen Dolch.« Er lehnte am Fenstersims, das Kinn auf die Hände gestützt. Die hochgezogenen Schultern rahmten sein hübsches Gesicht mit dem langen, rotbraunen Haarschopf.

Die Frau des Schneiders wollte die Kinder mit dem Rutenbesen hinausscheuchen. »Lass mir ja die Kleinen in Ruh!« warnte sie ihr Mann. Die Kinder fassten ein wenig Mut und traten über die Schwelle. Dann stürmten sie herein und gaben auch den Erwachsenen den Weg frei. Alle stellten sich im Halbkreis auf, wie zum Familienfoto. An der Tür stand der Taktmeister und beobachtete uns mit verstörten Blicken. »Spiel, mein Junge, spiel! Jeder Finger, jeder Knöchel hat eine Aufgabe und einen Schlag, einen Nachhall und eine Stimme. Bring die Rikktrommel zum Sprechen. Werde ein echter Taktmeister.« Ich grüsste ihn. Er nickte nur und starrte weiter vor sich hin.

Der Schneider sass am Tisch. Ein wahrer Meister der Laute! »Die Laute ist eine Frau. Sie wiegt sich in den Hüften. Ich verführe sie dazu. Ich berühre die Saiten, als streichelte ich einen Frauenkörper. Meine Finger gleiten über den Bund, ich spüre ihren Arm. Meine Hand legt sich um die Laute, ich umschliesse ihre Taille. Es ist kein taubes Holz, das ich umarme. Die Saiten sind lebendige Glieder, und ich bin ihr Meister.«

Ich lächelte dem Schneider zu. Er lächelte zurück, als sei er eben von einer langen Reise heimgekehrt. Sofort begann er mit ganzer Kraft und vollem Einsatz zu spielen. Kurz darauf bemerkte ich, dass der Taktmeister sich einen Weg ins Zimmer bahnte. Langsam trat er zu der Trommel, die an der Wand hing. Er nahm sie herunter, drehte und schüttelte sie, klopfte darauf und rieb sie mit der Handfläche warm. Danach setzte er sich neben den Schneider.

»Martha, dein Bruder ist nicht tot, er ist nur eingeschlafen.« Alsdann begab er sich zum Grabe und rief: »Lazarus! Ich sage dir: Erhebe dich!« Lazarus stand auf. Er löste die Grabtücher von seinen Händen und Füssen und ging umher in der Menge.

Ein zündender Rhythmus entfaltete sich aus der kleinen Schlagfolge und ging umher in der Runde. Der Schneider zuckte mit den Schultern. Entführe uns, Taktmeister! Verzaubere uns, du Meister des Takts! An der Tür rief ein

Mann: »Bravo!« Ein Kind klatschte Beifall. Ein Mann im reifen Alter stampfte mit den Füssen. Ein Bursche schwenkte die Arme. Lärmende Begeisterung übertönte die Musik, und die Spieler verloren die Kontrolle.

Mit beiden Ringfingern improvisierte der Taktmeister ein Stakkato auf dem Trommelrand. Ich war so aufgeregt, dass ich bei diesem plötzlichen Umschwung beinahe das Gleichgewicht verlor. Der Nachhall breitete sich aus, spannte sich zu einem weiten, klingenden Raum mit sinnbetörendem Vibrato. Das Plektrum des Schneiders, eine Adlerfeder, verweilte auf der tiefen Oktave, auf der dicken, inaktiven Saite, deren einzige Bestimmung es war, die Fragen der anderen zu beantworten. Betäubend dröhnte ihr Ruf durch die Dämmerung. Eine ferne Trommel, ein Mashar, vor einer Karawane bei Sonnenuntergang in der Wüste. Ein Bittgesang um Regen und leises Seufzen nach der Abendkühle. Die ganze Welt tönte in diesem Ruf, alle Sehnsucht, alle Märchen von Karawanen, all ihr Beten und Flehen, ihr Leiden und Hoffen, ihr Kommen und Gehen über den Sand.

Ich stockte in der Mitte des Kreises. Mein Tanz verwandelte sich in chinesische Akrobatik, in heidnische Gebärde. Ein Muskel zog sich zusammen, schwoll an, mehr, immer mehr, bis die Spannung auf den nächsten übersprang. Jener erschlaffte, dieser ballte sich. Der Körper mobilisierte alle Kräfte, um sich zu einem einzigen Energiebündel aufzuladen.

Verstohlen schaute ich zum Schneider. Auch er war völlig ausser sich. Sein Ringfinger riss an den Saiten, seine Hand vibrierte, um die Melodie zu führen und ihren Nachklang zu halten, wie der Rhythmus es verlangte. Dröhnende

Trommelschläge übertönten den Lärm des Publikums und zwangen die Leute zu lauschen. Sogar die Luft stand still. Der Rhythmus triumphierte, mit seinem unbändigen, unbeugsamen Willen bannte er ihre Atemzüge. Ich war nahe daran, aus dem Kreis zu flüchten oder mir den Dolch in die Brust zu stossen. Ich hasste den Taktmeister, wie ein Gelähmter einen Galan hassen mochte, der nebenan mit seiner Frau schläft. Mir war klar, dass er uns völlig vergessen hatte. Er spielte nicht für uns, sondern für seine Statue im Klinikpark.

Endlich vernahm ich das entscheidende »Dumm« aus dem Herzen der Trommel. Die dicke Saite gab ihre Antwort. Die Oberoktaven begannen zu fragen. Auf und ab flog die Adlerfeder des Schneiders. Frage und Antwort, Frage und Antwort. Die Statue verlässt den Marmor. Da! Umflossen von weissem Schein, eine Samâchtänzerin! Eine Paradiesjungfrau mit Flügeln aus Licht! Die Hände im Flugwind, die Beine nach hinten gebeugt, schwebt sie durchs Fenster herein und schwingt sich in den Raum. Sie huldigt dem Magier, der ihren Zauberbann löste, dem Willen, der ihrem toten Körper Leben einhauchte.

Plötzlich rief der Schneider: »Ho hopp!«

Die Reise des Taktmeisters war zu Ende. Der Schneider verliess den weit Entrückten und gesellte sich wieder all denen zu, die aufgebrochen waren, die Erde zu wecken. Eine Bewegung ging durch das Publikum, es wogte wie Ähren im Wind.

Jetzt war ich an der Reihe. Lieber Dolch, dachte ich. Ach, mein lieber Dolch, du hast das letzte Wort. Du entscheidest, was aus diesem Tanz werden soll. Auf dir allein ruht mein

Hoffen und Wünschen. Mach, dass für mich das Bild aus seinem Rahmen tritt. Mach, dass sie mich an der Hand nimmt, meine Geliebte, nach der ich alle Mädchen der Stadt fragte. Dass wir gehen dürfen, wohin wir wollen.

Der Taktmeister stand auf, um anzukündigen, dass er den Tanz leiten werde. »He, Schlagzeuger!« hatte ihn die Gattin des Gouverneurs gerufen. Verlorene Liebesmüh, vor Damen der Oberschicht Musik zu spielen. »Die Gesunden bedürfen des Arztes nicht, sondern die Kranken.«

Drüben im Casino tanzen sie ihren Tango. Sie teilen das Gewand des Gekreuzigten und lenken die Schiffe gen Rom ... In unseren Vierteln wird mit dem Dolch getanzt! Hier zieht man sich die Stahlklinge übers Fleisch, hier gibt man der Erde einen Fusstritt und weckt sie aus ihrem Schlummer.

»Stampf auf, mein Junge! Stoss zu! Weck sie, diese Hündin.«

Zu Befehl, Meister! Doch was geht mich eigentlich Ihre Hündin an? Ich habe meine eigene – den Tango, die Arroganz meines Grossvaters, die Predigten meines Vaters.

»Ho hopp!«

Beide Arme ausgebreitet! In meiner Linken der Dolch. Der Griff zwischen den Fingern, und eine Klinge, so lang wie mein Unterarm.

»Ho hopp!«

Eine Runde gezogen! Fliegender Fisch, bodenlang sein Schweif, die Flügel gekreuzt, das Gesicht dem Kreis zugewandt. Wir sind hier auf keinem Dreschplatz. Aber in alter Zeit tanzte man für die Tenne und eine reiche Ernte. »Häufe dich, Korn, häufe dich!« Man tanzte für den Regen. »Ströme, Regen, ströme!« Und für das Feuer. Wer entzündete dich, Feuer? Du Flamme des Lebens, Farbe meines Bluts!

»Leg los, mein Sohn!« rief ein Armenier. »Vorwärts, du Löwe!«

»Lasst ihn«, sagte der Schneider.

Der Taktmeister drehte sich um, stand mir gegenüber. Der Moment war gekommen.

»In meiner Jugend war ich der Held dieses Augenblicks. Der Tänzer trug damals ein besonderes Gewand. Seine Stiefel waren weich, der Schaft besass eine Scheide für den Dolch. Sein Hemd war handgewebt und an den Bündchen mit Borten bestickt. Im Ärmel gab es eine geheime Falte für den Dolch. Die Taille war schmal und elegant, die Sirwâlhose eng anliegend. Eine schöne Kleidung für Männer von hoher Gestalt, schlank und rank wie ein Speer und mit Händen, so leicht, dass sie Fäden aus Licht spinnen konnten. Der Meister feuerte mich an: ›He, mein Junge!‹ Sein Zuruf begeisterte mich wie eine Melodie. Mein Junge! Ja, ich tu's, antwortete ich insgeheim, dir und deinem Jungen zur Ehre! Und dann blitzten die Strahlen in meiner Hand. Alle Augen hingen gebannt an der gleissenden Kugel. Aber sie sahen nur die Funken, nicht den Feuerstein. Denn das Herz ist der Feuerstein, er wird geschlagen, er sprüht die Funken. Wo kein Feuer geschlagen wird, fliegen auch keine Funken. Da kannst du den Dolch gleich weglassen und ohne Waffe tanzen.«

Der Moment war gekommen. Der Taktmeister hob seine Trommel, der Schneider spielte wie in Trance. An der Tür rief der Armenier, hingerissen von der Kunst des Trommlers: »Du Teufel! Wo hast du dich bloss versteckt gehalten?«

Der Taktmeister dankte ihm mit einem Lächeln. Ringsum im Kreis erhob sich lebhafter Beifall, brandete auf von den Rändern und fiel stürmisch in den Rhythmus ein. Unsere Augen begegneten sich. Auch für ihn war der Moment gekommen. Sein Gesicht leuchtete im wiedergefundenen Glanz der Jugend. Anfangs hatte er nur für sich selbst gespielt. Nun trommelte er für mich und den Dolch, den Schneider, das Publikum und seinen alten Meister. Für das Leben, dem er sich entfremdet hatte, zu dem er zurückgekehrt war.

»Mein Sohn, lerne musizieren, um für die Menschen zu spielen. Sprich zu ihnen, sie werden dir zuhören. Sie sind grosszügig, sie wissen nur nicht, wem und wie sie geben sollen. Sag ihnen also: Ihr seid die Herren dieser Welt. Alles, was darin ist, kommt von euch, und alles, was darin ist, steht euch zu. Danach leite sie, damit sich erfüllt, was du ihnen versprochen hast. Geh an ihrer Spitze. Trommler gehen immer an der Spitze, genau wie die Bannerträger und Heerführer. Weicht der Führer zurück, bleibt die Trommel stehen. Die Banner sinken, die Reihen wanken und das Fussvolk zerstreut sich. Denk immer daran. Sei stets der Erste, beim Tanz, beim Musizieren, beim Kampf. Aber sei auch bereit, den Preis zu bezahlen. Du musst dich völlig hingeben. Erst dann werden sie sprechen – dein Instrument, wenn du Musiker bist, deine Füsse, wenn du Tänzer bist, dein Arm, wenn du Kämpfer bist.«

Die Adlerfeder des Schneiders sprach. Die Finger des Taktmeisters sprachen. Jetzt kam mein Einsatz. Meine Füsse mussten sprechen, meine Hände, mein Dolch. Mein Herz.

Ach, Cousinchen mit deiner Brille! Du kleine Ente, die keinen Jäger findet! Komm, hier ist das Leben. Komm doch.

Der Taktmeister gab die Befehle. Der Schneider lächelte. Ein neuer Lazarus! Die Erde erwacht. Schon bricht sie auf. Die Toten verlassen die Gräber. Es ist an der Zeit. Sie folgen dem Ruf und erheben sich. Sie haben unsere Stimmen aus dem tiefen Brunnen vernommen. Sie haben unser Pochen und Klopfen gehört.

Mit einer leichten Bewegung der Fingerspitzen liess ich den Dolch in die flache Hand gleiten.

Besässe ich doch auch solche Stiefel und ein handgewebtes Hemd mit bestickten Ärmelbündchen! Ich könnte den Dolch darin verbergen und ihn plötzlich zücken, wie es mich der Schneider gelehrt hat. »Lass deinen Dolch nicht sehen«, hatte er mir eingeschärft, »nicht vor dem entscheidenden Augenblick. Die Zuschauer dürfen ihn erst entdecken, wenn er aufblitzt und wie ein Sonnenstrahl Linien und Kreise zwischen deinen Armen und um dein Knie zieht. Deine Hand muss schneller sein als der Blick, nur so kannst du ihn täuschen. Das ist die Kunst, die man Dolchtanz nennt.«

Wie hatte seine Frau gewarnt! »Das Knie wird er sich zerschneiden. Du stürzt uns noch ins Unglück. Er ist der Sohn einer vornehmen Familie, sein Grossvater war Konsul.«

»Ich weiss, ich weiss«, antwortete der Schneider. »Zur Hölle mit seinem konsularischen Grossvater!«

»Aber du richtest ihn zugrunde!«

»Lebendig mache ich ihn.«

»Ich gehe hin und sage ihnen alles.«

»Tu das. Ist mir egal.«

Ich entbot dem Publikum meinen Gruss. Ein Luftsprung, schon stand ich in der Mitte der Arena. Nun die Banderilla in den Nacken des Stiers gesetzt! In Zeitlupe beginnt der Schlussakt. Die Konfrontation, und ein tiefes Röcheln, ein letztes Aufbäumen. Dann der Todesstoss. Das Knie gebeugt für den Dolch, der seine Sonnenfäden darum spinnt!

»Mein Sohn, dieser Kniefall ist die Opfergabe für einen teuren Menschen, den du verehrst oder liebst. Er ist das Zeichen deiner Treue.«

Ich zückte den Dolch. Wie eine Fackel schwang ich ihn und malte leuchtende Kreise. Sie waren meine Huldigung und Opfergabe für alle Anwesenden und alle Abwesenden – für meine Cousine und ihre Brillengläser, das traurige junge Mädchen und ihre Matte im Keller, die Frau und ihre schwarzen Augen, den Esel, der mich erschreckte, und alle Vögel, alle Jäger, für den Ritter, der Freundschaft von Mann zu Mann gewährte, und die Frau, die ihren Geliebten tötete und beweinte, für mein Bild im Rahmen und die Marmorstatue des Taktmeisters, die bankrotte Musikertruppe, der ich die Geige abkaufte, und die Bäuerin, die wegen einer Handvoll Oliven verprügelt wurde – für alle, die Tanz und Freude lieben und auf die Erde stampfen, um sie zu wecken.

Der Taktmeister rief mich zurück. Mit dem Mittelfinger setzte er einen Schlag genau ins Zentrum der Trommel. Es klang so laut und nachdrücklich, als dröhnten grosse Messingbecken. Er mahnte mich zur Ordnung. Langsam bereitete er mich von neuem vor, um mich zum Turnier zu führen. Mit federnden Schritten werde ich den unbekannten Gegner umkreisen, bevor der Kampf auf Leben und Tod beginnt. Zwei Kämpfer in der Arena, einer sichtbar, der andere verborgen. Jeder umschleicht den anderen, um ihn zu testen und seine Schwachstelle zu finden. Irgendwann bietet sich Gelegenheit, den Dolch in diese Stelle hineinzustossen. Zwei Kontrahenten in schweigendem Duell. Die Zuschauer erkennen den Gegner allein am Tänzer, an seinen Leiden und seinen Ausbrüchen.

Meine Anspannung wuchs. Ich fühlte nur noch den Wunsch, meinen Dolch zu zücken und Ruhe zu finden. Töten werde ich meinen anonymen Gegner! Wieder fühlte ich Hass auf den Taktmeister, der mich an die Kandare nahm und nach seinen Fingerbewegungen tanzen liess.

Allmählich beschleunigte sich der Rhythmus. Den Dolch in der Hand, streckte ich ein Bein vor, der Körper blieb nach hinten geneigt. Mit jedem Herzschlag ersehnte ich das Zeichen, um endlich den Dolch über mein Knie zu ziehen und ihn dann auf die Brust meines Gegners zu richten. Heftiger wurden die Schläge, schneller die Schritte. Der rechte Fuss tänzelte, während der linke, ohne sich von der Stelle zu rühren, den Takt auf den Boden klopfte, gebieterisch, rachsüchtig, drohend. Das Publikum tobte, Beifall brach los.

»Ho hopp!« rief der Schneider.

Ich wandte mich um und grüsste ihn. Mit einer Pirouette sprang ich in die Luft und traf in der richtigen Haltung auf: Brust heraus, rechtes Knie im spitzen Winkel, das Bein auf den Unterschenkel gestützt, balancierend auf Zehenspitzen, das linke Bein leicht zurückgesetzt, in Erwartung der nahenden Kollision. Funkelnd spinnt der Dolch seine feurigen Fäden. Die Klinge wird geschliffen, ohne den Feuerstein zu berühren, ohne dass man die Faust erkennt, wenn sie wie ein Weberschiffchen über das zitternde Knie hin und her saust.

In Überschwang dieses ekstatischen Zustands zwischen Wachsein und Verzückung, in dem der Dolch mich umpfiff wie Wirbelwind in einer engen Schlucht, erschienen mir wieder die schwarzen Augen und der Mund mit dem betörenden Lächeln. Sie war also da. Wie ein Trugbild war sie hereingeglitten, wie eine Löwin verharrte sie, herausfordernd und verlockend.

Ich nahm die Herausforderung an, die Verlockung aber sollte mich zugrunde richten. Plötzlich fuhr der Dolch tief in mein Knie und scharrte über den Knochen.

Jemand schrie: »Herrje!« Die Musik verstummte. Ein Durcheinander brach aus.

Ich hörte einen Mann rufen: »Schluss mit dem Tanz! Schluss mit dem Tanz!«

Die Schneidersfrau kreischte wieder: »O weh! Sie machen uns fertig!«

Ein junges Mädchen bedeckte die Augen mit beiden Händen, um das Blut nicht sehen zu müssen. Ein Kind weinte, dann noch eins. Zuschauer stürzten herbei, um mir zu helfen und das Blut zu stillen, das aus meinem Knie spritzte.

Im gleichen Augenblick fühlte ich Finger, die mein Handgelenk umschlossen. Sie war es, die Frau mit den schwarzen Augen, die mich herausgefordert und verlockt hatte, die mich aus der Fassung brachte mit ihrem wilden, betörenden Blick. Sie wand mir den Dolch aus der Hand. Furchtlos sah sie mich an und sagte: »Was hast du nur angerichtet?« Dann wich sie zurück und verschwand, wie sie gekommen war.

8

Ein Arzt in der Stadt verband mir die Wunde. Meinen Eltern sagte ich nichts, antwortete auch nicht auf ihre Fragen, die wie Hagelkörner auf mich niederprasselten. Mutter kam und küsste mich. Sie sass an meinem Bett und weinte. »Du wirst dich noch umbringen«, schluchzte sie. Meine Schwester lächelte nur und streichelte mein Haar. Vater stürmte wütend ins Zimmer, ereiferte sich, bis er genug hatte, und rannte schimpfend wieder hinaus. Der Kanzleiwurm grüsste von der Schwelle, fragte kurz nach meinem Befinden – weg war er.

Am späten Nachmittag kam meine Cousine. Sie setzte sich zu meiner Schwester und ihrem Verlobten in den Salon. Ich konnte nicht hören, was sie sagte. Bestimmt erkundigte sie sich nach mir. Die Brille hinderte sie, zu mir hereinzuschauen. Sie versteht mich eben nicht. Fürchtet sie, mich zu belästigen? Arme Kleine. Was kann sie für ihre Brille? Und für meine Brillenphobie?

Wenig später öffnete sich die Tür, und ein Kopf schob sich herein. Meine Cousine. »Willkommen!« sagte ich unwillkürlich. Ich glaubte, sie werde sich zu mir setzen, auf den Bettrand, und nach meiner Hand fassen, um sie zu drücken. Aber nachdem sie eingetreten war, hielt sie Abstand und tat, als läse sie die Buchtitel. Sie vermied es, mich direkt anzusehen.

»Was reden sie dort über mich?« fragte ich und zeigte zum Salon.

»Gar nichts.«

»Und was meinst du?«

Ich registrierte, dass sie ein wenig zitterte.

Ich? Interessiert er sich für mich? Weiss er etwas? Woher? Von meinen Schulbüchern, den Partituren, den Klaviertasten? Von meinen Tagträumen? Die haben nichts ausgeplaudert. Und ich habe mich nicht verraten. Wozu auch?

»Ich wünschte, du wärst dabei gewesen«, sagte ich.

»Nein! Um zu sehen, wie du dich verletzt? Das möchte ich nicht sehen. Ich könnte es nicht ertragen.«

»Hast du Angst um mich?«

Sie schwieg.

Da fragt er noch? Als Kinder sind wir in dieselbe Schule gegangen. Wir hatten den gleichen Schulweg. Ich war so alt wie er, nur nicht so begabt. Wenn er neben mir herlief, fühlte ich, dass er richtig in meinem Herzen war. Nie hätte er das vermutet. Er behandelte mich wie eine kleine Göre. Ich tat ihm bloss leid. Schier umgebracht hat mich sein Mitleid. Ich bin stark, aber sobald ich ihn sehe, wird mir ganz schwach. Ich bin erwachsen, aber wenn er vor mir steht, werde ich wieder klein. In seiner Gegenwart stolpere ich, stottere, verhaspelte mich wie in Kind.

»Bist ein liebes Cousinchen.«

Sie steckte die Nase in ein Buch.

Ein liebes Cousinchen? Mehr bin ich also nicht für ihn? Was will ich denn mehr? Er liebt mich als Cousine, das muss genügen. Dauernd sage ich mir: Das genügt. Liebe zur Cousine ist auch eine Liebe. Ich werde mich eben damit abfinden. Hundertmal habe ich mir gut zugeredet: Gib dich zufrieden! Ich fühle mich ja schon viel besser. Ein Opfer zu bringen ist süss. Ich liebe ihn wie eine Wolke, auf der ich davonschweben könnte. Besässe die Wolke doch eine Hand, um nach meiner zu fassen! Fände ich den Mut, ihm länger in die Augen zu blicken! Dürfte ich die Hand auf seine Schulter legen, den Kopf an seine Brust schmiegen! Ach, einmal alles herausheulen, was mir das Herz beschwert!

»Ich habe für dich getanzt.«

»Für mich?«

»Für alle Menschen, und du gehörst dazu.«

Aha, für alle Menschen, und ich gehöre dazu. Also nicht für mich. Von mir aus! Warum soll ich eifersüchtig sein? O Gott, mein Gott! Mach, dass ich nicht eifersüchtig bin. Mach, dass ich ihn liebe, wie er mich, als meinen Cousin. Dass ich an ihn denke, wie er an mich – ruhig, gelassen, gleichgültig.

»Und du?« fragte ich sie.

»Was, ich?«

»Spielst du auch für mich?«

»Darüber habe ich nie nachgedacht.«

Wieder verbarg sie ihr Gesicht hinter dem Buch.

Da fragt er mich noch? Für ihn spiele ich, für ihn allein. Für seine Augen, seine Hände, seine Schultern, seinen Hals, sein Gesicht. Hoffnungslos spiele ich, wo doch Musik ohne Hoffnung stirbt. Wenn ich mich nun eines Tages selbst verletzte? Würdest du mich auch besuchen kommen, mein lieber Cousin? Du würdest, nur bestimmt viel munterer und gefasster. Ich weiss es. Du würdest kommen wie ich, grüssen wie ich, aber mit mehr Herzlichkeit. Du würdest dein Gesicht nicht hinter einem Buch verstecken. Hättest du ja gar nicht nötig. Du Glücklicher! Du besitzt kein Herz wie meines. Na, ein Herz hast du schon, bloss dass ich nicht darin bin. Das war ich nicht und werde es nie sein. Sinnlos, das ganze Warten. Ach, Wolke! Ich bin es leid, auf Wolken zu gehen.

»Komm her, ich erzähl dir, wie ich getanzt habe und wie der Unfall passierte.«

Sie zögerte. Dann drehte sie sich um und kam. Das Buch klappte zu. Warum auf einmal? Wie hypnotisiert trat sie näher. Ich rückte beiseite und bat sie, auf dem Bett Platz zu nehmen. Ich freute mich, weil ich ihr erzählen konnte, wie ich getanzt hatte. Endlich ein Mensch in der Familie, der mich versteht! He, mein hochverehrter Grossvater! Da hockst du nun mit deinem Konsulatsputz und deinen prächtigen Orden in einem Holzrahmen an der Salonwand! Kannst dich von mir aus schwarz ärgern. Zum Teufel mit dem Stammbaum der Familie und dem ganzen konsularischen Plunder!

Sie sass auf der Bettkante. Ihre linke Schulter war mir zugekehrt, ihr Gesicht blieb abgewandt. Sie wollte sichergehen, dass ich die Brille nicht sah. Ich sollte erzählen, sie würde zuhören. Da ich ans Bett gefesselt war, musste ich wohl oder übel bei ihr ausharren. Der Wunde am Knie sei Dank! Ohne sie hätte es diese Vertraulichkeit, diese Zwiesprache nicht gegeben. Vielleicht wünschte sie im tiefsten Innern, dass meine Genesung sich hinziehen möge, und bereute zugleich ihren Wunsch. In einer Anwandlung von Hochmut träumte sie, dass ich auch ohne Wunde ihr Vertrauter sei, dass ich genauso gern mit ihr redete, wie sie mir zuhörte. Doch das würde ja nie geschehen.

Ich wohne nicht in seinem Herzen, wie er in meinem. Wenn ich ihn verlasse, greift er sich ein Buch und liest. Er vertieft sich darin und vergisst mich. Er denkt nicht mehr an mich. Ich schaffe das nicht. Immer ist er bei mir, zu Hause, in jedem Buch, in meinem Herzen. Einmal hatte ich mir fest vorgenommen, ihn zu meiden. Und ich habe ihn gemieden. Aber als wir uns begegneten, machte er mir deswegen keine Vorwürfe. Er fragte gar nicht danach, hatte überhaupt nicht bemerkt, dass ich ihm aus dem Weg gegangen war. Ich bat ihn, uns zu besuchen. Er kam auch. Die ganze Zeit schielte er auf die Uhr. Nur aus Höflichkeit, Mitleid oder Freundschaft hielt er es mit mir aus. Wie traurig ist das alles! Einfach schrecklich!

Sie sass auf der Bettkante. Mit kindlicher Begeisterung begann ich ihr zu erzählen, wie ich getanzt hatte, wie der Schneider Laute dazu spielte und der Taktmeister trommelte.

»Den Taktmeister kannte ich schon, ich war ihm im Geschäft des Schneiders begegnet. Er erzählte mir eine seltsame Geschichte. Irgendwie tat er mir leid. Er sagte, sein Herz sei tot, und seine Finger auch. Ich sah zu, wie er mit den toten Fingern nähte, Nadel rein, Nadel raus. An jenem Tag kam er zufällig vorbei. Er stand an der Tür. Niemand beachtete ihn. Ohne Aufforderung trat er ein und nahm sich die Trommel. Plötzlich veränderte sich alles an ihm – die Augen, die Finger, das Herz. Er wurde wieder derselbe, der er einmal gewesen war, ein echter Taktmeister. Zu seiner Trommel habe ich getanzt.«

»Du hättest mich mitnehmen sollen.«

»Ich nehm dich schon mal mit.«

»Dann lerne ich beim Schneider spielen.«

»Und der Maestro?«

»Ich hab dir doch gesagt, ich mag ihn nicht mehr.«

»Wie soll das gehen? Der Schneider lehrt nicht nach Noten. Seine Musik ist nur für den Tanz.«

»Dann tanze ich eben.«

Ich richtete mich im Bett auf und beugte mich vor, um sie anzusehen.

»Du, und tanzen?«

»Warum nicht?«

Ich war fassungslos. Nein. Ich werde sie nicht zum Schneider mitnehmen, dachte ich. Tanzen will sie? Allmächtiger! Meine Cousine tanzt öffentlich, vor Zuschauern? Wie eine Zigeunerin? Wie die Mädchen von dieser bankrotten Truppe, die mir die Geige verkaufte?

»Warum darf ich nicht tanzen?« beharrte sie.

»Nicht bei dem Schneider. Unmöglich. Denk doch selber mal ein bisschen nach. Ein anständiges junges Mädchen wie du, und tanzt im Kreis vor ordinären Leuten! Wie eine Zigeunerin!«

»Und du? Bist du nicht mein Cousin? Warum durftest du, ein anständiger junger Mann, wie ein Zigeuner in diesem Kreis tanzen?«

Ich senkte den Kopf und schwieg.

Magst du schwarze Frauen?

Ja.

Würdest du erlauben, dass deine Schwester einen Schwarzen heiratet?

Nein.

Du hast den Keller betreten, hast diese Frau gesehen. Mag sein, du legst dich zu dem jungen Mädchen auf eine Matte. Mag sein, du treibst es mit der Frau oder dem Mädchen, im Keller, auf einer Matte. Aber deine Schwester … Hochverehrter Grossvater, meine Schwester heiratet einen Verwaltungsdirektor und tanzt im Casino. Meine Cousine spielt Piano und tanzt Tango. Sie hat ja nichts gegen Tango. Bestimmt nicht, Grossvater. Weder meine Schwester noch meine Cousine haben etwas dagegen. Nur ich!

Ich wandte den Kopf zur Seite, um ihrem Blick auszuweichen. Zum erstenmal schaute sie mir in die Augen. Ja, wenn sie ein Mann wäre! Ein junger Kerl darf tanzen gehen. Er darf auch in gewissen Kellern übernachten, egal ob im Bett oder auf der Matte. Da mag der grossväterliche Bart zittern, wie er will. Also, hätte ich die Sache zu entscheiden, ich ganz allein, dann wäre ich einverstanden. Allerdings die Familie und ihr guter Ruf … Ach, immer dieser Ruf!

»Ich würde mich um gar nichts scheren«, fing sie wieder an. »Ich fände nichts Schlechtes an deinem Verhalten, und auch nicht an meinem, wenn du mich dorthin mitnähmst. Ich könnte dich tanzen sehen. Mein Gott, wie sehr ich mir das wünsche! Nur wenn du dich verletzt, das würde ich nicht ertragen. Als ich hörte, was passiert ist, wurde mir schwarz vor Augen. Aber du mit dem Dolch … wunderbar muss das sein. Weisst du noch, wie du dich eines Tages auf dem Schulweg geprügelt hast? Du gabst mir deine Bücher zum Halten. Vor Angst um dich hätte ich beinahe laut geschrien. Dein Rivale war sehr kräftig. Trotzdem hast du dich mit ihm geschlagen. Dein Hemd war zerrissen, am Kragen fehlte der Knopf. Doch als man euch endlich trennte, warst du der Sieger. Du prahltest, weil du ihn verwundet hattest. Von seiner Lippe tropfte Blut. Mich freute das überhaupt nicht. Ich mag keinen Kampf und kein Blut.

In diesem Moment hätte ich euch lieber versöhnt gesehen. Nachher, in der Schule, berichtete ich meinen Freundinnen, was geschehen war. Erst da war ich mächtig stolz auf dich! In der Pause rannte ich zu dir und schenkte dir Bonbons.«

»Zur Belohnung?«

»Ich weiss nicht.«

»Diesmal gibst du mir wohl keine Prämie?«

»Du bist erwachsen.«

Sie schloss die Augen.

Wenn er wollte, würde ich alle Süssigkeiten in dieser Stadt für ihn einsammeln! Ob er das versteht? Sperber und Lerche. Warum ist er der Sperber und ich bin die Lerche? Ich fürchte mich vor ihm! Nicht doch, ich sehe nur einen Sperber in ihm, das ist alles. Aber so sehe ich ihn eben, auf der Strasse, in der Schule, zu Hause, wenn er neben mir geht, wenn er mit mir redet oder mich anschaut. Er schaut mich ja gar nicht an. Das vermeidet er. Vielleicht ohne gross darüber nachzudenken. Und ich? Warum denke ich darüber nach? Ich sollte jetzt gehen. Ende der Besuchszeit. Er bleibt allein, er schläft. Ich finde keinen Schlaf. Er ist stets bei mir, auf der Gasse, im Schlafzimmer, auf den Klaviertasten, im Garten, im Buch, bei Tag und bei Nacht, im Schlafen und Wachen. Soll ich ihm alles gestehen? Ihn bitten? Ihn anflehen? Wozu? Er weiss es selbst. Eine Prämie, hat er gesagt. Diesmal gibst du mir wohl keine Prämie. Was ist kostbarer als das Herz? Ich besitze meins nicht mehr. Schon lange habe ich's ihm geschenkt … Ein Glas Wasser, ausgeschüttet auf regennassen Boden. Die Erde ist nicht durstig, das Wasser nützt nichts. Vergeudetes Wasser … Eine Lerche im Dickicht. Kein Jäger klopft die Büsche ab mit seinem

Stock, kein Habicht stösst nieder. Die Lerche wartet und muss immer weiter warten. Bald kommt der Winter, es wird kalt. Ich friere, ich zittere.

Als sie vom Teppich aufblickte, las ich in einem Buch. Die Bewegung, die sie beim Aufstehen machte, erinnerte mich an ihre Anwesenheit. Sie sah so blass aus. Die Worte zwischen uns waren tot, es gab nichts mehr zu sagen. Die ganze Zeit hatte ich mit der Frau im Keller gesprochen. Im gleichen Moment, als der Dolch mein Knie zerschnitt, fühlte ich Finger, die mein Handgelenk umschlossen. Das war sie. »Was hast du nur angerichtet?« rief sie zornig und nahm den blutbeschmierten Dolch an sich. Niemand hinderte sie, sogar die Frau des Schneiders schwieg. Sie verliess den Raum. Womöglich hat sie den Dolch im Brunnen ihres Hofes versenkt. Oder bewahrt sie ihn auf? »Schafft ihn zum Arzt«, sagte sie noch, danach sah ich sie nicht mehr. Bestimmt verachten sie die Leute, aber sie fürchten sie auch. Sie respektiert keinen. Nur der Schneider versteht sie. Und er begehrt sie. Ich habe gesehen, wie er sie anlächelte. Könnte mir gut vorstellen, dass er aus dem Fenster schaut, wenn seine Frau gerade nicht im Zimmer ist. Dann spielt er ein Lied für sie, vielleicht ohne sich dessen bewusst zu sein.

Meine Cousine schloss die Tür hinter sich. Sie muss krank sein. Ganz matt sah sie aus, als sie einen Abschiedsgruss vor sich hin murmelte. Nicht einmal umgedreht hat sie sich.

Ich mochte niemanden mehr sehen, wollte nur noch an die Frau denken. Ich löschte das Licht und träumte im Dunkeln weiter.

9

Am nächsten Tag wurde unsere Familie von einem unerwarteten Besuch überrascht. Mein Vater war so irritiert, dass er völlig die Fassung verlor. Auch danach regte ihn jede alltägliche Kleinigkeit fürchterlich auf, und seine Beziehung zu mir verschlechterte sich noch mehr.

Um drei Uhr nachmittags klopfte es an die Tür. Das Dienstmädchen meldete: »Eine Frau wünscht den Herrn zu sprechen.«

»Eine Bäuerin?« fragte er.

»Nein, eine aus der Stadt.«

Sie sassen bei Tisch und assen Obst zum Dessert. Der Verwaltungsdirektor hatte gerade einen banalen Witz erzählt, über den meine Mutter lachte. Meine Schwester schälte weiter Früchte, ohne eine Miene zu verziehen.

Noch nie hatte Vater eine seiner Bäuerinnen empfangen. Das Dienstmädchen war angewiesen, ihre Abgaben hereinzutragen, während sie an der Tür auf die leeren Körbe warten mussten. Wir wussten also gleich, dass die Frau keine Bäuerin sein konnte. Mein Vater hatte bloss so, der Ordnung halber, nachgefragt. Kein Bittsteller, ob Mann oder Frau, durfte ins Haus, weil er sich dadurch belästigt fühlte. Nur im äussersten Notfall empfing er einen Besucher, allerdings sehr frostig und ohne ihm einen Stuhl anzubieten.

Um dieses strenge Reglement zu exerzieren, befahl er dem Dienstmädchen: »Schick sie weg!« Gelassen wandte er sich wieder dem Dessert zu, sein protziger Ring mit dem Klunker am kleinen Finger blitzte im elektrischen Licht.

Die Lampe über dem Speisetisch brannte bei allen Mahlzeiten, zu allen Jahreszeiten. Diese geheiligte Familientradition hatte mein Grossvater etabliert.

Eben war man in den Salon umgezogen, um dort den Kaffee zu nehmen, als die Tür aufging. Die ungebetene Besucherin trat herein und sagte: »Ihr Dienstmädchen wollte mich nicht vorlassen. Sie hielt mich wohl für eine Bettlerin.«

»Wieso dringst du dann hier ein?« schrie mein Vater.

Sie starrte ihn an mit ihren schwarzen Augen: »Es ist mir eine Ehre, Sie zu besuchen.« Bevor er weiterfragen konnte, fügte sie hinzu: »Selbstverständlich bin ich nicht durchs Fenster eingestiegen. Ich bin keine Diebin.«

»Was willst du?«

»Ihren Sohn sprechen.«

Die Augen des Verwaltungsdirektors funkelten boshaft. Die schadenfrohen Blicke, die er meiner Schwester zuwarf, sagten: Voilà, ein neuer Skandal!

Mutter plusterte sich auf wie eine kleine Glucke, die den Schatten eines Raubvogels über ihr Nest gleiten sieht und vor Schreck nicht einmal mehr gackern kann. Sie war blass und nervös. Zum erstenmal ahnte sie, dass ihr Küken, das drüben in seinem Zimmer schlief, ein anderes Huhn im Sinn haben könnte. Sie verspürte eine instinktive Feindschaft gegen die fremde Frau. Vielleicht wäre ihre Abneigung geringer gewesen, wenn dieses Weib nach meinem Vater verlangt hätte. Mutter, die Glucke, war körperlich und seelisch gern bereit, mit ihrem vor zwanzig Jahren angetrauten Gockel nach Hennenart zu leben. Sie wusste, dass er schon viele seiner Landhühner besprungen hatte. Ihr war auch zu Ohren gekommen, dass er Amt und Würden und seine stattliche Erscheinung nutzte, um Städterinnen jeden Standes zu erobern. Trotzdem liess sie sich immer wieder mit ihm ein, genau wie eine Henne. Brav duckt sie sich, wenn der Hahn mit gespreizten Flügeln über den Boden gefegt kommt, um ihr auf den Rücken zu steigen. Nach einer Weile springt er flügelschlagend ab und erklärt mit lautem Kikeriki den Akt für beendet. Nun hat sie Eier zu legen und auszubrüten und die Küken zu umsorgen, wie sich das gehört.

Erst in diesem Moment wechselte meine Mutter aus der Hühnerwelt in die Welt der Menschen. Sie sah sich einer Kontrahentin gegenüber, und ihre Blässe verriet, dass sie die andere fürchtete und hasste. Sie flüchtete in Schweigen, suchte Beistand bei meinem Vater. Er posierte wie ein gewiefter Advokat, der sich auskennt und weiss, wie der Geist des Gesetzes mit den Bedürfnissen des Leibes in Einklang zu bringen ist. Meine Schwester hatte aufgehört, das Obst zu schälen, ihre Augen hingen bewundernd, staunend, fragend an der Frau. Der Verwaltungsdirektor genoss seine kleine Schadenfreude, tat aber so, als sei er betroffen und hoffe nur, den Skandal durch schleunigen Rausschmiss der Besucherin abgewendet zu sehen.

Ich stand die ganze Zeit hinter der Tür. Mit einem Satz war ich aus dem Bett gesprungen, um zu beobachten, was im Salon passierte. Irgendwie hatte ich geahnt, dass sie kommen würde. Jetzt war sie hier! Vielleicht hatte der Schneider sie geschickt, vielleicht war es ihr eigener Entschluss gewesen. Blitzschnell lief alles noch einmal vor mir ab. Sie lauert an der Tür, ich gehe durch die Gasse, betrete den Keller. Plötzlich ist sie weg, dann wieder da. Das junge Mädchen weint, sie will es nicht auf der Matte machen. Die Frau befiehlt ihr streng: »Warte drüben auf ihn.« Der Gehorsam des Mädchens. Meine Flucht aus dem Keller. Das Schweigen der Frau, ihre ironische, provozierende Stärke. Unsere Wiederbegegnung beim Tanz, gerade in dem Moment, als der Dolch in mein Knie fährt. Die Geste, mit der sie mir den Dolch aus der Hand nimmt, ihre Anweisung: »Schafft ihn zum Arzt«, und schliesslich ihr Verschwinden. Nun war sie also gekommen und versetzte meiner blasierten Familie einen Schock, wie sie ihn seit langem nicht erlebt hatte.

Vater eröffnete das Verhör: »Unseren Sohn? Du bist aber keine Klassenkameradin!«

»Woher wissen Sie das?« fragte sie spöttisch.

»Das ist nicht allzu schwer zu erraten.«

Mutter griff ein: »Unser Sohn ist krank.«

»Weiss ich.«

»Er empfängt keinen Besuch.«

»Ich bin kein Besuch.«

»Dann kannst du ja wieder gehen«, sagte der Verwaltungsdirektor.

»Einfach so?«

»Was für eine impertinente Person, eine …«

»Eine was? Sehen Sie mich gefälligst an. Ich habe nicht mit Ihnen auf der Matte rumgelegen. Das war dieses arme Mädchen. Daran werden Sie sich wohl noch erinnern.«

»Hinaus!«

»Warum denn? Ihr hättet mich bitten sollen, Platz zu nehmen. Wie gesagt, ich bin keine Bettlerin. Ich erkenne

Sie übrigens. Sie haben bei mir was vergessen. Wäre nicht das Fräulein dabei, würde ich sagen, was.«

Meine Schwester knallte das Messer auf den Tisch, sprang auf und rannte in ihr Zimmer.

»Hinaus, verfluchtes Weibsstück!« schrie meine Mutter. »Unser Sohn kennt dich nicht. Wir kennen kein solches Pack wie dich.«

»Ihre Bekanntschaft kann mir gestohlen bleiben. Ich habe noch Sachen von dem Herrn da.« Sie zeigte auf den Verwaltungsdirektor. »Ich finde, dass ich sie ihm zurückgeben sollte.«

Mein Vater verstand nur zu gut, worauf die Frau anspielte. Als der Direktor aus dem Salon stürzte, um meine Schwester zu versöhnen, sagte sie: »Der Herr hat seine Unterhose bei mir liegenlassen.«

Meine Mutter ging auf die Frau los, und plötzlich hörte ich eine schallende Ohrfeige.

Ich konnte mir nicht vorstellen, dass Mutter so etwas fertigbrachte, dass sie überhaupt den Mut und die Kraft dazu besass. Mein Vater eilte zu ihr und hielt sie fest. Schluchzend brach sie in seinen Armen zusammen und schrumpfte sofort auf Hennengrösse. Die Frau musterte sie verächtlich. Alles an ihr war Herausforderung, kalte, tiefe, drohende Aufsässigkeit. Funken sprühten aus ihren Augen und entzündeten die Möbel, die Fensterrahmen, die Vorhänge und Grossvaters Porträt. Vater, der gewiefte, versierte Advokat, schloss schleunig das Protokoll und versuchte, die Angeklagte mit Stuhl und Zigarette zu besänftigen.

»Verzeihung«, sagte er mit erhobener Stimme. »Meine Gattin hielt Sie wohl für eine Bäuerin.«

»Was für eine Entschuldigung!« schrie die Frau. Ihn anstarrend, fügte sie hinzu: »Ich bin keine Bäuerin und sehe auch nicht danach aus. Ihre Gattin liegt ganz richtig, aber sie verachtet mich. Sie hat mich geohrfeigt.«

Sie stiess ein Lachen aus, als wollte sie sich von einem Druck auf ihrer Brust befreien. Sie näherte sich meiner Mutter, die vor lauter Angst in ihrem Sessel zusammenkroch. Mir schlug das Herz bis zum Halse. Schon streckte ich die Hand aus, um die Tür aufzureissen und ihr in den Arm zu fallen. Ich war überzeugt von der Kühnheit und Unverschämtheit dieser Frau, ja ich erwartete, dass sie meine arme Mutter schlagen würde. Offenbar hatte Vater die gleichen Befürchtungen. Er stürzte zu der Frau, um sie zu packen und notfalls zu verprügeln, falls sie Mutter die Ohrfeige zurückgeben würde. Aber plötzlich geschah etwas so Schreckliches, dass ich es wohl nie vergessen werde. Blitzartig zückte die Frau einen Dolch gegen meine Mutter! Keine Ahnung, wo sie ihn versteckt haben mochte. Dann hörte ich drei Wörter, gellend wie ein einziger Aufschrei: »Keine Schläge! Wehe!« Jetzt brach Mutter völlig zusammen. Sie fiel auf die Knie und hielt die Hände schützend über ihren Kopf. Die Frau fuhr zu mir herum, denn ich hatte mein Zimmer verlassen. Ihre schwarzen, verführerischen Augen funkelten zornig und angriffslustig, als sie mich fragte: »Deine Mutter?«

Meine Schwester kam heulend und völlig aufgelöst in den Salon gelaufen. Ohne zu zögern, ohne den erhobenen Dolch zu beachten, warf sie sich auf die Frau. Auch der Verwaltungsdirektor trat wieder ein und ging ein paar schleppende Schritte in ihre Richtung. Er war blass und verstört, ausserstande, etwas zu sagen oder gar einzuschreiten und der Frau den Dolch zu entreissen.

Wie lange dauerte es? Wieviel Zeit vergeht im entscheidenden Augenblick zwischen zwei Handlungen, von denen eine in den Tod und die andere ins Leben führt? Im Aufleuchten eines Blitzes scheidet nur ein mikroskopisch feiner Faden die Welt des Dunkels von der des Lichts. Im Aufblitzen einer Erinnerung trennt er die Welten der Vergangenheit und der Gegenwart. Nicht anders ist es mit den beiden entgegengesetzten Richtungen, die eine Handlung nehmen kann. Wie die Entscheidung auch ausfällt, der Zuschauer ist erschüttert. Denn unser Leid und unser Glück hängen an diesem hauchdünnen Faden.

All das schoss mir durch den Kopf, als ich sah, wie meine Schwester sich auf die Frau warf. Ihre Bewegung konnte diese oder jene Handlung bewirken, konnte so oder so enden. Momentlang lähmte uns ihre rasche, unbesonnene Aktion. Dann löste sich die Spannung so schnell, wie sie über uns gekommen war. Nur unsere Augen starrten weiter auf die Frau, und wir konnten nicht glauben, was wir sahen.

Die Frau beugte sich über meine Schwester, um sie zu küssen! Unvermittelt brach sie in bitterliches Weinen aus. Ihre Tränen waren spontan und aufrichtig wie sie selbst, wie ihr hysterisches Lachen und ihre explosive Ruhe, wie ihr wilder Angriff auf meine Mutter, die noch immer, die Arme schützend über dem Kopf, vor ihr auf den Knien kauerte.

Hass lag in ihren tränennassen Augen, als sie mich ansah. Wie ein heisser Hauch streifte er meinen Hals und mein Gesicht. »Nimm, er gehört dir!« sagte sie und schleuderte den Dolch in meine Richtung.

Mit einer heftigen, nervösen Geste stiess sie meine Schwester zurück, wandte sich zur Tür und ging hinaus.

Der Dolch blieb als belastendes Indiz für mein Vergehen am Boden liegen. Drückendes Schweigen herrschte. Schmachvoll ist der Fall des Hochmuts in die sozialen Niederungen der Habenichtse. Unser schöner Palast, besudelt vom Morast des Elendsviertels, aus dem dieses Weib aufgetaucht war! Meine Eltern taten mir direkt leid. Alles war meine Schuld.

Regungslos verharrten sie an ihren Plätzen. Mutter rappelte sich mühsam, mit Hilfe meiner Schwester, vom Fussboden auf und schob sich über den Sesselrand. Ein paar letzte Tränen, die sie sich abrang, waren für mich bestimmt. Ich musste begreifen, welche Demütigung ich ihr zugemutet hatte, und sie schleunig und tief zerknirscht um Verzeihung bitten. Sie sah mich nicht an, hatte mich jedoch genau im Visier. Ich sollte zu ihr kommen und ihr Wangen und Hände küssen. Es war mir zu peinlich. Ihre Blicke trafen mich hart wie Steine. Ich rührte mich trotzdem nicht. Ich fiel nicht in die Grube, die der Verwaltungsdirektor schon zu meinen Füssen aufgehen sah. Schliesslich war er es, der Dreck am Stecken hatte. Von heute an würde meine Schwester ihn nicht mehr akzeptieren, er hatte sein wahres Gesicht gezeigt. Sie drehte ihm den Rücken zu und behandelte ihn wie Luft, während sie Mutter tröstete.

Mutter wusste gewiss nicht, wo ihr der Kopf stand. Erst der Verlust meiner Unschuld, dann die Manieren ihres künftigen Schwiegersohns und die ungewohnte Milde, die Vater ihm gegenüber an den Tag legte. Vielleicht erinnerte sie dieser Skandal an seine früheren Affären mit »Weibern von der Sorte«. Sein heutiges Verhalten liess nicht erkennen, dass er sich gebessert hatte.

Grossvater starrte unverwandt aus dem Bilderrahmen auf uns herab. Wir wichen seinem Blick aus. Denn in einem Punkt waren wir uns alle einig: Mit diesem Zwischenfall hatten wir die Würde des Ehrenkonsulats für immer und ewig beleidigt.

Meine Schwester verliess den Salon. Sie stürmte auf ihr Zimmer und knallte die Tür hinter sich zu. Der Direktor liess den Kopf vor seinen Schwiegereltern hängen, um möglichst kleinlaut und kläglich zu erscheinen. Mutter war viel zu aufgeregt, um seine stumme Entschuldigung wahrzunehmen und ihm ebenso stillschweigend zu vergeben. Der einzige, der ein wenig auf ihn einging, war mein Vater. Seinen Schnurrbart zwirbelnd, warf er ihm mit dem Anflug eines Lächelns einen verstohlenen Blick zu. Nur er war bereit, Verständnis für seine Lage aufzubringen und die ganze Angelegenheit als eine Lappalie ad acta zu legen.

Der Anblick meiner tief beleidigten Familie reizte mich plötzlich zum Lachen. Ja, das Unglück der anderen bereitete mir ein geradezu bestialisches Vergnügen. Wäre Mutter nicht gar so bedrückt gewesen, hätte ich meinem Grossvater vor lauter Schadenfreude die Zunge herausgestreckt. Erst jetzt wurde mir bewusst, wie sehr ich unser Haus hasste.

Es war uralt, eine richtige Festung. Das breite, oben gewölbte Aussentor bestand aus starken Bohlen mit Eisenbeschlägen. Hinter dem Torgang öffnete sich eine Vorhalle im gotischen Stil. Von hier gelangte man in den Innenhof mit dem Garten. Eine Steintreppe führte hinauf ins Wohnhaus mit seinem grossen Salon und den hohen, weitläufigen Gemächern, deren pompöse Nussbaummöbel im Laufe der Zeit schwärzlich nachgedunkelt waren. Die Fenster wiederholten die Form des Aussentors. An ihren Simsen und am Portal konnte man ermessen, wie mächtig die Mauern waren.

Schon oft hatte ich mir über unser Haus den Kopf zerbrochen. Jedesmal, wenn ich durch eine Strasse kam, wo ein Gebäude abgerissen und Platz für ein neues geschaffen wurde, wünschte ich mir, dass auch unser Haus zerstört und durch ein neues ersetzt würde. Doch sofort stand ich vor der Frage: Wer sollte das vollbringen? Die einfachen Hütten in romantischen Filmen beflügelten meine Phantasie. Im realen Leben aber wusste ich seit frühester Jugend, dass unser Haus unzerstörbar war. Niemand konnte es abreissen.

Ob meine Angehörigen genauso davon überzeugt waren? Wahrscheinlich hatte sich keiner von ihnen jemals diese Frage gestellt. Höchstens meine Schwester. Sie strebte nach Veränderung und begegnete dem Leben mit einem Mut, um den meine Cousine sie beneidete. Meine Schwester trug ja auch keine Brille. Sonst war sie weder schön noch hässlich, eine nettere Kopie unserer Mutter, immer charmant und witzig. Ihre Sinnlichkeit schlummerte. Dieser Bürohengst würde sie wohl kaum erwecken. Nie und nimmer!

Einmal hatte sie zu Vater gesagt: »Unser Haus ist die reinste Zitadelle.«

»Im wahrsten Sinne des Wortes«, erwiderte er lächelnd. »Ein Konsulat.«

Genüsslich begann er die Bedeutung und den verblichenen Ruhm des Konsulats auszumalen. Was für Zeiten, als selbst die Hohe Pforte in Istanbul mit ihm rechnen musste! Eine Handbewegung des Ehrenkonsuls – und seine Kriegsschiffe näherten sich dem Hafen oder zogen hinaus aufs Meer. Der türkische Statthalter zitterte mitsamt Fes und Rohrstöckchen, wenn der Konsul in Rage geriet, er parierte ihm aufs Wort. Der Distriktsgouverneur erhielt sogar Gehalt von ihm, seine Soldaten kniffen den Schwanz ein, wenn der Konsul hereinstürmte, dass die Flügeltüren klappten. Der Gouverneur war nur eine Marionette in der Hand meines Grossvaters. Ein Ignorant, dessen einzige Sorge es war, Geld für den Statthalter zu beschaffen, so wie die einzige Sorge des Statthalters darin bestand, die Abgaben an den Sultan zu zahlen.

Der Sultan habe der Provinz Steuern auferlegt, erzählte mein Vater weiter, und sein Statthalter erhob sie von den Distrikten. Die Steuerpächter begannen zunächst den befohlenen Tribut einzusammeln, dann schwärmten sie noch einmal aus, um in die eigene Tasche zu kassieren. Damals gab es keine offiziellen Register. Jedermann konnte einfach zum Distriktsgouverneur gehen und um einen Posten bitten. Man entrichtete den nötigen Obolus in bar oder als Geschenk. Der Distriktsgouverneur nahm ein Blatt Papier vom Stapel, der vor ihm lag, und schrieb: »Hiermit akkreditieren wir Soundso für dieses und jenes Amt.« Ein paar Tage später wurde ein anderer Mann vorstellig und ersuchte um den gleichen Posten. Der Distriktsgouverneur hatte die Ernennung längst vergessen und füllte wieder ein Blatt aus: »Hiermit akkreditieren wir Soundso für dieses und jenes Amt.« Der zuvor Ernannte hatte sich kaum in seine Pfründe eingelebt, da sollte er sie schon wieder räumen. Er musste also um Revision bitten, aber ohne Bargeld oder Geschenk lief gar nichts.

»Die Welt war ein einziges Chaos«, erklärte mein Vater. »Doch die Fregatten warteten auf hoher See, und euer Grossvater gebot und verbot, während er bequem in seinem Hause sass, hier, in dieser Zitadelle. Zeiten waren das! Gesegnete Zeiten!«

»Mir gefallen sie nicht«, sagte meine Schwester kühl.

Vater fixierte mich. »Und was ist mit dir?« fragte er. »Du mit deinem Voltaire und deinen Demonstrationen! Die Unabhängigkeit willst du? Was für ein Wahnsinn! Wer sollte uns schützen, wenn die Franzosen abziehen? Du bist fou, jawohl, verrückt! Hör mir gut zu. Du wirst nach Beirut fahren. Du studierst bei den Jesuiten. Hier wirst du nur verdorben. Wer weiss, was noch passiert. Fou! Du ignorierst die Interessen deiner Familie und willst alles kaputtmachen – dieses Haus, diese Zitadelle, das Konsulat. Bitte, da hast du's, deine Schwester folgt deinem schlechten Beispiel. Die vergangenen Zeiten gefallen ihr nicht. Und Zitadellen mag sie auch nicht. Ihr möchtet sie wohl am liebsten abreissen.«

»Nicht abreissen«, warf meine Schwester ein, »nur verändern.«

Vater unterbrach sie scharf: »Das ist dasselbe. Verändern bedeutet zerstören. Nein! Alles bleibt, wie es ist. Fou! Nichts werden wir ändern, und wir erlauben auch keine Veränderung. Wir verteidigen unser Heim und unseren Stand. Dann werden auch die Zeiten des Konsulats wiederkehren.« Er schloss die Augen und murmelte: »O ja, diese Zeiten kommen wieder, und Frankreich … Bon! Ich will solche Reden nicht noch einmal hören.«

Wir haben das Thema nie mehr berührt. Ich reiste zum Studium nach Beirut.

Ich mochte mich meinem Vater nicht widersetzen. Mutters Tränen taten das ihre, um mich zu überzeugen. Aber seit diesem Tag hasste ich seine Geschichten über die Fregatten, das französische Mandat, das Konsulat und unser Heim, das eine Festung war.

Als ich im Sommer zurückkehrte, brodelte es in unserer Stadt. Jede Miene verriet tiefen Hass auf Frankreich. Man spürte ihn überall, ausser in Palästen wie unserem oder im Casino. Hier traf sich der französische Berater mit den Herren dieser Häuser, hier spielten sie ihr Bridge und tanzten ihren Tango. Als wäre überhaupt nichts geschehen! Als würde sich niemals etwas ändern, und alles bliebe, wie es seit ewigen Zeiten war. Mein Vater wäre der Schreiberling des Beraters und mein Schwager sein Aktenknecht. Die Bauern müssten im Morgengrauen vor unserer Tür warten. Die zerlumpten Hungerleider aus den Armenvierteln würden uns Ekel erregen. Mein Vater könnte sie drangsalieren, mein Schwager sie verhöhnen. Und der Rest der Familie würde sie verachten wie Insekten, die man mit einem Fusstritt zu Dutzenden zertreten durfte.

Um aus dem Palast auszubrechen und einmal frei durchzuatmen, fuhr ich aufs Land. Bald aber langweilte ich mich und kehrte in die Stadt zurück. Ohne meine Familie und meine Freunde fühlte ich mich verloren. Ich glaubte, wenn ich mich künftig auf die Musik konzentrierte, würde ich eine neue Welt ganz für mich allein entdecken und wie auf einer einsamen Insel leben. Ich liebte meine Insel. Ich liebte den Schneider und den Taktmeister. Ich verzehrte mich nach der jungen Frau, die aus dem Bildnis treten würde. Ich begehrte die Statue, die zum Leben erwachen würde. Ich war verrückt nach der Frau mit den schwarzen Augen. Später wurde mir bewusst, dass sie alle in dieser oder jener Weise auf die Erde stampften. Irgendwann musste die Erde aufbrechen. Das Bollwerk meines Vaters käme ins Wanken. Unsere Macht blieb nicht unantastbar! Gerade heute war mitten durch unsere Familie ein Riss gegangen, ein langer, gefährlicher Riss.

Von meinem Platz im Salon konnte ich zusehen, wie die Dinge um mich her alter Krempel wurden. Ich erwartete geradezu, dass sie vor Wut über ihre Degradierung einfach platzen würden. Als mein Blick auf den Dolch fiel, der noch immer am Fussboden lag, dachte ich wieder an die Frau. Jetzt ahnte ich, welche Mühe es sie gekostet haben mochte, meiner Mutter nichts Böses anzutun. Ich verstand, warum sie geweint hatte, als meine Schwester sich auf sie warf. Ihretwegen verzichtete die Ärmste auf ihre Rache. Sie begriff die flehende Geste meiner Schwester und brachte es nicht übers Herz, ihre Bitte abzuschlagen. Überwältigt und doch stolz war sie in Tränen ausgebrochen. Dann schleuderte sie den Dolch fort und ging hinaus. Sie liess uns alle beschämt zurück. Eine Schande, sie in unserem Heim so zu attackieren! Dabei war sie nur gekommen, um mit mir zu sprechen und nach meinem Befinden zu fragen.

Vater! Sohn dieses Ahnherrn, der von der Wand auf uns herabschaut! Du Herr der Festung, die einst ein Konsulat war! He, du kauderwelschender Sekretär des Beraters, Verehrer des französischen Mandats! Du mit deinen Stützen – Fregatten zu Wasser, Besitzungen zu Lande, Einfluss in der Stadt! Ich hasse deine Zitadelle, deine Titel, dein Frankreich, deine Fregatten, deine Besitztümer! Vor allem hasse ich deine Denkweise! Sogar der Berater würde meine Gefühle teilen. Hättest du sein Land okkupiert, würde er sich verhalten wie ich, nicht wie du. Doch wer weiss, vielleicht wäre er auch wie du, wenn er nämlich selber Ländereien und Paläste besässe. Dann würde er hassen, was du hasst, und lieben, was du liebst. Trotzdem, es gibt sie noch – Zugvögel, Haltungen, Dolche. Und Füsse, die stampfen. Bald bricht die Erde auf. Wie es der Schneider vorausgesagt hat, wird sie erwachen, die schlafende Hundetochter.

Ich vernahm seine Stimme, seinen Befehl: »Geh wieder zu Bett! Wenn du gesund bist, fährst du nach Frankreich.«

»Egal wohin, nur fort.«

»Und die Musik gibst du auf.«

»Mir liegt sowieso nichts daran.«

»Klar. Du musizierst ja nicht. Du tanzt.«

Ich dachte: Ich stampfe auf die Erde, damit sie erwacht! Ich antwortete: »Mit dem Musizieren und dem Tanzen ist Schluss. Jetzt bin ich bereit, das Haus zu verlassen.«

»Um diese Schlampe aufzusuchen«, sagte der Verwaltungsdirektor.

Unwillkürlich sah ich ihn an und parierte: »Ich habe nichts bei ihr liegenlassen.«

»Schweig!« schrie mein Vater.

»Sie ist ehrbarer als ...«

»Schweig, hab ich dir gesagt!«

»Und vornehmer ...«

Patsch! Patsch! Patsch! Drei Ohrfeigen. Drei rote Male auf meinem Gesicht. Tränen. Ein Mann rennt mit nervösen

Schritten vor mir auf und ab. Meine Schwester stürzt aus ihrem Zimmer und stellt sich neben mich. Mutter schlägt ihre Wangen. Der Federfuchser gibt sich einen Ruck, als wolle er eingreifen. Dann stockt er.

Der Dolch liegt noch immer am Boden. Nein. Nicht meine Hand. Sie wird sich nicht erheben. Er ist mein Vater. Auch wenn er es nicht wäre, meine Hand kann das nicht. Ich werde weggehen. Ich reise ab. Der Dolch aber bleibt. Ich weiss es. Dort habe ich gehört, wie sie auf den Boden stampfen.

Ich schloss die Augen, um nicht zu sehen, wie die Erde sich spaltete. Unser Haus, unsere Zitadelle, kippt in den gähnenden Abgrund. Das Porträt des Grossvaters plumpst hinein und zerschellt. Noch einmal wird es mit anderen Gegenständen von den reissenden Fluten emporgespült, um schliesslich für immer im Trichter des Strudels zu verschwinden. Die Frau mit den schwarzen Augen zückt den Dolch, und meine Mutter kniet vor ihr – flehend und entsetzt.

Wieder in meinem Zimmer, warf ich mich aufs Bett und drückte das Kissen auf mein Gesicht. Meine Wangen brannten. Ich kannte die Pranken meines Vaters nur zu gut. Er war stark, ein Herkules. Wenn er in Wut geriet, war er fähig zu töten. Ich hatte einmal gehört, er habe wirklich jemanden umgebracht. Ich konnte es nicht glauben und fragte meine Mutter. Sie stritt alles ab. Doch die Leute versicherten mir, dass er einen seiner Bauern ermordet habe.

Der junge Bauer war tollkühn gewesen. Er weigerte sich, den Weizen abzuliefern und seine Schulden zu begleichen. Der Verwalter kam zu uns und schwärzte ihn an. Mein Vater tobte. »Verpass ihm eine Tracht Prügel! Mach ihn fertig! Ich nehm's auf meine Kappe.«

»Unmöglich. Das geht doch nicht. Ich könnte nicht mehr im Dorf bleiben.«

Mein Vater zerrte ihn am Schnurrbart und schrie: »Du willst ein Verwalter sein? Ein Weib bist du! Kehr ins Dorf zurück. Morgen nachmittag zeig ich's dir.«

Am folgenden Tag stieg er in seine Kalesche und fuhr ins Dorf. Stracks begab er sich zur Hütte des Bauern und rief: »Komm raus, du Hundesohn!«

Der Bauer trat heraus, seine Kinder folgten ihm. Ohne ein Wort ging mein Vater mit dem Stock auf ihn los. Die Kinder heulten, die Frau des Bauern warf sich zu Boden, um meinem Vater die Füsse zu küssen. Mit einem Tritt stiess er sie beiseite und drosch weiter auf ihn ein. Die Bauern kamen gerannt und flehten ihn an, er aber brüllte: »Wer sich einmischt, ist ein toter Mann!«

Der junge Bauer verlor die Geduld. Als er das Blut sah, das ihm vom Kopf auf die Brust tropfte, platzte ihm der Kragen. Er langte nach einem Schürhaken und holte aus. Die Antwort meines Vaters war ein Revolverschuss. Der Bauer fiel tot um. Mein Vater wich zurück, wobei er die Menge mit der Waffe bedrohte. Er kletterte in seine Kalesche und befahl dem Kutscher: »Nach Hause!«

Ein Hund bellte, dann noch einer. Die Bauern versammelten sich. Sie hoben ihren leblosen Nachbarn auf. Seine Frau warf sich Staub auf den Kopf, und seine Kinder zerrissen schreiend ihre Kleider: »Papa ist tot! Papa ist tot!«

Drei Ohrfeigen. Drei rote Male auf den Wangen. Tränen. Und ein Kissen auf dem Gesicht.

Die Kalesche fuhr zum Palast. Nicht einmal Gendarmen hatten hier Zutritt. Der Fall wurde als Notwehr niedergeschlagen. »Unschuldig.« Die Frau erhielt eine kleine Abfindung. Sie war attraktiv, und die Kalesche fuhr nun immer öfter ins Dorf. Die älteste Tochter wurde bei uns Dienstmagd.

»Ach, stampfe, mein Sohn, stampfe! Weck sie auf, die Hündin! Wenn du bis zum Schluss durchhältst, muss das Abbild aus dem Bildnis treten, so wie einst die Statue lebendig wurde. Ich liebe den Dolchtanz. Ich lehre den Dolchtanz. Viele werden ihn lernen.«

Meine Schwester kam zu mir herein. »Tut dein Gesicht sehr weh?« erkundigte sie sich.

Sie untersuchte mein Knie und schrie auf: »Lieber Gott! Die Wunde ist geplatzt! Sie blutet! Mama!«

Mutter nahm mich in die Arme, sie zitterte. Vergeblich versuchte sie, mir das Kissen vom Gesicht zu ziehen. Ich schämte mich vor ihr, vor mir selbst, vor meiner Schwester, ja vor meiner ganzen Existenz.

Abends bekam ich Fieber. Vater rief den Arzt. Ich mochte meinen Vater gar nicht ansehen und wandte das Gesicht ab, während der Arzt die Wunde desinfizierte und verband.

Alle verliessen mein Zimmer. Nach einer Weile kehrte Vater noch einmal zurück und sagte: »Vergiss es. An dem ganzen Malheur ist nur dieser Schneider schuld.«

Er zog ein paar Scheine aus der Tasche. »Gib das der Frau.« Er legte das Geld auf die Kommode neben meinem Bett und stolzierte hinaus.

10

Sie verheimlichten den Zwischenfall, niemand durfte etwas merken. Vaters Geldscheine lagen noch tagelang auf der Kommode. Schliesslich bat ich meine Schwester, sie einfach aus dem Fenster zu werfen. Um mich zu beruhigen, nahm sie das Geld fort und verwahrte es.

Frühmorgens kam sie zu mir und fragte: »Soll ich's für Kerzen stiften oder lieber an die Armen verteilen?«

»Mach damit, was du willst.«

»Und wenn Vater bei dieser Frau nachfragt?«

»Was hat er mit ihr zu schaffen?«

»Gar nichts. Aber er wird sich erkundigen.«

»Woher weisst du überhaupt, dass die Scheine von ihm sind?«

»Ich hab's vermutet.«

»Es stimmt. Er will sie bestechen. Aber sie kuscht nicht. Sie würde mir das Geld ins Gesicht schmeissen, wenn ich's ihr geben wollte.«

»Das darfst du nicht tun. Es wäre eine Beleidigung.«

»Die Bauersfrau hat das Geld ja auch genommen. Und von wem? Sogar vom Mörder ihres Mannes!«

Meine Schwester legte mir die Hand auf den Mund. »Sei bloss still. Kein Wort mehr! Ich kann es nicht glauben.«

»Ich schon. Für mich ist das so sicher, wie ich dich hier an meinem Bett sehe.«

»Ich sage dir, ich will nichts davon hören. Es ist zu schrecklich.«

»Ja, schrecklich und schmutzig.«

»Warum erwähnst du es dann? Weshalb regst du dich so auf?«

»Weil ich sein Sohn bin!«

»Genug! Das bringt doch nichts. Er bleibt trotzdem dein Vater.«

»Mein Vater?«

»Jawohl. Immerhin hat er dich grossgezogen. Ausserdem ist er unschuldig. Es war Notwehr.«

»Blödsinn! Von wegen Notwehr. Vorsätzlich hat er ihn ermordet. Dann nahm er sich seine Frau, und seine Tochter machte er zu unserer Dienerin. Was mag dieses kleine Mädchen gefühlt haben?«

»Hör gut zu«, drohte sie. »Wenn du so weiterredest, hab ich dich nicht mehr lieb.«

»Was würde das an der Wahrheit ändern? Na, red schon.«

»Keine Ahnung. Ich habe bloss gesagt, ich will es nicht hören. Überhaupt, Vater ist doch nicht der einzige. Andere Gutsherren handeln genauso. Wie könnten sie sonst mit den Bauern fertig werden? Das erklär mir mal. Und was deinen Schneider betrifft ...«

»Du auch?« schrie ich und packte sie am Kragen, als sie sich bückte, um mein Bett zu richten. »Sogar du? Das hätte ich niemals von dir gedacht. Wenn sie dir eine Waffe in die Hand drückten, würdest du also auch auf die Bauern schiessen? Ich glaub's einfach nicht. Raus! Verschwinde, und lass dich nicht wieder bei mir blicken!«

Sie setzte sich auf den Bettrand und weinte.

»Nein«, schluchzte sie, »das könnte ich niemals tun. Dazu wäre ich nicht imstande, ich brächte es gar nicht fertig. Aber Vater und die Gutsherren ... Selbst hier in der Stadt passiert das. Weisst du noch, der Mord an der Frau vom Rechtsanwalt? Was ist aus dem Mörder geworden? Tritt ans Fenster, da kannst du ihn sehen, wie er nach Hause schlendert, als wäre nichts geschehen. Überall erweist man ihm Respekt und nennt ihn Isat-Bey. Er ist auch ein Mörder! Sollen ihn seine Kinder dafür hassen? Was hatte ihm die Frau des Anwalts Schlimmes angetan? Gar nichts, aus Versehen hat er sie ermordet. Ihren Mann wollte er umbringen. Und warum? Weil er in einem Erbschaftsstreit vor Gericht die Gegenseite vertrat. Die Erben waren Verwandte von ihm, alles arme Schlucker. Denk mal drüber nach. Wir sind also keine Ausnahme.« Plötzlich hörte sie auf zu weinen. Im Brustton der Überzeugung erklärte sie mir, die Dinge seien nun einmal so, und so würden sie bleiben. Anormales wurde für sie durch analoge Fälle normal. Deshalb erschien ihr mein Hass gegen Vater als widernatürlich.

»Fühlst dich wohl als Romantiker?« hatte mich Vater eines Tages gefragt. »Ein weltfremder Spinner bist du!«

Meine Schwester sagte mir eigentlich genau das gleiche. Sie glaubte es selber, obwohl sie gar nicht hartherzig war. Sie liebte die Armen und spendete oft Almosen. Zu gern schmökerte sie sentimentale Romane. In der Schulzeit schwärmte sie von den Helden der Französischen Revolution, ja, sie vergoss bittere Tränen über die Ermordung Sydney Cartons, des Helden aus *Geschichte zweier Städte*.

»Sie haben dich vergiftet«, sagte ich zu ihr. »Als kleines Mädchen warst du ganz anders.«

»Wieso anders? Glaubst du vielleicht, dass ich alles gutheisse, was sie tun?«

»Du wiederholst doch nur, was sie sagen. Egal, was du im Casino und bei Mamas Kränzchen zu hören bekommst, du plapperst es nach. Sogar die Morde an den Bauern rechtfertigst du.«

»Gar nichts rechtfertige ich. Es liesse mich kalt, wenn ein Bauer den Gutsherrn, der ihn prügelt, dafür erschlagen würde. Ich versichere dir, es sollte mich freuen, wenn man einen Gutsherrn, der einen Bauern tötet, zur Strafe hängen würde. Aber die Bauern töten nun mal keine Gutsherren. Sie tun nichts weiter, als sich gegenseitig zu bespitzeln und zu verleumden. Alle Bauern sind Feiglinge. Sie gehorchen ihren Herren wie Schafe. Auch unser Verwalter schlägt sie. Letzten Sommer im Dorf habe ich selbst gesehen, wie er über einen Bauern hergefallen ist, weil er nachts Oliven gestohlen hatte. Da konnte ich mich doch nicht beherrschen. Ich habe eingegriffen und dem Prügeln ein Ende gemacht. Der Verwalter fesselte den alten Bauern und sperrte ihn ein, um ihn der Polizei zu übergeben. Dann nahm er mich beiseite. ›Bitte, Fräulein‹, sagte er, ›mischen Sie sich nicht mehr ein. Sobald wir den Stock weglegen, erheben sie ihn gegen uns. Ihr Herr Vater, der Bey, weiss das. Ich wäre ein schlechter Verwalter, wenn ich nicht danach handelte. Mein Vater war schon Verwalter bei Ihrem Grossvater, Gott sei ihm gnädig. Wir stehen in Ihrem Dienst, seit Generationen. Ohne uns, ohne unsere Wachsamkeit und Strenge, könnten Sie Ihr Eigentum schwerlich erhalten und mehren. Diese Olivenhaine, wer sollte sie schützen? Die Weizenfelder, wer sollte sie bestellen, abernten und die Tenne bewachen? Eine ganze Armee von Wächtern wäre dazu nötig. Und was würde Sie das kosten? Macht ist das Salz der Erde. Verdirbt das

Salz, ist alles verdorben. Aber was ist Macht? Das Gesetz? Bewahre! Hier, dieser Knüppel ist Gesetz genug. Ein handfestes Gesetz. Wenn's darauf ankommt, nehme ich auch meine Flinte von der Schulter. Ohne Knüppel und Flinte sind Ihre Güter futsch. Die Bauern würden sie ausrauben. Vielleicht sogar enteignen, wenn sie stark genug wären. Wehe, wenn man zulässt, dass sie stark werden! Wehret den Anfängen. Das tue ich, das tun alle Verwalter und alle Gutsherren.‹«

»Was hast du ihm geantwortet?«

»Gar nichts. Ich habe mich nie mehr eingemischt. Ich fand, er hatte recht.«

»Recht? Dieses Schwein!«

»Er weiss besser als wir, was nötig ist. Er riskiert seine Haut, sagt er. Viele Verwalter wurden schon umgebracht, vergiss das nicht. Einmal hörte ich, wie Madame sagte: ›Zu einem respektablen Gutsbesitzer gehört ein gefürchteter Verwalter.‹«

»Diese verdammte Hure!«

»O Gott!« schrie meine Schwester. »Sogar du gebrauchst solche Ausdrücke?«

Schockiert rannte sie hinaus. Sie verliess mich, liess mich allein in diesem Haus, wo ich ein Fremder war, wo niemand mich verstand. Nun war ich hier der einzige Romantiker unter lauter Realisten. Doch eine Realität konnte auch ich nicht verleugnen: Ein Krieg tobt, genauso ist das. Ein einseitiger Krieg. Mein Vater ist ein Kämpfer, sein Verwalter ist ein Kämpfer, alle Gutsherren und Verwalter sind Kämpfer. »Schlagen wir nicht die Bauern, dann schlagen sie uns.« So reden sie in ihrem Casino, in ihren Villen. Dabei schlagen die Bauern gar nicht, sie werden geschlagen. Jedenfalls bis jetzt.

Meine Schwester verehrt die Jakobiner. »Ah, les Jacobins!« schwärmt sie immer. »Sie rollten die Weinfässer durch die Strassen und leerten sie an Ort und Stelle! Wie oft habe ich ihnen zugejubelt, wenn ich Dickens las! Mir war, als marschierte ich mit ihnen zusammen. Ich habe randaliert wie sie, hab Feuer gelegt, getanzt und gesungen.« Andererseits verachtet sie die Bauern. Sie liebt die Rebellen in Romanen und verachtet die Bauern im wirklichen Leben. Vielleicht, weil sie anders sind als ihre Jacobins, anders auch als die Frau mit den schwarzen Augen. Sie besitzen keine Dolche oder wissen sie nicht zu gebrauchen. Sie sind noch keine Helden. Aber Geduld, nur Geduld.

»Ach, mein Sohn, unsere Erde schläft. Stampf auf, stampf sie wach, diese Hundetochter!«

Beim Schneider, bei allen Schneidern und Tischlern, und unten im Hafen stampfen sie. Ich habe sie selber gehört und hab's ihnen nachgemacht. Bald beginnt das Stampfen auch in den Dörfern. Die Erde erwacht. Das ist die Revolution! Und dann? Wo werde ich stehen? Zu wem soll ich halten? Was wird aus den Meinen – Vater, Mutter, Schwester? Und aus unseren Besitztümern?

In der Schule hat uns Pater Felix die Sache erklärt: »Im Zarenreich brach eine Revolte aus. Sie massakrierten den Zaren mit seiner Familie und allen Vornehmen und Reichen und enteigneten ihre Ländereien und Besitztümer. Les pauvres! Wie Hühner wurden sie geschlachtet par les criminels. Selbst Kinder haben sie enthauptet. Les barbares!« Am Ende seines Vortrags forderte er uns auf, für den Frieden ihrer Seelen zu beten. Wir erhoben uns und beteten. Pater Felix schimpfte dauernd auf die Rebellion gegen den Zaren. Aber am vierzehnten Juli, als unsere Schule feierlich den Jahrestag der Französischen Revolution beging, hielt er eine begeisterte Rede. Mit leuchtendem Gesicht rief er: »Oh! Quelle glorieuse révolution!« Wider Erwarten schloss er seine Ansprache, ohne uns zum Gebet aufzufordern. Denn diese Revolution liebte er, und wir liebten sie auch. Der vierzehnte Juli war offizieller Feiertag, ein grosser Tag, wie Pater Felix sich ausdrückte. Mein Vater konnte allerdings überhaupt keinen Aufstand leiden. Wir fragten ihn nicht, warum.

Ich wünschte, meine Schwester käme zurück, damit ich sie versöhnen könnte. Ich wollte mich für das unflätige Wort entschuldigen, das ich in ihrer Gegenwart ausgesprochen hatte. Was ging mich diese Skandal-Madame an?

Aller Welt zum Trotz war sie die Geliebte ihres Verwalters geworden. Sie entlohnte ihn wirklich grosszügig für seine Dienste. In den Augen meines Vaters war er ein Mann, der es verdiente. Sein Name wurde in den Dörfern gefürchtet wie die Pest. Es lag weniger daran, dass er die Prägung einer Münze mit der blossen Hand ausreiben konnte oder dass er ein Herz aus Feuerstein hatte. Bauern, Gendarmen und sogar Gutsherren – alle hatten Angst vor ihm, weil er ein richtiger Teufelskerl war. Er besass auch eine schöne Stimme, und Madame verliebte sich in die Stimme und in ihren Besitzer. Um Mitternacht zog er seine Stiefel an, hängte sich die Flinte um und ritt auf seinem Pferd zu ihr. Für die Gutsbesitzer blieb er dennoch ein Verwalter wie jeder andere und ein widerwillig geduldeter Galan. Aber dann passierte jener Vorfall, der ihm mit einemmal ihre Türen öffnete und ihn als Liebhaber berühmt machte.

Jetzt ging er ins Casino, setzte sich zu ihnen an den Tisch und bestellte, was ihm einfiel. Das kam jedoch nur selten vor. Er blieb lieber bei Madame im Dorf, in seinem Reich, wo er wie ein Sultan über die Bauern herrschte. In der Stadt, auf dem Land, ja selbst im Serail redete man von seinen Taten. Man erzählte sich, dass er einem Rebellen den Garaus gemacht und den Leichnam am hellichten Tag herangeschleppt habe. Der Tote war ein Bauer, der sich gegen ihn aufgelehnt hatte. Hinter seinem Rücken hatte er ihn und Madame beschimpft. Dann fällte er die jungen Olivenbäumchen, nahm sich eine Schusswaffe und flüchtete in die Berge. Die Gendarmen verfolgten ihn, aber er entkam. Sie verfolgten ihn weiter, da tötete er einen von ihnen. Je mehr sie die Suche verschärften, desto gefährlicher wurde er. Eines Tages erschien der Verwalter im Serail und erklärte: »Ich schaffe ihn herbei. Ich will weder eine Belohnung noch eine Beförderung. Wenn er mich tötet, sollt ihr mich nicht rächen. Wenn ich ihn töte, sollt ihr mich nicht bestrafen.«

Es hiess, in jener Nacht habe Madame bitterlich geweint. Sie fuhr mit ihrer Kutsche ins Dorf, um ihn von seinem riskanten Vorhaben abzubringen. Als sie eintraf, sass er im Mondschein auf der Dachterrasse und trank. Sie sank vor ihm nieder, küsste seine Knie und erniedrigte sich wie eine Dienstmagd. Doch er blieb unnachgiebig. Da entblösste sie ihre Brust. Die Bauern auf den anderen Flachdächern schworen, es mit eigenen Augen gesehen zu haben – sollten die Würmer sie auffressen, wenn sie logen! Sie habe sich splitternackt ausgezogen! Weiss wie Baumwolle sei sie gewesen, und schön wie eine Jungfrau im Paradies. Im Licht des Mondes habe sie sich ihm dargeboten. Er aber habe sie abgelehnt.

»Zieh dich an«, sagte er. »Ich habe gelobt, keine Frau anzurühren, solange der Hurensohn am Leben ist.«

Die Bauern beteuerten, er habe den berühmten Vers von Sîr Sâlim* rezitiert: »Nimmer begehr ich junge Mädchen noch das Lager mit den Frauen.«

Um Mitternacht brach er auf. Er nahm sein Gewehr und seinen Dolch und ging fort. Madame sah ihm nach, bis er im Olivenhain verschwand, um den Berg hinaufzusteigen. Sie fuhr mit der Kutsche in die Stadt, zu ihrer Villa, und gestand ihrem Gatten alles. In dieser Nacht schloss sie kein Auge. Sie legte ein Gelübde ab. Wenn er heil zurückkehrte, würde sie ihm gewähren, was immer er wünschte, und mehr als das.

Am Nachmittag des darauffolgenden Tages traf die Nachricht ein: Der Verwalter hat den Bauern erlegt! Wilde Gerüchte machten die Runde. Der Bauer war tatsächlich tot. Die Gendarmen brachten seinen Leichnam und übergaben ihn den Behörden. Mutig war er schon, dieser Verwalter. Ich glaub's wohl, dass er den Bauern überwältigt hat. Doch ebensogut hätte der Bauer den Verwalter töten können, auch er besass Mut.

Madame fuhr den Verwalter mit ihrer eigenen Kutsche zurück ins Dorf. Jetzt war er der wirkliche Gutsherr. Auf ihrem Ehebett gab sie sich ihm hin. Die Bauern bewunder-

* altarabischer Dichter, gest. um 530; berühmter Zecher und Frauenheld, später der unversöhnliche Rächer in einem jahrzehntelangen Krieg zwischen zwei Beduinenstämmen

ten ihn und duckten sich noch tiefer. Die Gutsbesitzer liessen seinen Ruf durch ihre Verwalter verbreiten. Sein Name war siegreich wie Antaras* Speer. Mit ihm konnten sie vieles durchsetzen, was vorher unmöglich gewesen wäre. Mein Vater lud den Verwalter zu uns nach Hause ein. Mutter grämte sich, weil sie nicht so hübsch war wie Madame. Die Frauen der Gutsherren wetteiferten im Ausschmücken seiner Legende, und die Sprungfedern der Ehebetten kamen nicht mehr zur Ruhe. Kurzum, er war ein Held! Wer den Garten bestellt, darf auch seine Früchte essen. Der Verwalter hatte Madames Plantagen bestens bestellt. Einen Bauern geköpft – alle anderen ziehen die Köpfe ein. Der Berater zeigte sich hocherfreut, als mein Vater ihm den Mann vorstellte, er klopfte ihm sogar auf die Schulter. Er wurde mit Geschenken überhäuft. Mein Onkel überreichte ihm eine Jagdflinte »Saint-Etienne«, mein Vater kaufte ihm ein Pferd. Und Madame schenkte ihm im Mondlicht auf der Terrasse ihren baumwollweissen Leib.

Nach einer Weile kamen allerdings neue Gerüchte und Geschichten auf. Ein anderer Bauer verschwand. Man fand ihn tot, vom Mörder keine Spur. Dieser Mann hatte behauptet, der Verwalter hätte überhaupt niemanden erschlagen. Vielmehr habe er damals eine Bäuerin angestiftet, dem aufsässigen Bauern Gift ins Essen zu geben, um ihn loszuwerden.

Ich wünschte, meine Schwester käme zurück, damit ich sie versöhnen könnte. Auch für Madames Beleidigung woll-

* Antara (Antara Ibn Schaddâd al-Absî): altarabischer Dichter, gest. um 615; Held eines Volksbuchs aus dem 8./9. Jahrhundert

te ich mich entschuldigen, schliesslich war an ihrem Verhalten nicht das geringste auszusetzen. Als Gutsherr hat man seinen Besitz zu schützen. Sie tat es nur nicht eigenhändig, sondern mit Hilfe ihres Verwalters. Andere, wie mein Vater, erledigen so etwas gleich selbst. Meine Schwester bewunderte die Jacobins, aber keine Bauern. Pater Felix hielt die Revolution im Zarenreich für gottlos, aber die Revolution in Frankreich verdiente eine Feier an jedem vierzehnten Juli. Bei uns hat die Revolution noch nicht mal einen Namen. Die Leute wissen gar nichts damit anzufangen. Revolution ist kein Thema. Also gut, rede ich eben auch nicht darüber. Mein Vater untersagt mir, den Schneider je wieder zu besuchen. »Wenigstens deinem Grossvater zuliebe!« Er befiehlt mir, das Gestampfe, zu dem mich dieser Flickschneider abgerichtet habe, ein für allemal aufzugeben und überhaupt das ganze abscheuliche Zeug zu vergessen.

Warum geht die Erinnerung mitunter eigene Wege? Ist ihr wortloses Gemurmel darum auch sinnlos? Meine Schwester sagt: »Wir stehen auf einer Seite, der Bauer auf der anderen.« Wir sind wach, und er schläft. Was kann ich da schon ausrichten? Auf die Erde stampfen, um sie zu wekken? Mich gegen den Wind stemmen und mir Sand in die Augen streuen lassen? Also lieber abreisen? In Frankreich würde ich weder stampfen noch ein Stampfen hören. Dort würde ich sorgenfrei als Tourist leben. Ich steckte nicht mehr in der Zwickmühle zwischen meinem Gerechtigkeitsdrang und der Liebe zu meiner Familie. Ich müsste mich nicht schämen, wenn ich meine Freunde auf der Strasse träfe oder wenn ich meinen Vater mit dem Berater im Casino sitzen sähe. Was ich in Büchern lese, würde ich im Alltag denken. Ich würde mein Studienfach wechseln, von der Rechtswissenschaft zur Medizin. Pfeif auf die Juristerei und alles, was damit zusammenhängt!

Die Tür ging auf, meine Schwester trat ein. Sie versteckte etwas in ihrer Hand und sagte mit jener Sanftmut, die sie von Mutter geerbt hatte: »Rate, was das ist.«

»Ich möchte mich entschuldigen.«

»Wofür denn?« Plötzlich erinnerte sie sich. »Fang bloss nicht wieder damit an! Ich hätte nie gedacht, dass du so ein Wort in den Mund nimmst.«

»Na, schön. Also gib mir einen Kuss.«

Sie küsste mich auf die Wange, lehnte sich dann zurück und starrte mich an. Sie legte ihre Hand auf meine Stirn. »Mein Gott! Du hast ja Fieber. Wir müssen den Arzt rufen.«

Mutter kam eilig herein. »Mein lieber Junge! Ich habe doch gar nichts gegen diese Frau. Ich entschuldige mich bei ihr, wenn es dir Freude macht. Warum schmollst du jedesmal, wenn ich bei dir eintrete?«

»Ach, Mama!«

Ihre Hand in meiner. Zum erstenmal seit dem Zwischenfall bereute ich, was ich getan hatte. Ich hatte zu unbesonnen gehandelt, ohne Rücksicht auf meine gesellschaftliche Stellung. Erst diese bankrotte Truppe, die mir die Geige verkaufte, dann der steife Maestro mit seinen langweiligen Noten und der alte Barbier, schliesslich der Schneider, der meinen Geist und meine Phantasie entzündete.

War ich ein Liebender, bevor ich ihn kennenlernte? Oder verfiel ich der Liebe erst, nachdem ich seine Legende gehört hatte? Liegt es an dem Taktmeister? An der Frau mit den schwarzen Augen? An jenen volkstümlichen Vierteln? Wer ist am Ende schuld? Aber meine Schwester hat unseren Palast ja auch satt. Und meine Cousine bat mich, sie zum Schneider mitzunehmen. Sie will mich tanzen sehen und selber tanzen. Ob sie vom Besuch der Frau bei uns gehört hat? Wer sollte es ihr sagen? Besser, wenn sie nichts erfährt. Die Frau wird nicht reden. Ach, ihre Augen, als sie sich umdrehte! Wie sie mich ansah, als sie mir den Dolch hinwarf!

Sie riefen den Arzt. Meine Temperatur war viel zu hoch. Der Arzt merkte, dass ich die Antibiotika nicht eingenommen hatte. Leise erklärte er meinem Vater, dass ich unter einem nervösen Schock stünde und nichts zur Heilung der Wunde beitragen könne. Er empfahl, mich ins Krankenhaus zu verlegen, aber Mutter war strikt dagegen. Der Arzt fügte sich nur unter der Bedingung, dass ich von jeder Aufregung verschont bliebe und regelmässig meine Medikamente schluckte. Meine Schwester erklärte sich bereit, mich zu pflegen. Vater vertraute dem Hausarzt an, wie es zu meinem Nervenzusammenbruch und dem Rückfall gekommen war.

»Meinen Sie, dass er diese Frau fürchtet?« fragte der Arzt. »Oder unterhält er zu ihr intime Beziehungen?«

»Angst ist auszuschliessen«, sagte mein Vater.

»Und was hat es mit diesem Dolch auf sich?«

»Er hat damit getanzt.«

»Mit einem Dolch?«

»Ja. Ein Schneider, der nebenbei Musik unterrichtet, hat ihn dazu verleitet. Mein Sohn suchte ihn auf, um das Lautenspiel zu lernen, statt dessen brachte er ihm den Dolchtanz bei.«

»Den tscherkessischen Tanz?«

»Genau den.«

»Aber das ist doch gefährlich. Wieso haben Sie es ihm erlaubt?«

»Ich konnte ihn nicht daran hindern. Ausserdem wollte ich, dass er sich von seinen alten Freunden abwendet und nicht mehr an ihren Demonstrationen teilnimmt.«

Der Arzt lächelte. »Ich würde ihm gern einmal zusehen, wenn er diesen Tanz der Recken vorführt.«

»Ich glaube nicht, dass er Interesse verdient. Der Tango, mein Lieber ...«

»Sie sind eben zu alt dafür.«

Das Gesicht meines Vaters verfinsterte sich. Die Frau spukte wohl in seinem Kopf herum. »Ein alter Holzklotz speichert die Glut, Herr Doktor.«

»Weder Feuer noch Glut«, antwortete der Arzt. »Denken Sie nach. Hatte die Frau Ärger in Ihrem Haus? Wenn möglich, sollte man sie holen lassen, damit er sie wenigstens sehen kann. Aber diesen Dolchtanz möchte ich mir doch eines Tages anschauen. Wie hiess gleich der Schneider? Übrigens – warum verheiraten Sie Ihren Sohn nicht?«

Die Frau lehnte ab, zu kommen. Mein Vater hatte das Dienstmädchen zu ihr geschickt, um sie zum »Bey« zu bitten. Sie lachte nur. »Gut so«, sagte sie. »Da kann er lange warten.«

Er hatte Mutter angewiesen, recht freundlich zu ihr zu sein. Sie legte sogar ein Geschenk bereit. Der Verwaltungsdirektor musste sich auf Anordnung seines Schwiegervaters zurückziehen. Über die Affäre war noch kein Gras gewachsen, besser also, wenn er sich nicht blicken liesse. Meine

Schwester ahnte vielleicht als einzige, dass sie nicht kommen würde, dass sie zu tief in ihrer Ehre getroffen war.

Sie redeten nicht mit mir darüber. Mutter war niedergeschlagen, sie machte sich Sorgen um mich. Sie fürchtete, dass die Frau sich rächen könnte. Bestimmt peinigten sie entsetzliche Visionen. In ihrer Angst hoffte sie auf eine Gelegenheit, sich mit der Frau zu versöhnen.

Nach wenigen Tagen verheilte die Wunde. Das Fieber ging allmählich zurück, und ich befreite mich von meinem quälenden Wachtraum, der mir immer wieder Vaters Haltung zu seinen Bauern vor Augen geführt hatte. Mir fiel ein, dass meine Schwester etwas in ihrer Hand versteckt hielt, als sie zu mir kam. »Rate, was das ist«, hatte sie gesagt. Jetzt fragte ich sie danach. Freudig holte sie den Gegenstand. Dann sagte sie aufrichtig und liebevoll: »Das hier ist nicht Vaters Geld. Es gehört mir – mein Goldkettchen. Bring es ihr. Von mir wird sie wohl etwas annehmen.«

Vater hatte das Geld mit einer arroganten Geste hingelegt, als wollte er sagen: Gib's ihr, sie wird dankbar sein! Er täuschte nichts vor. Er war überzeugt, dass Geld alles regeln konnte. Das stand für ihn so fest wie die Abfolge der Jahreszeiten. Meine Mutter fürchtete sich zwar vor der Frau, wollte mir aber in ihrer Gutherzigkeit eine Freude machen. Nur meine Schwester handelte aus Sympathie und Dankbarkeit für diese Frau, die auf ihr Recht verzichtet hatte, Mutter die Ohrfeige zurückzugeben.

Die Goldkette fühlte sich glatt und zart an. Ihre Glieder sammelten und verstreuten sich wie Sandkörner auf meiner flachen Hand. Ich liess sie liegen. Ich spielte damit, als tändelte ich mit den rotbraunen Locken eines kleinen Mädchens, als streichelte ich ihr Kinn und ihre Wangen. Meine Schwester ist ja gar nicht erwachsen. Sie ist noch das kleine Mädchen von damals. Grossmütig und arglos verschenkt sie ihre Schätze. Goldener Sand auf meiner Handfläche. Rieseln von einer Hand zur anderen. Zurechtschieben, neues Rinnsal. Ich liess die Kette kreisen und schnipste sie mit einem Schwung um den Zeigefinger. Mein Gesicht leuchtete, mein Herz leuchtete. Das ganze Zimmer wurde hell. Was würde die Frau dazu sagen? Diese verführerische Jakobinerin! Mochte meine Schwester sie vielleicht, weil sie beides war, Jakobinerin und Verführerin? Kommt einmal der Tag, an dem die Tochter der Zitadelle auf die Frau des Kellers zugeht, ohne einen Vermittler, ohne diese goldenen Sandkörner, die mir seidenglatt durch die Finger rinnen? Werden wir einst wahrhaft lieben und vor Liebe vergehen? Werden wir Brennholz für unser eigenes Feuer sein? Eine Beute für den Jäger, den wir herbeisehnen?

Ein Windstoss fuhr durchs offene Fenster herein. Die weisse Satingardine bauschte und blähte sich wie ein Segel. Ihr Saum schwang vom Fussboden auf das Fensterbrett und wehte ins Zimmer. Auf Flügeln des Windes … Käme sie doch, käme die Geliebte auf Flügeln des Windes! Der Taktmeister hat es erlebt. Er sagte, er habe die junge Frau aus der Statue gesehen. In einem durchscheinenden, lichtweissen Gewand sei sie in sein Zimmer geschwebt. Und der Schneider sagte, die Frau sei aus dem Bildnis herausgetreten und habe den Tänzer umarmt. Seit einer Woche liege ich nun verwundet, aber mein Mädchen erscheint nicht. Ich habe ja auch nicht für sie musiziert oder getanzt. Eigentlich habe ich gar kein Mädchen. Wie meine Cousine, die hat auch keinen Jungen. Was hätten wir nicht alles angestellt, sie und ich, um einen Jungen und ein Mädchen zu finden. Leere ist in uns, und in dieser Leere gibt es nur Rauch, nur Schwelfeuer, das nicht lodert. Ich, ein Liebender? Wer ist sie denn, meine Liebste?

Wie herrlich, wenn die Seele gesundet! Die Brust ist gereinigt, der innere Spiegel reflektiert Welt und Erinnerung wie das klare Wasser eines Teichs inmitten von Bäumen, Blumen und grünem Blattwerk. Rote, gelbe, blaue Vögel flattern zwischen den Zweigen, die sich weithin über das Wasser neigen und als Traumgebilde darin wiederkehren. Die Bäume träumen, die Blumen träumen, das Wasser träumt, und ich träume auch.

Kettchen aus goldenen, samtenen Sandkörnern. Es ringelt und kringelt, reckt und streckt sich und schmiegt sich in meine Hand. Verfallen bin ich dieser Schaukel, die nicht existiert, nicht wirklich. Ach, das Gefühl, in der Gondel zu schwingen, hin und her wie im Rausch, der mich einlullt und erschlaffen lässt. Die Gedanken schweifen ab, flaumig streifen die Bilder im Vorüberziehen meine Wange. Meine Heiterkeit kehrt zurück, und meine Sehnsucht. Ich spüre ein übermächtiges Verlangen, mich auszusöhnen mit der Welt, in Frieden und Liebe darin zu leben, zu arbeiten, zu musizieren, zu tanzen. Und mein Spiegelbild in einem Teich inmitten eines Waldes voller Blumen und Vögel zu betrachten.

Jetzt müsste meine Cousine kommen! Ich würde ihre Brille mögen. Umarmen wollte ich sie, das arme Ding, und ihre Stirn und Wange küssen. Ich wäre nett zu ihr. Ich würde sie necken: »Na, sag schon: In wen bist du verliebt?

Wer ist dein Traumschatz?« Ich will sein Freund sein. Ich nehme euch mit zum Schneider, dich und meine Schwester. Ich tanze diesen wilden, gefährlichen, herrlichen Tanz und male feurige Kreise mit dem Dolch. Meine Hand spinnt Feuerfäden, vor euch, für euch. Der Taktmeister klopft mit Zauberfingern das Zeichen für den entscheidenden Augenblick. Ich beuge das Knie, wie jeder Tänzer vor seiner Geliebten. Dann saust der Dolch herab. Eine Schwalbe, die sich aus der Höhe fallen lässt. Dem Betrachter stockt der Herzschlag aus Sorge um ihre Flügel, doch schon ist sie wieder oben. Sie berührte den Boden und schwang sich empor. So auch der Dolch. Seine glänzende, scharfe Klinge zischt übers Knie und hebt ab. Der Schneider ruft: »Ho hopp!« Ich kreisle in der Luft und lande in der gleichen Haltung. Der Dolch stösst nieder, auf mein Knie, rechts, links, ein Blitz, ein Wimpernschlag, Gefunkel auf poliertem Metall, schnell wie das Licht, rasch wie der Zorn.

Und wenn es noch einmal geschähe? Wenn ich, aufgewühlt vom Tanz, hingerissen vom verrückten Zucken des Dolchs um mein gebeugtes Knie, jenes Lächeln wieder erblickte? Wem gehört es, dieses Lächeln? Schauen wir die Liebste, bevor wir ihr begegnen? Ein Vorgefühl kann berauschen wie Wein, diese funkelnde Sehnsucht. Tief in uns tönt es wie ein leiser Ruf, wie Wispern in der feierlichen Stille vor dem Regen. Der sechste Sinn? Vielleicht. Aber der wahrhaftigste aller Sinne. Ohne Worte sagt er dir: Halte dich bereit, bald empfängst du eine helle Freude, der Körper und Seele in erwartungsvollen Schauern längst schon entgegenzittern. Ich erwarte dich, Sehnsucht meines Bluts, bebender Rausch meiner Adern, vor der Legende und danach, vor der Geschichte des Taktmeisters und danach. Ich warte, ich hoffe auf dich. Du wirst aus dem Bildnis zu mir kommen, aus dem Stein der Statue wirst du aufscheinen, ich weiss es. Alles, was ich tun muss, ist spielen und tanzen, weitertanzen. Tanzen bis zum Schluss.

»Sage mir an, du, den meine Seele liebt, wo du weidest, wo du ruhst am Mittag. Ich schlief, aber mein Herz war wach. Da ist die Stimme meines Freundes, der anklopft: ›Tu mir auf, liebe Freundin, meine Schwester, meine Freundin, meine Taube, meine Reine! Denn mein Haupt ist voll Tau, meine Locken voll Nachttropfen.‹ Strahlend wie die Morgenröte bist du, schön wie der Mond, klar wie die Sonne, gewaltig wie Heerscharen.«

11

Meine Cousine zuckte zusammen wie unter einem Schlag. Ihre Schultern sanken herab, ihre Brille rutschte auf die Nasenspitze. Sie bemerkte es nicht einmal, auch meine Schwester übersah es.

Manchmal reden wir uns in Begeisterung, nur um den anderen zu beeindrucken. Höflich lächelnd hört er zu und bringt es in seiner Bedrängnis nicht fertig, uns zu unterbrechen: »Lass gut sein!«

Im gleichen Moment, wenn man sagt: Diese Frau liebt mich, sagt man auch: Dich liebt sie nicht. Egal, wer man ist und wie man heisst, das Herz bietet selten Platz für zwei. Es ist keine Waage, auf der beide Schalen – du und er – auf gleicher Höhe bleiben können. Eine Schale muss sinken, und das Schicksal entscheidet gegen ihn, der darin ist. Vorsicht also, wenn wir von Liebe reden! Ein Herz jubelt, das andere bricht. Worte sind Dolche. Ein Dolch verwundet. Ein Wort verwundet. Es kann beleben, es kann töten.

Meine Cousine war bedrückt. Ihr Kopf neigte sich tief, nur die Halssehnen hielten ihn fest. Das einsame Vogelweibchen musste erfahren, dass ein Jäger, ihr nahe und lieb, hinter einer anderen her war. Sie wusste es ohnehin, in ihrem Innern war sie davon überzeugt. Aber es hatte ihr noch niemand bestätigt. Nun war es soweit, das hiess, ihr Traumspiel war aus und vorbei.

»Du hättest sie sehen müssen!« schwärmte meine Schwester. »Wenn du ihre Augen gesehen hättest! Unvorstellbar, eine hinreissende Frau. Und dieser Mut! Ohne

Angst, ohne Hemmung sagte sie frei heraus, ihn wolle sie sprechen, seinetwegen sei sie gekommen.«

Meine Cousine fragte nicht, ob sie mich gesprochen hatte. Sie unterbrach meine Schwester nicht. Von ihrem ganzen Redefluss begriff sie nur zwei Worte: »Ihre Augen!« Dieser Rivalin war sie nicht gewachsen. Zwecklos, zum Wettkampf anzutreten. Ein Recke mit Lanze, der andere unbewaffnet. Eine Frau mit Augen, die andere mit Brille. »Wenn du ihre Augen gesehen hättest!« Lieber Gott, warum gabst du mir keine solchen Augen? Doch auch wenn er sie ihr gegeben hätte …

Manche Hähne werden in die Arena geworfen und verdrücken sich, bevor der Rivale antritt. In unserem Dorf brachte man einmal zwei Hähne zum Kampf. Der eine flüchtete, ehe sein Gegner auf ihn losging. Man beschaffte einen anderen und setzte ihn dem Heisssporn vor. Der Neue stellte sich dem Kampf. Man munkelte, der Champion sei mit scharfem Paprika gefüttert gewesen, deshalb habe er gewonnen. Mir war das egal. Sein Sieg freute mich genauso wie die Haltung des besiegten Hahns. Er hätte nicht gewinnen können, das war klar. Aber versucht hat er es wenigstens. Vielleicht war ihm der Tod lieber als die Flucht. In seinen klaren Augen unter dem blutigen roten Kamm lag grimmige Ohnmacht. Er griff nicht mehr an. Verzweifelt suchte er sich zu verteidigen. Rote, gelbe, grüne Federn aus seinen Flügeln stoben umher, wenn der Schnabel, sein Feind, auf ihn einhackte. Der weisse Flaum auf seiner Brust war ausgerupft, das Fleisch zerrissen. Um seine Schwäche zu kaschieren, wich er aus und bot dem Rivalen die Seite. Er schützte seine Brust und duckte sich vor den schlimmsten

Attacken des Schnabels. Trotzdem wollte er nicht fliehen. Als man sie trennte, packte ihn der Verwalter und sagte: »Schlachten wir ihn, Herr. Der taugt nichts.«

Meine Schwester wandte das Gesicht ab. Blut bedeckte die Augen des Hahns. Sein schönes Gefieder war abstossend, zerzaust und verunstaltet. Ich nahm ihn dem Verwalter aus der Hand, streichelte ihn und ordnete seine übriggebliebenen Federn. Dann liess ich ihm Wasser und ein bisschen Weizen bringen.

»Schlachten wir den anderen Hahn, der sich vor dem Kampf gedrückt hat«, sagte ich zum Verwalter.

»Aber der hier wird vielleicht krepieren.«

»Wenn schon. Soll er in Ruhe sterben. Der andere wird geschlachtet.«

Der Verwalter war nicht überzeugt, doch er fügte sich. Er schlachtete den Hahn, der nicht kämpfen wollte. Der blutig geschlagene Hahn blieb am Leben. Um ihn zu schonen, bis er wieder gesund und stark war, brachte ich ihn weitab vom Hühnerhof in der Stallung unter und kümmerte mich um ihn. Er hatte meine Fürsorge verdient. Ich pflegte ihn und liess es ihm an nichts fehlen.

Menschen werden nicht geschlachtet wie das Federvieh, schmachvoll enden können sie auch. Meine Cousine tat mir leid, ich bedauerte sie. Aber die Frau mit den schwarzen Augen bewunderte ich. Kampflos räumte meine Cousine vor ihr das Feld. Allzu früh verzichtete sie auf ihr Recht. Sie zog sich zurück, verkroch sich wie eine Schildkröte in ihrem Panzer.

Wollte sie mir etwas sagen? Anscheinend nicht einmal das. Sie war gekommen, weil die Füsse sie hergetragen hatten. Unbewusst imitierte sie das Verhalten von Leidtragenden, die ihre Verstorbenen beweinen, um bei anderen Anteilnahme zu wecken. Ja, sie hatte etwas verloren – ihr Herz. Doch sie trauerte nicht wirklich darum. Sie führte mir ihre Trauer vor, damit ich sie bemitleidete. Dabei erhoffte sie sich nichts von meinem Mitleid. Sie verlangte es bloss so, wegen gar nichts.

Obwohl ich mir nicht denken konnte, warum sie derart bedrückt war, rührte mich ihre betrübte Miene. Ich fühlte mich diesem hilflosen Wesen nahe, nur als Frau stand sie mir fern. Ich dachte: Man müsste noch so einen Verwaltungsdirektor auftreiben. Sie ist reich, da wird sich wohl einer finden, der sie ihres Geldes wegen heiratet. Vielleicht ist er ebenfalls reich. Die Leute legen gern ihren Besitz zusammen, ihr Vermögen käme ihm zupass. Meine Schwester arrangiert sich ja auch mit dieser Situation. Gefühlsduseleien werden unterdrückt von der ererbten Bereitschaft, das Leben zu nehmen, wie es nun mal ist. So gesehen, bedeutet ein Ehemann nichts weiter als eine notwendige Formalität zur Familiengründung. Meine Cousine ist allerdings anders beschaffen als meine Schwester – keine Gelassenheit und keine Ausbrüche. Die Musik konnte ihren inneren Aufruhr weder dämpfen noch zur Explosion bringen. Sie jammert nur. Ich höre sie klagen. Aber worüber? Und wozu? Was könnte ich schon für sie tun?

Wie beim letzten Mal setzte sie sich auf die Bettkante. Sie nahm die gleiche seitliche Haltung ein. Ich sollte ihre Brille nicht sehen. Tiefes, schweres Schweigen umgab uns. Ich jedenfalls wusste nichts zu sagen. Und sie zweifelte bereits am Sinn der Worte, bevor sie überhaupt den Mund auftat. Sie traute sich auch gar nichts zu. Als kleines Mädchen war sie auf dem Schulweg neben mir hergerannt, um mich herum gehüpft, ausgelassen vor Freude, meine brüderlich beschützte Cousine zu sein. Jetzt hatte sie ihre spontanen Gefühle verloren. Ihre Komplexe lähmten sie. Was sie ersehnte, würde sie sowieso nicht bekommen, es stand ihr nicht zu. Diese krankhafte Demut tötete ihre Emotionen wie ein schleichendes Gift. Sie bezweifelte, irgendeine Sympathie wecken zu können, die über die selbstverständliche verwandtschaftliche Zuneigung hinausging.

Dennoch schöpfte sie Kraft aus dieser Zuneigung. In Phasen der Ruhe, wenn ihre Sehnsüchte schlummerten und ihr Körper schwieg, war sie's zufrieden. In diesen Momenten nahm sie das Opfer auf sich. Ja, sie fühlte sich erhaben und spann sich aus ihrer Selbstverleugnung ein schützendes Mäntelchen. Nur Geduld, dachte sie. Einmal kommt der Tag. Kommt er aber nicht, so kann ich doch nichts herbeizwingen. Er wird schon verstehen, er entscheidet und beschliesst. Er weiss, dass ich ihn liebe. Wozu es noch aussprechen? Ich liebe ihn, das ist genug. Was erwarte ich von ihm? Die Heirat? Eine alberne Liebe wäre das. Die übliche Liaison zwischen Cousin und Cousine? Lieber Gott, Du allein kennst meine geheimsten Gedanken, Du kennst meine Liebe, die hoch über solchen Erwägungen steht. Ich möchte ihn bloss sehen, seine Stimme hören und ab und zu seine Nähe spüren. Möge er immer glücklich sein, geliebt und gesund! Egoismus zerstört die Liebe. Sogar ich leide daran, obwohl ich wirklich nicht selbstsüchtig bin. Ich verlange ja nichts von ihm. Ich muss mich nur endlich bescheiden und beruhigen. Ich muss diese Unrast ablegen und meinen Frieden wiederfinden. Ach, ich liebe ihn, liebe ihn … Wer könnte mir das verwehren? Aber warum bin ich so unglücklich?

Sie lächelte vor sich hin, lächelte in ihren inneren Spiegel hinein. Mühsam rang sie um Fassung und versuchte ihren Kummer zu verdrängen. Er mag mich. Gerade gestern war er richtig nett zu mir. Seine Worte … was sagte er gleich? Worum ging es? Ja, er bat mich, für ihn zu spielen. Mein Gott, wenn ich für ihn spielen dürfte! Wenn er mir zuhören würde … Danach könnten wir spazierengehen, auf einer Bank sitzen, miteinander lachen! Was will ich denn mehr?

Glückliche Abende. Die Seele erfüllt von Entzücken, schwebend in Visionen. Mystische Erleuchtung. Köstlicher Rausch, wie Schlummer im morgendlichen Dämmer. Körper und Geist im Einklang: Frieden! Nicht Schmerz noch Lust. Exerzitien des Gefühls. Und alles nur zu einem Ziel – Selbstgenügsamkeit, die trügerische Sättigung des ewig hungrigen Triebs.

Wie lange hält das vor? Wie lange können wir unsere Gefühle an diesem toten Punkt festhalten? Können wir immer einseitig lieben und damit zufrieden sein? Was für ein Unsinn! Nutzlose Trockenübungen! Nachts schreit das Herz, schreit der Körper, schreit der Schmerz. Der Waffenstillstand ist gebrochen. Wir wälzen uns im Bett. Aller Opferglaube löst sich auf in nichts. Heulend erwachen die schlafenden Instinkte. Was wir in Momenten der Harmonie aufgebaut haben, bricht unter den Hammerschlägen des Chaos zusammen. Das ist sie, die Revolution! Feuer in den Eingeweiden und überströmende Verzückung. Sinnlos, die Flasche zu versenken – die eingesperrten Gefühle sind frei!

Meine Cousine sass auf dem Bettrand. Ihre Zweifel waren Gewissheit geworden. Jene Frau, bisher ein Phantom, gab es wirklich. Sie würde jetzt aufstehen und gehen. Sie hätte gehen sollen, bevor sie mein Zimmer betrat. Aber die Ameise kann nicht mehr fort. Sie krabbelt immer im Kreis, hat die Orientierung verloren. Eine grausame Hand hat ihr die Fühler ausgerissen. Es wäre barmherziger gewesen, sie zu zerquetschen. Die Hand brauchte ihr nur den Kompass zu rauben, nun irrt sie völlig konfus umher. Sonnenfinsternis total.

Ich wusste nicht, dass sie mich liebte und schweigend litt. Für mich war sie ein Vogelweibchen, das nicht fliegen konnte. Ein Huhn, das vom Stall auf den Zaun und von dort zurück ins Gehege flatterte. Kein Wolf weit und breit. Wölfe sind hinter den Hühnern her, Schakale entführen sie. Ich hatte Mitleid mit meiner Cousine, diesem armen Hühnchen, aber nie wäre mir den Sinn gekommen, sie schnappen zu wollen. Zwar hielt ich mich für einen Jäger, doch sie hielt sich nicht für eine Beute. Eine Lerche ist keinen Flintenschuss wert, die Schlinge genügt. Ich bin nur kein Fallensteller. Seltsam, alle Lieder meiner Lerche hatte ich überhört, und keinem anderen Jäger auf der Pirsch bergan war ihr Flattern über dem Hang aufgefallen.

Sie blieb am Bettrand sitzen, geduckt und ängstlich wie ein Hase, der vom grellen Licht geblendet wird. Jetzt hiess es Tod oder Leben. Sie stellte sich dem gleissenden Licht. Ihre Hände verschränkten, verflochten, verkrampften sich im Schoss.

Ich bemerkte, dass sie zitterte. Sachte wich sie aus dem Lichtkreis zurück. Sie bewegte sich nicht, trotzdem wich sie zurück. Sie verharrte regungslos. Das Zimmer füllte sich mit Wolken. Meine Cousine glitt mitten hinein in dieses ziehende Gewölk, das sie einhüllen und erwürgen würde. Mir schien, dass eine ganze Wolkenformation anrückte, um sie zu verschlingen.

Meine Schwester trat ein. Wenn ich jemanden zur Unterhaltung hatte, nutzte sie die Gelegenheit, um ihre Hausarbeit zu erledigen. Bei unserer Cousine nahm sie sich mehr Zeit dafür als sonst. Sie wusste, dass sie über Musik oder Bücher redete, lauter Dinge, von denen sie nichts verstand. Besser, sie liess uns allein. Ab und zu erinnerte sie sich an uns und schaute vorbei.

Wie ein frischer Windstoss, der alle Wolken auflöst, fuhr sie aus dem Salon zu uns herein. Beim Öffnen der Tür atmete sie tief durch, als sei mein Zimmer voller Giftgas, an dem die Cousine und ich zu ersticken drohten. Sofort erneuerte sich die Luft. Im Durchzug wehte der dicke schwarze Qualm hinaus, und das drückende Grau verschwand. Alles wurde hell und farbenfroh wie der Veilchenstrauss, den sie in einer weiss und blau marmorierten Keramikvase hereintrug.

Rasch ging sie zum Fenster und zog die Gardine auf. »Wie haltet ihr es bloss in dieser Dunkelheit aus?« rief sie. Dann schlug sie uns vor, Kaffee zu trinken. »Ich lese euch die Zukunft aus dem Kaffeesatz.« Im Hinausgehen deklamierte sie: »Ich enthülle das Verborgne! Ich künde klar und laut, was die Tasse mir vertraut.«

Ich nahm ein Veilchen aus der Vase und roch daran.

»Magst du Veilchen?« fragte ich, um das Schweigen zu brechen.

Meine Cousine zuckte mit den Schultern, als wüsste sie nicht, was Veilchen sind, oder als interessierte sie sich nicht dafür. Sie stand auf und schickte sich an zu gehen. Plötzlich fühlte ich mich schuldig. Ich sprang auf und fasste sie an den Schultern. Sanft drehte ich sie zu mir herum. Mit einer Hand hob ich ihr Gesicht und lächelte sie zum erstenmal von ganzem Herzen an. Ich umarmte und küsste sie und drückte ihren Kopf an meine Brust, damit sie aufhörte zu weinen. Ich streichelte ihr Haar, umfing sie wie ein Kind und zog sie wieder auf mein Bett. Ich steckte ihr das Veilchen ins Knopfloch und rief, um meiner Schwester, die gerade zurückkam, die Situation zu erklären: »Wir haben uns versöhnt! Jetzt vertragen wir uns wieder.«

»Also hast du sie geärgert?« fragte meine Schwester. »Erst verkrachen, dann versöhnen. Launen sind das!«

Sie stellte das Tablett mit dem Kaffee auf den Tisch und beugte sich über meine Cousine. »Weinst du etwa? Was hat er dir gesagt?«

Sie versuchte, die Hände von ihrem Gesicht zu lösen, es gelang ihr nicht. Wütend fuhr sie zu mir herum. »Was hast du ihr getan? Dabei habe ich dich so gebeten, sie nicht zu ärgern! Dir lese ich nicht aus dem Kaffeesatz. Und sie wird nie wieder für dich spielen. Du blöder Dolchtänzer!«

Meine Cousine schluchzte: »Aber er hat mich gar nicht geärgert. Im Gegenteil, er war nett zu mir, sehr nett.«

»Das nennst du nett? Du wirst auch nie erwachsen. Dieser Rüpel peinigt dich seit eurer Kinderzeit, und du bist noch freundlich mit ihm. Was hat er bloss zu dir gesagt?«

Unwillkürlich griff ich zu einer Notlüge: »Ich sagte, dass mir ihr Spiel nicht gefällt.«

»Es gefällt dir nicht? Warum willst du es dann hören?«

»Ich will's ja gar nicht hören.«

Meine Cousine ergänzte: »Und deshalb weine ich.«

Meine Schwester stemmte die Fäuste in die Hüften und rief: »Total übergeschnappt! Darüber heulst du? Tant pis. Lachen würde ich an deiner Stelle! Selbst wenn er sich über mich lustig machte, würde ich nur lachen. Mein Gott! Lohnt es sich denn, über so etwas zu heulen?«

Wieso sagt sie zu meiner Schwester, dass sie deshalb weine? Das Ding an sich ist nichts, seine Bedeutung macht es aus. Die Herzensdinge anderer Menschen nicht mögen bedeutet, sie selber nicht zu mögen. Wenn jemand unsere Liebe erringen will, muss er diese Dinge mitlieben, in Freud und in Leid. Meine Schwester weint nicht und freut sich nicht. Wie Mutter steht sie im Niemandsland, wie sie hält sie eisern dort aus. Darum kapiert sie nichts und versucht es nicht einmal.

Bald danach verliess sie uns, um die Schneiderin aufzusuchen. Mutter war zum Kränzchen bei einer Freundin. Die Schneiderin war wichtig, aber meine Schwester wäre bestimmt nicht gegangen, wenn unsere Cousine abgelehnt hätte, bei mir zu bleiben. Zuerst weigerte sie sich entschieden, und ich ahnte, weshalb. Sie hatte panische Angst. In ihrem tiefsten Innern war ein zartes Zweiglein erblüht. Mitten im Schnee ein Feuer. Fragt nicht, wie im Schnee ein Feuer brennen kann. Manchmal geschieht so etwas. Mag sein, dass es nicht lang durchhält, aber es kommt doch vor. Plötzlich wird ein gesunder Körper von Fieber erfasst. Ein anderer Körper steckt sich an, dasselbe Fieber bricht aus. Oft genügt ein Blick, um die Lunte zu zünden,

Barrieren niederzubrennen und alles in Brand zu stecken – den Körper, die Kleidung und sämtliche Konventionen der Vernunft und Moral.

Liebe ist keine Medaille, die man sich als Schmuck anheftet. Sie ist ein Ruf des Körpers, und zugleich etwas Höheres, Dauerhafteres. Der Körper ruft, mit und ohne Liebe. Von einem Augenblick zum andern bäumt er sich auf und erschlafft. Wir wissen um diese Wahrheit, und wir akzeptieren sie. Wir können sie nicht abstreiten. In diesem einen Moment fallen wir zurück auf unsere Instinkte, unsere Natur. Wir begegnen uns, wir trennen uns. Dabei möchte jeder so gern die Begegnung, und niemand denkt an Trennung. Keiner glaubt, dass man sich trifft, um wieder auseinanderzugehen.

Jetzt, genau jetzt. In diesem Augenblick. Nicht davor, und nicht danach. Jetzt regte sich in meiner Brust ein undefinierbares Gefühl des Mitleids mit diesem Vogelweibchen, das kein Jäger beachtete. Jetzt keimte in ihrer Brust die Bereitschaft, dieses Mitleid anzunehmen, weil sie es brauchte wie durstige Erde das Wasser.

Gib mir Wasser, sei es noch so wenig. Labe mich. Satte Erde ist grosszügig, sie staut das Nass auf ihrer Oberfläche und lässt es weiterfliessen. Durstige Erde aber lechzt, sie schleckt sogar den Tau, bevor er fällt. Ach, einmal ein Tropfen Tau für eine durstmatte Rose sein! Angenommen, du wärst ein Tautropfen. Könntest du dich einer solchen Rose versagen? Wie eine Träne liessest du dich in den Blütenkranz fallen. Mit einem Schauer empfängt sie dich auf ihrem Krönchen. Sie öffnet sich, um gebrochen zu werden. Ungebrochen würde die Rose verblühen, und verblühen heisst sterben. Ihre Blätter fallen ab, niemand hat sie bewundert und ihren Duft geatmet, niemand hat sie gepflückt. Nie mehr würde sie in eine blaue Keramikvase mit frischem Wasser gelangen. Um nicht zu verblühen, zu welken, zu sterben, schmachtet sie nach jedem Tropfen. Sie erhascht ihn im Wind und saugt ihn auf.

Jetzt, in diesem Augenblick. Meine Cousine zitterte. Die Rose sehnt sich nach einem Tropfen Wasser, und der Tropfen kann sich der dürstenden Rose nicht versagen. Erst als ich ihre bebenden Lippen und ihr fieberrotes Gesicht sah, ahnte ich, dass es ein Fehler wäre, meinem Mitleid zu folgen.

Eine Zeitlang schwiegen wir. Ich vermied es, sie anzuschauen. Ich wusste, dass sie wartete und mit all ihren Gefühlen, ihrem Anspruch, ihrer Hoffnung nach mir rief. Ansehen sollte ich sie. Ich wusste Bescheid über meinen verwünschten Blick.

Sie aber flehte mit einer Inbrunst, die sie erzittern liess, um diesen Blick, den männlichen Blick für das Weibliche, den Blick des Mannes für die Frau. Immer hatte sie an ihrer Weiblichkeit gezweifelt, und nun entdeckte sie plötzlich, dass sie doch eine richtige Frau war. Ihr Leben hätte sie gegeben, um die Bestätigung zu erhalten.

»Ich sage dir, stehe auf, nimm dein Bett und gehe!« Der Gelähmte erhob sich, er nahm sein Bett und ging. Und ich sage dir … Nein, gar nichts werde ich sagen. Ich lasse sie, wie sie ist – gelähmt. Wer bin ich denn? Wer ist sie? In ein und demselben Augenblick ist man Mensch und Unmensch, erhaben und niedrig. Alles hängt an einem einzigen Wort, das aus deinem Innern kommt. Aber liegt dort ein Herz oder ein Stein? Beides, Herz und Stein. Nur der Mensch kann frei darüber entscheiden. Du bist der Herrscher, und das Ding da drin ist dein Untertan. Wieso bist du der Herrscher und dein Inneres der Untertan? Lass diese Frage jetzt beiseite. Du hast noch genug Zeit, dich damit zu befassen. Wenn es soweit ist, wirst du merken, dass sie grösser und wichtiger ist als alle anderen Fragen. Du sitzt auf dem Thron, und dein Inneres kniet auf dem Schafott, schon packt der Scharfrichter den Griff des Säbels. Herz oder Stein?

Herz! Ich bin nicht fähig, Steine zu werfen. Warum soll man einen Krüppel liegenlassen, wenn man die Macht besitzt, ihm aufzuhelfen? Meine Cousine kam mir vor wie ein Krüppel im Rollstuhl. Ihre Blicke, die sie hinter der Brille versteckte, schienen mir zuzurufen: »Lass mich aufstehen! Lass mich aufstehen! Sage mir: Geh, und ich gehe. Sonst bin ich verloren, ich bleibe gelähmt, und alles ist aus.«

Ich schielte zu ihr. Ob sie mich ansah? Ich wusste nicht, ob sie meinen Blick wahrnahm. Sie fühlte ihn wohl eher, und dieses Gefühl machte sie trunken, versetzte sie in einen Rausch. Langsam hob sich ihr Kopf und sank matt zur Seite. Es war ein Zeichen, und ich verstand. »Steinige mich nicht! Steinige mich nicht!« Ein Hilferuf. »Lass mich aufstehen! Lass mich aufstehen!« Wieder hob sich ihr Kopf. Angesicht zu Angesicht. Meine Hand griff nach der Brille, meine Finger tasteten über das Glas.

Ich hielt ihr die Hand hin. Sie wagte nicht gleich, ihre hineinzulegen. Sie war sich nicht sicher.

Wenn sie nun die Hand ausstreckte, und nichts passierte? Eine Frau, die ihre Augen schliesst und erwartungsvoll die Lippen öffnet – wie hart ist es, zu warten! –, verzeiht keinem Mann, und sich selber auch nicht, dass sie mit Augen und Lippen vergeblich gewartet hat. Die Enttäuschung würde ihr Selbstwertgefühl vernichten. Jede Demütigung, ob verziehen oder nicht, verwundet und hinterlässt eine Narbe. Doch nicht jede Verletzung ist eine Wunde. Das Skalpell verwundet nicht. Enttäuschung, ja, die schlägt Wunden. Denn ohne Täuschung keine Enttäuschung. Hoffen, in einer Hoffnung leben, die sich nicht verwirklicht, die wir nicht verwirklichen – das ist das Schlimmste!

Ich streckte die Hand aus, sie wagte es nicht.

Ein zaghafter Gedanke flattert, peinigt. Hoffen, nicht hoffen. Man mag noch so am Leben hängen, es würde keinen Spass mehr machen, wenn es zu einem bösen Spiel entartete. Besonders wenn der andere ein Freund wäre, ein Geliebter, dem man dieses Spiel und diese Bosheit nie zugetraut hätte.

Konnte sie sicher sein? Nicht ganz. Dennoch, ihre Hand streckte sich aus. Sie war der Kontrolle entwischt und flüchtete sich in meine Hand. Ihr Pulsschlag stimmte ein in meinen.

Wie klein sie war, ihre zarte, heisse, schüchterne Hand! Wie oft hatte ich sie im Laufe meiner zwanzig Jahre gehalten, bestimmt das halbe Leben schon, seit der Kindheit, bis in ihre Jungmädchenzeit. Doch nie hatte ich bemerkt, dass ihre Hand so heiss, so scheu und schmiegsam war.

Dieser Augenblick wog das ganze Leben auf. Für sie war es ein Moment der Erfüllung, der Entführung in eine Welt voller Blüten, Wein und Wolkenblau. So lange hatte sie gesucht, sich selbst, ihren Weg, ihr Glück in der Berührung einer Hand, im Druck zweier Lippen. Aber es war viel mehr – der Moment der ersten, nie erhofften, nie geplanten Begegnung, die gerade deshalb so unglaublich war, so unvergleichbar lustvoll und berauschend. Keine Begegnung, keine Vereinigung der Hände oder Körper würde je wieder so sein.

Fiebriger, schmiegsamer Teig, verfallen dem Traum, geknetet und geformt zu werden. Gitarre, träumend vom Meister, der ihre Saiten mit seiner Kunst zum Klingen bringt. Jetzt verstehe ich, warum ein junges Mädchen nachgibt, obwohl sie im Innern weiss, dass der Hingabe die Reue folgt. Sie weiss es, und kann sich doch nicht wehren. Wie eine Drogensüchtige, die das Messer auf sich zukommen sieht, aber nicht die Kraft aufbringt, es zurückzustossen. Im Drogenrausch hängen Tod und Leben nicht vom Süchtigen ab, sondern vom Besitzer des Messers. Genauso der Teig. Ob er aufgeht oder zusammenfällt, liegt nicht an ihm, sondern an den Fingern, die ihn kneten.

Ich nahm ihr die Brille ab, sie wehrte sich nicht. Ich warf die Brille beiseite, sie protestierte nicht. Ich zog sie an mich, sie leistete keinen Widerstand. Ihr Wille, ein letztes Aufbäumen des klaren Bewusstseins, meldete sich noch in schwachen, fahrigen Abwehrreflexen. Die zaghaften Alarmsignale des Verstandes wurden schon nicht mehr vernommen. Alles schlummerte. Nur die hungrigen Gefühle blieben hellwach und brachen heiss und sehnsüchtig aus allen Poren ihres Körpers.

Was soll ich anfangen mit dieser Puppe? Ich habe mich vom Strom des Mitleids treiben lassen und sie, die nicht schwimmen kann, mit mir fortgezogen. Soll ich sie nun an ihren Platz zurückstellen? Ihr wieder die Brille aufsetzen? Sie am Strick hängen lassen, den sie sich aus Hoffnung und Verzweiflung selbst gedreht hatte? Soll ich mich zu Bett legen und mein Buch weiterlesen? »Oh, Harûn al-Raschîd*, das Haremsmädchen wartet an deinem Pfühle!«

Ihre Hand in meiner, ihr Körper dicht neben mir. Ohne Brille, ohne Verstellung, ohne Widerstand. Vollkommen hilflos. Sie senkte den Kopf. In der Schlagader an ihrem Hals pochte das Blut. Langsam röteten sich die Wangen. Ihr Flehen, ihre Angst, ihr Verlangen weckten mein Mitgefühl und meine Zärtlichkeit.

Lieber Gott, warum hast du den Menschen mit all diesen Gefühlen erschaffen, wenn er sie nicht ausleben darf? Warum quälst du ihn so?

»Mein Sohn«, hatte der Schneider zu mir gesagt, »ich möchte nicht, dass du ein Mönch wirst. Das Mönchtum hat mich nie überzeugt, und ich kann mir nicht vorstellen, dass ich es durchhalten würde.«

»Aber Sie können doch nicht bestreiten«, wandte ich ein, »dass gerade das Mönchtum die Seele von Eigensucht und Hochmut befreit und lautere, gute Werke anstrebt.«

»Mag sein«, sagte er. »Ich meine, vielleicht sehen es seine Verfechter so. Aber ich alter Musikant kann nicht erkennen, was sie sehen. Wenn ich ein Mönch wäre, dann würde ich jederzeit so denken und handeln, wie die Leute im Land der Weisheit denken und handeln.«

* Harûn al-Raschîd (766–809) war seit 786 Kalif des Abbasidenreichs; durch die Erzählungen aus *Tausendundeine Nacht* berühmte orientalische Herrschergestalt.

»Wie handeln sie denn in diesem Land der Weisheit? Und wo liegt das überhaupt?«

»Ich weiss nicht genau, wo es liegt. Weit von hier, heisst es, an einem fernen Ort zwischen Sind und Hind, irgendwo in Indien, vielleicht noch weiter weg. In diesem Land vollbringen Frauen und Männer auf andere Weise gute Taten. Jeder schenkt seinem Nächsten Glück. Das ist wahres Mönchtum. Denk dir einen Missgestalteten, Schwachsinnigen, Gelähmten. Glaubst du etwa, dass die Krankheit seine Gefühle abtöten konnte? Wenn du um einen Brotfladen bittest, findest du selbst in Notzeiten jemanden, der dir etwas reicht. Nicht gerade einen ganzen Fladen, aber doch einen Kanten Brot. Auch im Abfall könntest du diesen Kanten finden und hättest was zum Essen. Verspürst du aber das Bedürfnis nach einem Kuss, einer Umarmung, einem warmen Körper und bittest die Leute darum, wirst du niemanden treffen, der es dir gewährt. Damit knausern sie. Du kannst aber deine Bedürfnisse nicht ignorieren. Du bist ein Mensch, und der Mensch besteht aus Gefühlen. Sie entarten nicht, nur weil sein Körper missgestaltet ist. Sie sterben nicht, wenn eines seiner Glieder abstirbt. Gefühle haben ihr eigenes Leben. Wie der Bauch verspüren sie Hunger, und Hunger tut weh. Wer auf dieser Welt den Schmerz eines anderen stillt, den Schmerz des Triebes, nicht bloss des Magens, der ist ein wahrer Mensch. Das heisst Gutes tun und Opfer bringen. Das Mönchtum im Land der Weisheit stillt beides, den Schmerz des Magens und den des Triebes. Es schenkt all jenen Freude, die Entbehrung leiden. Auch den Missgestalteten, die niemand küsst und umarmt, die niemand wärmt in einsamer Nacht.«

Ist meine Cousine missgestaltet? Nicht direkt. Ihre Brille bedeutet schliesslich keine Entstellung. Und wenn es so wäre? Weder bin ich ein Mönch noch komme ich aus dem Lande der Weisheit. In meinem Land wird die Weisheit als Predigt verkündet. Soll ich meiner Cousine etwas vorpredigen? Vielleicht lasse ich mir gar einen Bart wachsen, ziehe die Soutane über und gebe ihr meinen Segen? Alles Humbug! Was willst du nun, liebes Cousinchen? Einen Brotfladen oder einen Kuss? Meine Cousine antwortet nicht. Ich frage nicht, also gibt sie keine Antwort. Ich bin kein Mönch, aber ein Mensch. Und sie ist auch ein Mensch. Ein Vogelweibchen, auf das kein Jäger anlegt. Dann will ich der Jäger sein. Ich bin der Mönch, bin Opfer und Weisheit, die keiner Predigt bedarf.

Ich sprang aus dem Bett und setzte mich neben sie. Nichts da mit Harûn al-Raschîd und Haremsmädchen! Ein Junge und ein Mädchen, zwei Menschenkinder. Jetzt braucht es einen Kuss und keinen Brotfladen, ein gutes Wort und keine tönende Predigt.

Meine Finger fuhren durch ihr Haar, als ich fragte: »Du liebst mich also noch wie damals, als du klein warst?«

...

»Du liebst mich heute, wo du erwachsen bist?«

...

»Habe ich dir weh getan?«

...

»Tut mir leid, dass ich dich so gequält habe.«

...

Meine Hand berührte ihr Gesicht, meine Fingerspitzen streichelten ihre Wange. Ich legte meine Hand auf ihren

Kopf und drückte ihn an meine Brust. Ich handelte, wie man im Lande der Weisheit handelt … Ich schenkte ihr Weisheit.

12

Die ganze Zeit, während ich das Bett hüten musste, empfing ich keine Nachrichten von der anderen Seite der Stadt. Niemand fragte nach mir, weder der Schneider noch der Taktmeister, auch nicht die Frau. Kein Lebenszeichen von ihnen drang zu mir. Ich fühlte mich vereinsamt, blies Trübsal und hing meinen düsteren Gedanken nach. Ich war es leid, immer nur die Mitglieder meiner Familie zu sehen. So schmökerte ich Romane über Romane, die meine Sehnsucht immer neu entfachten.

Meine Cousine kam mit ihrer Maman, um mich zu besuchen. Sie brachte mir einen schönen Strauss Blumen, den sie in ihrem Garten gepflückt hatte. Die Maman schenkte mir eine Schachtel Pralinen und vermied es geflissentlich, über meine Verletzung zu reden, sicher auf Empfehlung ihrer Tochter oder meiner Eltern. Trotzdem wurde mir schon übel, als ich ihren kurzen Hals und ihren kalten, bigotten Blick sah. Ich täuschte Schmerzen vor, entschuldigte mich und legte mich zu Bett, so dass sie bald wieder gingen.

Auf Anraten des Arztes und meinen ausdrücklichen Wunsch hin liessen meine Eltern von nun an niemanden mehr zu mir herein. Manche Krankenbesucher waren aber penetrant und aufdringlich. Sie beharrten darauf, mich zu sehen, nur um mich grosszügig mit Blumen und Geschenken zu überhäufen.

Junge Mädchen sagten zu meiner Mutter: »Wenn er wieder gesund ist, müssen Sie eine Soiree ausrichten, damit er uns den Dolchtanz vorführt. Wir haben gehört, dass er ihn perfekt beherrscht. Der Doktor hat uns eine Menge Geschichten darüber erzählt.« Andere sagten: »Wie konnten Sie ihm das bloss erlauben? Er ist doch Ihr einziger Sohn. Haben Sie denn gar keine Angst um ihn? Wer hat ihm den Tanz überhaupt beigebracht? Die Tscherkessen und Kosaken tanzen so, das kennt man ja aus Filmen. Du lieber Himmel! Haben Sie ihn schon mal tanzen sehen?« Ein junges Mädchen klatschte in die Hände – bitte, bitte! –, als sie meiner Schwester den Wunsch vortrug, mir beim Tanzen zuschauen zu dürfen. »Ach, meine Liebe! Quelle danse orientale ce sera!«

Auch Madame, die Geliebte ihres eigenen Verwalters, erschien. Sie bestand darauf einzutreten. Hoheitsvoll kam sie hereingerauscht und tätschelte meine Wange. Vielleicht sah sie in mir einen künftigen Kandidaten für ihre Nächte. Sie blickte mir fest in die Augen und raunte: »Nun musst du noch reiten lernen!«

Vater, Onkel, Schwager und andere ihresgleichen, Männer mit Besitz und Einfluss, fanden es haarsträubend, wie ein Zigeuner mit einem Dolch zur Trommel zu tanzen. Am schlimmsten war aber, dass ich einen Flickschneider am anderen Ende der Stadt besuchte und mich mit dieser Sorte von Leuten gemein machte. Von dem Zwischenfall mit der Frau hatte wohl niemand ausserhalb der Familie erfahren. Wären sie dahinter gekommen, hätte es einen handfesten Skandal in der Hautevolee gegeben. Meine Schwester berichtete mir all den Klatsch und Tratsch, und wir lachten herzlich darüber.

Meine Cousine besuchte mich mehrmals. Doch ich verspürte keine Lust mehr, mit ihr »in Weisheit« zu handeln.

All ihre zärtlichen Bemühungen waren vergebens. Es gelang ihr nicht, das liebevolle Mitgefühl, das mich damals erfasst hatte, noch einmal in mir zu wecken. Die Frau mit den schwarzen Augen beherrschte meine Empfindungen und Sehnsüchte. Ich begehrte sie so heiss, dass ich nicht mehr schlafen konnte. Nächtelang lockte mich ihr lila Hemd. Ach, könnte ich es mir beschaffen! Die ganze Nacht würde ich seinen Duft einatmen. In der Dunkelheit gewann ihr Schatten Gestalt und brachte mich in meinem Bett zur Raserei. Sobald ich dann bei Tag aus meinem tiefen Schlaf erwachte, erinnerte ich mich wieder an das Lächeln der Frau aus dem Bildnis. Erstaunlich, dass keine die andere verdrängen konnte. Jene liess meinen Körper vor Begierde brennen, diese machte mir Herzklopfen. Mit ihr wurde alles hell und licht.

Jetzt wusste ich sicher, dass ich ein Liebender war. Ich besass Leidenschaft, aber auch Gefühl. Ich konnte vor einem Bildnis weinen, auf der Brust einer Frau hinschmelzen, mich eines Vögelchens erbarmen und obendrein dem Schneider, dem Tanz und dem Studium treu bleiben. Wie eine Flutwelle brach der Trotz über mich herein, überschwemmte meine Gedanken und mobilisierte die verborgenen Kräfte meines Körpers.

Meine Wunde war geheilt, ich verliess das Haus. Gleich suchte ich die Gasse auf, um die Frau zu sehen. Doch ich fand ihre Tür verschlossen. Die Gasse war wie immer, armselig, schmutzig und leer. Nur selten kam jemand vorbei, ein Mann, eine Frau, ein Kind, dann kehrte wieder reglose Stille ein. Niemand hielt sich hier auf. Sie interessierten sich weder für Musik und Tanz in der Wohnung des Schneiders noch für die Frau im Keller. Sie hatten ihre eigenen Sorgen – Armut, Krankheiten, Probleme. Anscheinend ahnten sie gar nichts vom Musizieren und Tanzen, von Kellergewölben und gewissen Frauen. Sie sahen die Gasse ja auch nicht wie ich – als ein faszinierendes Gemälde.

Die Tür blieb zu. Als ich aber durch die Gasse ging, die Augen fest auf die Tür gerichtet, war mir, als beobachtete mich jemand. Mein Gefühl hatte mich nicht getäuscht. Ein Steinchen schnipste über die Mauer, gerade als ich am Keller vorbeikam. Ich drehte mich um und entdeckte ihre schwarzen Augen zwischen den Blättern des Feigenbaums. Nachdem ich zum dritten- oder viertenmal meine Runde gedreht hatte, fand ich die Tür angelehnt. Ich trat ein.

Das Fenster in der Wohnung des Schneiders war leer. Seine Frau hatte das Spionieren unterbrochen, um ein Mittagsschläfchen zu halten. Das Fenster war ihr Kontrollturm. Wer wie ich in den Keller kam, hatte diesen Posten wohl zu beachten, immerhin war man auf seinen guten Ruf bedacht.

Die Frau mit den schwarzen Augen stand, zur Tür gewandt, mitten in dem rechteckigen Zimmer. Sie musterte mich mit einem provozierenden, spöttischen Blick, jedenfalls kam es mir so vor. Ganz unbekümmert stand sie da. Als hätte sie nicht eben das Steinchen geworfen und die Tür angelehnt. Als hätte sie mir nicht den Dolch gebracht, ihn nicht an sich genommen, nachdem mir beim Tanz die Klinge ins Knie gefahren war. Sie wirkte selbstsicher und zufrieden. Mein Besuch schien für sie beschlossene Sache gewesen zu sein. Offenbar hatte sie längst darauf gewartet und gewusst, dass ich kommen musste, so sicher wie der

Frühling auf den Winter und der Herbst auf den Sommer folgt. Dicht an der Wand entlang balancierte ich vorsichtig wie ein Seiltänzer unter dem Fenster des Schneiders vorbei durch den Hof. Um diese Zeit kamen selten Männer in den Keller. Auch Frauen gab es kaum. Eine oder zwei warteten auf Kunden oder einen Freund, wie jenes junge Mädchen, die ich bei meinem ersten Besuch hatte weinen sehen.

Wie grausam muss die Erniedrigung sein, bevor sie zur Gewohnheit wird! Man ist nur noch ein Leichnam, der atmet. Ein Körper, der kalt bleibt. Der Mann umfängt eine Tote, eine lebende Tote. Doch dieses Leben spendet keine Wärme. Sie lässt den Mann werkeln. Ekel schimmert in ihren Augen, sickert aus ihren Poren. Sie wartet, nicht mehr aufs Glück, bloss dass endlich Schluss ist, dass dieser Druck von ihr weicht. Zuletzt, wenn ihre ausgestreckte Hand den Lohn empfängt, muss sie die Demütigung akzeptieren. Nun ist der Ekel gegenseitig, denn sobald der Mann von der Leiche ablässt, behandelt er sie als solche. Er zahlt und flüchtet.

Ich wusste, dass dieses junge Mädchen zum Geschäft auf der Matte gezwungen war. Deshalb hatte sie geweint, nicht wegen der harten Unterlage. Ihr armer Körper rackerte sich ab, um bis zum Ende durchzuhalten. Sie litt, aber nicht unter dem Gewicht des Freiers, sondern weil sie ihn willenlos ertragen musste. Auf meinem Weg ins Zimmer der Frau spürte ich, dass der angebundene schwarze Esel in seinem finsteren Winkel glücklicher war als das Mädchen, obgleich sich beide in einer ähnlichen Lage befanden. Während ich mich der Tür näherte, überlegte ich: Herrgott, warum müssen manche Leute so viel Unglück erleiden?

Ich trat durch die offene Tür ein und grüsste, blieb aber wachsam. Sollte die Frau durch irgendeine Geste auf ihr Gewerbe anspielen, würde ich mit Abscheu und Entrüstung reagieren und sofort gehen. Beklommen schielte ich nach der dunklen Ecke, wo das Mädchen gesessen hatte. Der Platz war leer. Dann merkte ich, dass die Frau meinem Blick gefolgt war und dass sie begriff, was ich dachte.

Sie hatte nicht auf meinen Gruss geantwortet. Mit keinem Wort erwähnte sie, was bei mir daheim vorgefallen war. Sogar den Triumph über ihren Sieg verkniff sie sich, mag sein, sie empfand ihn nicht einmal als solchen. Sie stand über Demut und Arroganz. Es war, als ahnte sie etwas. Ein Ereignis, das sich kaum abzuzeichnen begann, das sie fürchtete und herbeisehnte. Ein Ereignis, das Freude bringen würde und Kummer, das Wahnsinn und Tod versüsste, vielleicht auch ein Opfer, das tief erschütterte.

Wie behext näherte ich mich ihr, getrieben von einem Gefühl, das mich benommen machte und doch meine Abenteuerlust weckte. Diese dramatische Begegnung war für uns beide ebenso banal wie aussergewöhnlich. Unverwandt starrte einer den anderen an, voller Mitleid mit sich selbst und seinem Gegenüber. Sollte ich zurückweichen? Sollte sie aufgeben? Jeder von uns hätte die Rolle spielen können, die der Keller vorgab. Ein Mann sucht sein Vergnügen, und eine Frau verschafft es ihm. Sie verkauft oder verschleudert es und amüsiert sich insgeheim über die ganze Farce oder sie lässt es gleichgültig als eine weitere Entwürdigung in ihrem würdelosen Leben über sich ergehen.

Plötzlich runzelte sie die Brauen und schrie: »Warum bist du gekommen?«

…

»Warum du gekommen bist, frag ich!«

…

Sie war ausser sich. Zornig blitzten ihre schwarzen Augen. Ihre Oberlippe hob sich und entblösste die weissen Zähne. Ihre Nase wurde blass, ihre Wangen verloren die Farbe. Mit beiden Händen packte sie meine Schultern, schüttelte mich und schrie wieder: »Warum bist du gekommen?«

»Weil ich nicht anders konnte«, gab ich ehrlich zu.

»Lügner! Du lügst wie alle Kerle. Du hättest anders gekonnt. Dafür hätte ich dich geliebt! Ich hätte mich zu dir aufgemacht und jeden bei dir zu Hause herausgefordert. Aber nein, da kommst du angekrochen. Genau wie ich's erwartet hatte. Du bist wie die anderen Macker, gemein und nur auf deine Lust erpicht. Darüber vergesst ihr alles: Würde, Ansehen, Familienehre. Na, los doch! Runter mit der Hose! Mach schon! Was stehst du herum wie ein Depp? Zieh deine Hose aus. Ab nach nebenan und besorg's der Kleinen auf der Matte.«

Über ihre Schulter hinweg fiel mein Blick unwillkürlich auf das Bett. Ein eisernes Himmelbett mit weissem Baldachin und honiggelbem Laken. In der Mitte eine Schlummerrolle, darauf ein viereckiges Paradekissen mit roter Seidenborte.

»Das Bett geht dich nichts an«, zischte die Frau. »Das hättest du verdient, wenn du nicht gekommen wärest, wenn du keiner von diesen Biedermännern wärst. Schleichen sich bei Nacht herein, um es munter zu treiben, und wenden bei Tag ihr Gesicht ab, sobald sie mich sehen.«

»Ich will doch gar nicht in das Bett.«

»Dann kannst du ja loslegen. Die Kleine wartet schon drüben. Also, vorwärts.«

Sie drehte mich an den Schultern herum und gab mir einen kräftigen Schubs in den Rücken. Mir war überhaupt nicht danach zumute. Ich verstand nicht, warum sie plötzlich wie eine Furie auf mich losging. Als sie damals zu uns kam, war meine Schwester in ihr Zimmer geflüchtet und hatte ihren Verlobten der Schande überlassen. Ich fragte sie: »Du hasst ihn wohl, weil er diese Frau aufgesucht hat?« Sie antwortete: »Nein. Ich hätte bloss nicht gedacht … Nein. Sprich nicht mehr darüber. Ich hasse ihn, weil … mein Gott, er müsste doch … warum hat er solche Angst vor ihr?« Der Verwaltungsdirektor hätte sich also nicht fürchten dürfen. Und ich erst recht nicht. Die Frau wurde in unserem Haus, in meinem Beisein, beleidigt, aber ich wagte nicht, auch nur einen Mucks von mir zu geben. Ausserhalb des Kellers verleugnete ich sie und drinnen schmeichelte ich mich ein. Jetzt war sie an der Reihe, mich zu verleugnen. Sie behandelte mich wie einen der Freier, die bei ihr aus- und eingingen, als besuchten sie den Stand eines Bohnenverkäufers. Sie verschlangen ihre Portion und zogen ihrer Wege.

Unschlüssig stand ich in dem Zimmer. Einen Moment lang überkam mich ein Gefühl der Enttäuschung. Einen solchen Empfang bereitete mir die Frau mit ihren nachtschwarzen Augen, mit ihren Blicken, die meinen Rücken durchbohrt hatten? War das noch dieselbe Frau, die mir den Dolch aus der Hand nahm, die ihn mir nach Hause brachte? Hatte sie wirklich all die Tage auf meinen Schritt durch die Gasse gewartet, so sehnsüchtig, wie ich von ihrem Körper träumte? Als ich eintrat, war sie ganz anders gewesen. Viel freundlicher. Ihre Augen hiessen mich willkommen. Ihre Arme streckten sich mir entgegen, ihre Lippen öffneten sich. Ja, ich glaubte, sie wolle mich umarmen. Schon legte ich mir die Worte zurecht, um ihr das Geschenk meiner Schwester zu überreichen. Ich stellte mir vor, wie sie zu Tränen gerührt einwenden würde, sie sei doch nur eine nichtswürdige Frau und habe solche Ehre gar nicht verdient. Dann fürchtete ich, sie könne sich vulgär benehmen wie zu einem Kunden und eilfertig ihre Reize präsentieren, sei es nun aus Gewohnheit oder weil das Gewerbe es verlangte. Anfangs hatte sie mich angestarrt, als traute sie ihren Augen nicht. Seltsame Ruhe und Sanftheit gingen von ihr aus. Ich spürte ihren Wunsch, mir übers Haar zu streichen. Aber plötzlich war sie wie ausgewechselt und behandelte mich wie Luft. Mit aller Gewalt wollte sie mich den miesen Typen zuordnen, die es drüben auf der Matte trieben.

Ich beschloss, ihr offen zu sagen, was mir auf der Seele lag, ihr meine Feigheit und meine Schuld zu bekennen. Nur ein paar Worte, danach würde ich hinausgehen, um niemals wiederzukehren.

»Ich bin nicht gekommen …«, begann ich.

»Bist du doch, und damit basta!« unterbrach sie mich. »Vorwärts, sie erwartet dich.«

»Aber ich will nicht. Ich gehe da nicht rein. So hör mich doch an.«

»Hab keine Zeit. Geh rein oder verschwinde!«

Wie böse sie war! Einfach abscheulich, wie sie sich aufführte. Sie wollte mich um jeden Preis beleidigen. Geh rein oder verschwinde? Soll ich, soll ich nicht? Wenn ich hineinginge, wäre ich nicht mehr ich, und sie wäre nicht mehr sie. Wir könnten unmöglich bleiben, was wir waren, als wir uns zum erstenmal begegneten, als ich sie beim Tanzen erblickte, als sie mich durch die Feigenblätter über der Aussenmauer mit ihren schwarzen Augen ansah – zwei menschliche Wesen. Ich wäre wirklich nur noch ein grober, lüsterner Kunde. Auf der Matte im Nebenzimmer würde ich einen reglosen Körper umarmen. Später würde ich merken, dass er tot war, und mich eilig verdrücken. Nie mehr würde sie mir in die Augen schauen und mein Haar streicheln wollen. Niemals würde sie in meinen Armen liegen, dort, auf dem Bett mit dem honigfarbenen Laken, unter der Decke, die alle verführerischen Geheimnisse ihres Körpers umschmeichelte. Wir wären nichts weiter als Männchen und Weibchen. Ich wäre wie alle Kerle, die hier als Freier aufkreuzten, und sie wie alle Frauen, die sich in einen Leichnam verwandelten.

»Nein. Ich geh nicht rein«, sagte ich.

»Dann geh ich eben raus«, schrie sie. »Ausnahmsweise! Die Kleine kommt hierher. Extra für dich. Das erste Mal, dass mir so was passiert.«

Sie verliess den Raum und verschwand in einer Grotte des Kellers. Ratlos und frustriert blieb ich zurück. Ich war wild entschlossen, alles hinter mir zu lassen, den Keller, den Schneider, die ganze Stadt. In diesem Moment begriff ich, dass die Leute hier, in diesem Stadtteil, denen von drüben nicht trauten. Und dieses Misstrauen war gegenseitig.

Ein Graben trennt die beiden Gegenden. Ein Graben, den Jahre voller Unrecht, Gewalt und Hass immer mehr vertieft haben. Die Paläste auf der anderen Seite sind Zitadellen. In diesen Gassen, diesen Vierteln, befindet sich ihre Müllkippe. Von hier holen sie ihre Dienstboten, hier laden sie ihren Unrat ab. Diese Viertel liegen ausserhalb der Stadtmauern. Ihre Bewohner leisten den Herrschaften in den Zitadellen jeden Dienst. Sie tanzen und singen für sie, schleppen ihnen Wasser und Holz, versorgen sie mit Obst und Gemüse und legen sich für sie auf die Matte. Sie spielen den Clown und verbeugen sich tief. Für eine kleine Spende, die aus den Palastfenstern geworfen wird, vollbringen sie alles, was man von ihnen verlangt. Sie tauchen in Kloaken und waten durch Morast, sie wälzen sich in Schlamm und Staub. Aber während sie das alles tun, vergessen sie niemals, dass sie ausserhalb der Mauern leben und dass die drinnen ihre Herren sind, und ihre Feinde.

Ich wohne innerhalb der Mauern, die Frau wohnt ausserhalb. Sie wird überall verachtet, ob drin oder draussen. Mir hat noch niemand die Tür vor der Nase zugeschlagen. Wer Geld besitzt, gebietet auch über Türen. Mein Vater könnte die ganze Gasse mit ihren Behausungen und allem Drum und Dran aufkaufen. Dieser Keller samt Bett und honiggelbem Laken würde ihn herzlich wenig kosten. Die Frau weiss das. Aber sie weiss auch, oder spürt es, dass sie selbst nicht wohlfeil ist. Niemand kann sie kaufen, wenn sie es nicht zulässt. Deshalb macht sie es wie der Schneider und stampft nach ihrer Weise auf die Erde, diese Hundetochter.

Das junge Mädchen trat ein und blieb in einiger Entfernung vom Bett stehen. Wie ein Geist, ohne ein Wort zu sprechen, war sie ins Zimmer gehuscht. Keine Hand hatte sie hereingeschubst, und doch war sie nicht aus freien Stükken hier. Ihre ängstlichen Bewegungen erinnerten mich an eine Katze im Tigerkäfig. Mit einem Gladiator aus alten

Zeiten hatte sie wirklich nichts gemein. Töten oder getötet werden – sie nahm ihr Schicksal hin. Kämpfen lag ausserhalb ihrer Vorstellungskraft. Sie war nur ein Kätzchen. Der Tiger würde sich auf sie stürzen, mit ihr herumspielen und sie zu Boden schleudern. Dann stellt sie sich tot. Wenn das Spiel, das sie nichts angeht, zu Ende ist, erhebt sich der Tiger, erhebt sich die Katze. Der Tiger geht, die Katze bleibt. Sie wird in einen neuen Käfig gestossen, um in den Krallen eines anderen Tigers ihren nächsten Tod zu sterben.

Ein Schatten fiel auf die Schwelle. Die Frau schleuderte eine Matte ins Zimmer und schloss die Tür. Nur durch die Luke ganz oben in der Wand fiel ein wenig Licht herein. Wir blieben allein, das junge Mädchen und ich. Die Tür war zu, die Matte lag bereit. Drückende, schwüle Stille. Dämmriger Lichtschein. Ein vages Gefühl der Begierde, das aufflammte und wieder erlosch.

Das Mädchen bückte sich. Mit einer mechanischen Bewegung hob sie die Matte auf und breitete sie mitten im Zimmer aus, neben dem Tisch. Sie warf mir einen fragenden Blick zu. Danach begann sie zügig und apathisch mit ihren Vorbereitungen. Sie glaubte wohl, dass auch ich nun meine Kleidung ablegen würde, um zu ihr zu kommen.

Nie im Leben hatte ich eine solche Szene erlebt. Eine Frau reisst sich Stück um Stück die Kleider vom Leibe und wirft sie achtlos und ungeniert beiseite, als befinde sie sich allein im Bad. Ohne etwas zu verbergen, ohne sich durch die Anwesenheit eines Fremden verlegen zu fühlen, entblösst sie sich. Sie kennt ihn nicht, hat noch nicht einmal seine Hand berührt. Das Mädchen schwieg verdrossen, ein Zeichen von Traurigkeit oder Unlust, vielleicht Widerwillen. Mir schien, dass sie mich hasste. Die Frau musste sie gezwungen haben, zu mir hereinzukommen. Niemals würde sie ihr das vergeben. Aber genauso wenig würde sie mir verzeihen, dass ich Zeuge ihrer Erniedrigung durch die Frau gewesen war und ihre flehenden Blicke ignoriert hatte. Jetzt sollte sie sich auch noch mit mir auf die Matte legen.

Sie war nackt. Sie streckte sich auf der Matte aus und starrte zur Decke, als ginge sie das alles gar nichts an. Vielleicht wollte sie mir den Start erleichtern. Sie schien mich aufzufordern, nach Lust und Laune zuzulangen, schliesslich war ich ein zahlender Kunde. In ihren Augen war ich zu nichts verpflichtet, ich brauchte nichts zu geben. Ich kam, um zu nehmen. Das Geld für die Mahlzeit lag in meiner Tasche. Ich hatte das Recht zu zahlen und zu gehen, auch wenn ich keinen Bissen ass und den Teller verächtlich beiseite schob. Das wäre zwar kränkend, aber durchaus normal und erträglich, da musste man eben durch. Sie war es gewöhnt.

Anscheinend passte ich nicht ins Bild. Mein Verhalten irritierte sie. Ich redete nicht, bewegte mich nicht, liess nicht erkennen, was ich vorhatte.

»Was ist nun?« fragte sie ungeduldig. »Willst du nicht?«

»Was soll ich denn wollen?«

Sie stiess ein unverschämtes, spöttisches Lachen aus und setzte sich auf. »Weiss ich doch nicht!« rief sie. »Warum bist du überhaupt gekommen? Hast du Angst? Genierst du dich? Weisst du nicht, wie's geht?«

Ich schwieg.

»Hast du es noch nie gemacht?«

…

»Sie hat's dir wohl nicht beigebracht?«

Ich verstand, dass sie die Frau mit den schwarzen Augen meinte. »Ich bitte dich«, sagte ich. »Zieh nicht über sie her.«

»Warum denn nicht?« fragte sie ironisch. »Du wirst sie doch nicht heiraten. Genauso wenig wie mich. Wer hier verkehrt, ist weder auf Heirat noch Liebe aus. Nicht mal einer wie du, der so unschuldig und freundlich tut, und deine Sippschaft erst recht nicht. Ihr alle … Und sie …«

»Was ist mit ihr? Was meinst du? Ich gehöre nicht zu denen. Ich bin aus einem anderen Grund gekommen.«

Nackt, wie sie war, stand sie auf und fuhr wütend auf mich los. »Aus einem anderen Grund? Was geht mich das an? Gefalle ich dir nicht? Wirst du ihr das etwa sagen? Ich bin nicht hässlich, und ich mach es noch gar nicht lange. Krank bin ich auch nicht, ich schwör's dir. Und sie weiss das. Bist du nicht der Junge, der oben mit dem Dolch getanzt hat? Ist dein Knie wieder verheilt? Hat es sehr weh getan? Der Schneider ist mit dem Taktmeister hier gewesen. Da, an dem Tisch, haben sie gesessen. Ich stand hinter der Tür. Ab und zu erlaubt sie mir, dort in der Ecke zu sitzen, wo du mich damals gesehen hast. Ich habe ja keine Wohnung wie die anderen Frauen. Also bleibe ich hier. Wenn ich ein bisschen Geld zusammengespart habe, fahre ich weg. Ich frag sie: ›Wohin soll ich fahren?‹ Da lacht sie und sagt, dass ich sowieso zu feige wär. Du, es gibt Grossstädte, wo die Leute einander überhaupt nicht kennen. Dort könnte ich leben und müsste nicht mal meinen Namen wechseln. Ich verdiene mir mein Brot als Magd und miete ein Zimmer.

Vielleicht finde ich sogar einen, der mich zur Frau nimmt. In solchen Städten ist alles möglich. Kennst du eigentlich Grossstädte?«

»Ja, aber ich mag sie nicht. Zieh dich an. Du zitterst ja vor Kälte.«

Sie versuchte, mich in ihre mageren Arme zu schliessen. Ihr Körper war schmächtig, nur Haut und Knochen. Sie hatte ein hübsches, schmales Gesicht, blondes Haar und einen Schmollmund. Mit ihren aufgeworfenen Lippen sah sie aus wie ein Kind. Sie war bestimmt krank. Ihre Haut war so bleich, sie schien jämmerlich zu frieren.

Ich reagierte nicht auf ihre Umarmung und zog sie an den Tisch, wo ihre Kleider lagen. Nach einem Schritt hielt sie mich zurück und fragte angstvoll: »Also gefalle ich dir nicht. Ich hab's geahnt. Heute geht alles schief. Herrgott, das ist nun schon zum zweitenmal!«

Sie brach in Tränen aus.

Nie hätte ich geglaubt, dass jemand so traurig und verzweifelt sein konnte. Mir fuhr der Gedanke durch den Sinn, dass die Leute sie gewiss wegen ihrer Magerkeit nicht in Dienst nahmen. Sie fürchteten, dass sie krank sei. Deshalb hatte sie in der Stadt keine Arbeit gefunden. Ihr blieb nur dieses Gewerbe übrig. Sie probierte es, aber sie lebte in panischer Angst, auch dafür ungeeignet zu sein und hinausgeworfen zu werden, weil den Männern ihr Körper nicht zusagte.

Unwillkürlich legte ich meine Arme auf ihre Schultern. Ich drückte sie an mich und spielte mit einer Strähne ihres blonden Haars. Sie beruhigte sich, dann hob sie flehend ihren Blick zu mir.

»Gehen wir da hinüber, zur Matte.«

»Nein. Komm, setzen wir uns an den Tisch.«

»Du magst mich nicht.«

»Doch.«

»Na los, auf die Matte!«

»Nein.«

»Ich bin nicht krank. Bloss mager, weiter nichts. Sie weiss das genau. Sie hat mir gesagt, wenn ich krank wäre ...«

»Du bist nicht krank. Auch wenn du es wärst, machte das gar nichts. Ich würde ihr nichts verraten. Zieh dich an. Das nächste Mal vielleicht.«

»Es gibt kein nächstes Mal.«

»Glaub mir, ich komme wieder.«

»Wirst du dann mit mir schlafen?«

»Werd ich.«

»Auf der Matte?«

»Warum auf der Matte? Im Bett.«

»Das gehört ihr.«

»Ich kaufe dir ein Bett.«

»So eins wie dieses?«

»Viel schöner.«

»Das glaub ich nicht.«

Während sie ihre Kleider anzog, versuchte ich sie zu überzeugen. Ich begann ihr das Bett zu beschreiben: »Es ist nagelneu, mit goldfarbenen Pfosten und einer Matratze aus Wolle. Es hat ein weisses Laken, darüber eine rosa Decke und ein Paradekissen wie dieses hier. Ich miete dir ein Zimmer und stelle das Bett hinein, und einen Kleiderschrank dazu.«

»Ich habe gar keine Kleider.«

»Du bekommst welche.«

»Und Schuhe?«

»Auch Schuhe.«

»Und Essen?«

»Mehr als genug.«

»Darf ich mir selber kochen?«

»Na klar.«

»Würdest du davon kosten?«

»Warum nicht?«

»Aber dein Grossvater war doch Konsul!«

»Ja, stimmt. Wer hat's dir gesagt?«

»Sie.«

»Was hat sie noch gesagt?«

»Dass euer Haus riesengross ist. Dass man sich darin verirren kann.«

»Ja, man geht in die Irre.«

»Dass ihr viele teure Sachen besitzt.«

»Mag sein.«

»Und Ländereien, und Bauern.«

»O ja.«

»Dass ihr Bauern ermordet.«

»Glaub das bloss nicht!«

»Doch! Warum soll ich's nicht glauben? Mein Vater war Bauer, und er wurde umgebracht.«

»Ich bringe niemanden um.«

»Du tanzt ja auch beim Schneider.«

»Und du?«

»Als ich noch klein war, hab ich mal mit den anderen Kindern zur Trommel getanzt, das war auf einer Hochzeit in unserem Dorf.«

»Also gut, du sollst wieder tanzen. Genau wie ich.«

»Mit dem Dolch?«

»Vielleicht.«

»Ich will aber keinen Dolch.«

»Wie du möchtest. Nun mach endlich, zieh dich richtig an, damit ich die Tür öffnen kann.«

Ich wandte mich ab, um sie nicht ansehen zu müssen. Während ich mit ihr redete, blickte ich an ihr vorbei. Ihr Körper war so dürr, dass ich glaubte, das Skelett aus einer Arztpraxis vor mir zu haben. Ich beschloss, etwas für sie zu tun. Irgend etwas, das sie erlösen würde von diesem dunklen, feuchten Keller und der Matte. Es musste endlich Schluss sein mit ihrer schrecklichen Angst, den Kunden nicht zu gefallen.

Sie war fertig angezogen. Eben wollte ich die Tür aufmachen, da stürzte sie zu mir, schloss mich in die Arme und fragte: »Was wirst du ihr sagen?«

»Dass ich sehr zufrieden mit dir war.«

»Sagst du das wirklich?«

»Wirklich und wahrhaftig.«

»Und dass ich dir gefallen habe?«

»Ja, ich sag's ihr.«

Sie hob ihr Gesicht zu mir und flüsterte: »Dann küss mich.«

Ich erschrak über diese Bitte und zögerte, bevor ich ihr Haar, ihre Stirn, ihre Wange mit meinem Mund berührte. Ihre Lippen streichelte ich nur mit den Fingerspitzen, ohne sie zu küssen. Sie schien glücklich zu sein, und ich fühlte mich wie berauscht von meiner Tat. Ich leistete Busse für eine Sünde, die ich nicht begangen hatte. Ich habe ihren

Vater, den Bauern, nicht umgebracht. Die Meinen waren es, nicht ich. Mein Vater hat gemordet, der Verwalter hat gemordet, die auf der anderen Seite, in den Palästen, haben gemordet. Zwischen ihnen und den Leuten hier liegt ein Graben voll Blut. Ich habe den Blutgraben überquert. Ich tanzte beim Schneider mit dem Dolch und stampfte auf die schlafende Erde. Ich kam in den Keller, um dieser Frau, die mich abwies, die Goldkette meiner Schwester zu bringen. In unserem Haus hatte ich sie wie Luft behandelt, in ihrem Haus zahlte sie es mir heim. Sie gehörte zu der Art Frauen, die unversöhnlich bleiben. Sie behandelte mich wie einen Kerl von der Strasse, weil wir sie als Weibsstück aus der Gosse behandelt hatten. Also gut, das war's dann. Türe auf und raus. Die Kette leg ich hierher, auf den Tisch.

Meine Hand spielte mit der Goldkette in meiner Tasche. Das Mädchen hatte ihre Arme von mir gelöst. Mit gesenktem Kopf starrte sie zu Boden. Ich war unschlüssig. Sollte ich ihr vielleicht etwas Geld geben, wie es jeder Frau von jedem Mann in diesem Keller, in dieser Situation zustand? Sollte sie etwa ganz leer ausgehen? Ohne Geschenk, ohne Rose, ohne Souvenir? Müsste sie sich nicht beleidigt fühlen und meine Sympathie und meine Versprechungen für verlogen halten?

Ich nahm ihre Hand. Sie war heiss, dabei war ihr Körper so kalt gewesen. Ihr Gesicht sah blass aus, ein krankes Gesicht. Handfläche und Finger schwitzten. Sie erstarrte, wurde wieder ein lebender Leichnam. Jetzt kam der Moment, in dem dieser Mann vor ihr kein menschliches Wesen, sondern nur noch eine Tote in ihr sah. Da ich dieses Gefühl nicht hatte, konnte ich sie auch nicht danach behandeln. Ich brachte es nicht fertig, ihr Geld zu geben, kehrt zu machen und sie später nicht mehr zu kennen.

Ich öffnete ihre Hand, legte die Kette hinein und drückte sie zu. Dann ging ich eilig zur Tür. Als ich sie öffnete, stand ich vor der Frau mit den schwarzen Augen. Böse und angriffslustig funkelte sie mich an, als sei sie eben im Begriff gewesen, gegen die Tür zu schlagen, sie gar einzutreten oder aufzubrechen.

Sie hielt mich nicht zurück und stellte keine Fragen. Als ich das Ende des Hofs erreichte, rief sie mir nach: »Schliess die Tür hinter dir!«

Dieses Mal schloss ich die Tür und flüchtete mit eiligen Schritten hinaus in die Gasse.

13

Ich besuchte den Schneider. Wie er sich freute! Gleich begann er zu spielen, ein Musikstück nach dem andern. Danach hörte er aufmerksam zu, als ich ihm erzählte, was ich nach dem Unfall mit dem Dolch erlebt hatte. »Na ja«, meinte er gutgelaunt. »Der Doktor hat ganz recht. Es ist ein Tanz der Recken. Denk dran, ich mache aus dir einen Rekken, keinen Gutsverwalter. Die jungen Mädchen wünschen sich einen orientalischen Abend bei euch zu Hause? Warum nicht? Ich spiele, und du tanzt. Zum Schluss sammeln sie Geld für uns, als wären wir des Sultans Hofnarren.«

»Die Mädchen sind richtig scharf darauf, meinen Tanz zu sehen«, sagte ich. »Keine hat ein abfälliges Wort geäussert.«

Der Schneider strahlte. »Jetzt wirst du ein Herzensbrecher«, prophezeite er. »Frauen haben eine Schwäche für Männer mit Courage, die furchtlos handeln und lieben und sich kühn über die Konventionen hinwegsetzen. Aber Vorsicht! Die anderen werden eifersüchtig. Auch deine Beziehung zu mir wird ihnen nicht schmecken. Wir kriegen also Schwierigkeiten. Vielleicht setzt man dich unter Druck, damit du mich verlässt, und irgendwann bekommst du es mit der Angst zu tun.«

War das eine Provokation oder eine Frage, die auf Antwort wartete?

»Ich werde überhaupt keine Angst bekommen. Ausserdem – was haben Sie schon verbrochen? Sie unterrichten mich in Musik und Tanz.«

»Tanz? O nein … die wissen Bescheid, und dafür hassen sie mich.«

»Stimmt, die hassen Sie erbittert.«

»Auch die Frau da unten haben sie beleidigt.«

»Hat sie das gesagt?«

»Sie sagt gar nichts. Aber ich habe davon gehört. Wärst du es nicht gewesen …« Er lächelte mich milde an. »Wenn ich jung wäre, würde ich dich beneiden. Eine wundervolle Frau, nicht wahr? Und so mutig. Also, wäre es nicht um dich gegangen, hätte sie die Beleidigung niemals hingenommen. Sie liebt dich. Ganz sicher. Und du?«

Ich liebe das Bild, und ich begehre die Frau. Keine kann die andere ersetzen.

»Ich weiss nicht.«

»Liebst du sie etwa nicht?«

»Wäre sie nicht so eine … warum tut sie das?«

»Frag deinen Vater. Was andere heimlich treiben, praktiziert sie öffentlich. Ich halte sie für eine anständige, tapfere Frau. Warum besuchst du sie nicht?«

»Hab ich schon. Sie liess mich abblitzen. Ist wohl immer noch böse.«

»Besuch sie, wenn du kannst. Aber pass auf, dass meine Alte dich nicht erwischt. Und sei freundlich zu ihr, nach allem, was sie bei euch erleben musste.«

Das würde ich tun, bloss reden wollte ich nicht darüber. Statt dessen bot ich dem Schneider etwas Geld an. Er lehnte ab: »Ich möchte nur meinen Lohn für die Übungen. Selbst den würde ich ausschlagen, wenn ich nicht darauf angewiesen wäre. Ich will dich ja nicht ausnehmen. Du bist ein Freund.«

Ich drückte ihm die Hände und ging. Eine Weile lungerte ich vor ihrer Tür herum, doch sie machte nicht auf. Ich war überzeugt, dass sie mich gesehen hatte und nicht öffnen wollte. Ich fürchtete schon, dass sie mich völlig abgeschrieben hatte. Trotzdem genierte ich mich, den Schneider zu bitten, er möge ein gutes Wort für mich einlegen. Ich zog es vor, die Sache selbst zu regeln. Eine ganze Woche lang ging ich immer wieder durch die Gasse in der Hoffnung, sie zu sehen. Zuletzt beschloss ich, anzuklopfen. Sie öffnete, aber ihre Haltung war unverändert. Unwirsch fertigte sie mich ab und legte es darauf an, mich grundlos zu beleidigen.

Als ich in ihr Zimmer trat, fragte sie, ohne mich zum Sitzen aufzufordern: »Du hast dich also nicht auf die Matte gelegt?«

Ich erwiderte liebenswürdig: »Warum bestehst du drauf, wo es doch ein gemachtes Bett gibt?«

»Weil ich will, dass du auf der Matte liegst.«

»Ich will aber nicht.«

»Weshalb bist dann wiedergekommen? Entscheide dich. Willst du nun oder nicht?«

Meine Antwort war nur ein geringschätziges Schulterzucken. Lieber entsagen wir der Liebsten, als unsere Zuneigung verkannt zu sehen. Ich war bereit gewesen, mich mit freundlichen Worten und ehrlichen Herzens dafür zu entschuldigen, was ihr in unserem Hause angetan wurde, obwohl ich gar keine Schuld daran trug. Als meine Pflicht hätte ich es getan, doch nicht als Verpflichtung. Wenn sie so grob mit mir umsprang, gab es für mich weder eine Pflicht noch eine Verpflichtung. Manchmal zerbrechen Beziehungen an einer albernen, dummen Laune. Ihr Verhalten war dazu angetan. Ich würde sie nicht tadeln und schelten, sondern einfach verlassen. Ich war zu betroffen, zu traurig. Nur hinaus aus dem Keller! Hinaus aus der Zitadelle meines Vaters! Wandern durch die Strassen meiner Stadt, deren Sprache ich verlernt hatte.

»Du bist es natürlich nicht gewohnt, auf einer Matte zu schlafen!«

Über uns die Wölbung der steinernen Decke. Der Kalkanstrich, irgendwann vor Jahren aufgetragen, war längst vergilbt, geschwärzt, mit Stockflecken getüpfelt. Vergrautes Weiss, trübe wie das Licht, das durch Tür und Luke hereinfiel, wie der Kummer in meinem Herzen, wie das blasse Gesicht des jungen Mädchens. Ich ertrug es nicht länger. Verflucht sei der Tango und mit ihm der Dolchtanz! Ich hatte mich selbst in diesen sumpfigen Morast geworfen, nun würde ich ersticken. Drüben würgten sie mich, und hüben genauso. Die Frau peinigte mich wie mein Vater, wie der Verwaltungsdirektor. Bekümmert dachte ich: Für sie habe ich getanzt und auf den Boden gestampft!

Mein Schweigen brachte sie auf. »Warum sagst du nichts?« schrie sie. »Sogar die Herrschaft hat ein Wort fürs Gesinde!«

»Ich bin kein Herr!« schrie ich nun auch.

Ich näherte mich ihr. Ich wusste, was sie wollte. Sie zwang mich, ihr ins Gesicht zu schreien. Sie brauchte jemanden, der sie anbrüllte, damit sie um so lauter zurückbrüllen konnte. Die zornige Woge sehnt sich in ihrer rasenden Attacke auf die Klippen nach einem Felsen, an dem sie zerschellen kann. Als blaue Gischt und weisser Schaum versprüht sie übers Meer. Die Welle bricht den Felsen, und der Fels bricht die Welle. Ein wilder Rausch durchströmt die Adern der Woge, durchströmt die Adern der Frau. Die Ruhe kommt später, befällt sie wie Schlummer nach dem endlich erfüllten heissen Begehren. Auch sie will sich erfüllen. Durch mich sagt sie der Welt, dass sie ein menschliches Wesen ist, dass sie verlangen darf, als Mensch anerkannt zu werden. Sie ist eine stürmische Woge, und ich bin der Fels, der sie brechen und an ihr zerbrechen muss, damit blaue Gischt entsteht und weisser Schaum, und klares Wasser über unendlichen Tiefen, dem Spiegel für Wolken und Sterne, Himmelsazur und Möwenflügel.

Ich näherte mich ihr, unbekümmert um das böse Funkeln ihrer Augen. Es war soweit. Wir beide, sie und ich, mussten das Feuer eröffnen, auf irgend etwas, einen Schatten, einen Feind, den wir nicht sahen, aber schon spürten. Dieses unheilige, düstere, blutige Tal liess sich nicht einfach zuschütten oder von einer Böschung zur anderen überspringen. Auge in Auge standen wir an verfeindeten Ufern. Ich vertrat die aggressive Seite, die nun ihrerseits unter Beschuss genommen wurde. Sie vertrat die Gegenseite, die es nur rechtens fand, das Feuer zu erwidern.

Einmal hatte ich die Bauern in unserem Dorf unter dem Feigenbaum versammelt gesehen. Ich bemerkte eine Bäuerin, die sich vor Schmerzen in ihrer Hüfte krümmte. Über die schlimme Stelle hatte sie einen Schutzschild gelegt, einen runden Holztisch mit kurzen Beinen. Ein Mann mit grünem Band um den Kopf und einer Jagdflinte über der Schulter schwang sich auf einen Holzpfahl. Er galoppierte im Kreis um die kranke Frau, die in der Mitte hocken blieb. Dazu johlte er, als ginge es gegen den bösen Feind.

Während der Mann die Frau umkreiste, fixierte er den Tisch. Juchzend gab er seinem Pferd die Sporen. Er hatte vergessen, dass er nur ein Bauer auf einem Holzpfahl war. Er nahm die Gestalt eines Kämpfers an. Und er wurde wütend und aufgebracht wie ein Kämpfer. Vor ihm, da unter dem Schild, in der Hüfte der Frau, lauerte der Feind. Die Krankheit. Jetzt war es an ihm, das Übel zu vernichten. Schnell wie der Blitz legte er das Gewehr an und drückte ab. Der Schuss hallte wieder, Pulverdampf stieg auf. Meine Schwester erschrak und klammerte sich an meine Jacke.

Stimmen riefen: »Du hast ihn getötet!«

»Noch nicht!« erwiderte der Reiter. »Er hat sieben Leben!«

Dreimal krachten die Schüsse. Jedesmal vernahm ich den gleichen Zuruf und die gleiche Antwort. Danach begannen alle zu singen und zu tanzen. Sie hoben den Schutzschild ab und richteten die Kranke auf. Der Bauer stieg von seinem Holzpfahl und rief: »Der Drache ist tot! Chadir* tötete den Drachen! Chadir tötete den Drachen!«

Ich näherte mich der Frau, bis ich direkt vor ihr stand. Ich bin kein Drache, meine Herrin, ich bin nur der Schutzschild. Eröffne dein Feuer, und übe dich im Schiessen. Mach's wie der Bauer, der auf dem Holzpfahl ritt. Wie der Schneider, der mit dem Dolch tanzt, und der Taktmeister, der die Trommel schlägt. Wie die Füsse, die auf die Erde stampfen. Feuere auf sein Phantom! Morgen zielst du auf den Drachen selbst. Und dann, falls du bis dahin überlebst,

* islamische Legendengestalt, im Volksglauben als Prophet verehrt, wurde mit Merkmalen des heiligen Georg als Drachentöter ausgestattet

wirst du auf mich feuern. Oder wir nehmen gemeinsam die Zitadelle unter Beschuss.

»Du bist kein Herr«, sagte die Frau. »Aber ich bin auch keine Dienstmagd.«

»Das denke ich doch gar nicht. Warum unterstellst du mir Sachen, die aus der Luft gegriffen sind?«

»Weil du dich nicht auf die Matte legen wolltest. Damit hast du mich beleidigt.«

»Ich werde es nachholen. Aber nur mit dir. Sonst wird nichts daraus.«

»Weil du eben doch der Herr bist? Weil dein Grossvater Konsul war?«

»Mein Grossvater und sein Konsulat können mir gestohlen bleiben! Um mich geht es, und um dich, um den Schneider, den Taktmeister, den Dolchtanz. Warum sollte ich nach allem, was gewesen ist, mit einer Matte vorlieb nehmen?«

»Wer hierher kommt, legt sich auf die Matte. Das ist meine Bedingung.«

»Was ist mit dem Bett?«

»Es gehört mir.«

Es ist mein Bett. Darin schlaf ich allein oder mit einem Mann, den ich liebe. Kundschaft von drüben muss auf die Matte. Weil ich es wünsche, basta. Auch ihretwegen … Manche lehnen ab, die meisten akzeptieren. Die Kleine, immer weint sie. Mein Gott, wie leid sie mir tut, wenn ich sie so weinen sehe. Ich hab's mir geschworen. Zu tief haben sie mich beleidigt. Darum kam mir die Idee mit der Matte, ich wollte sie demütigen. Nur die Männer, nicht die Frauen. Aber sie schlafen zusammen auf der Matte, Männer und

Frauen, ich kann's nun mal nicht ändern. Deswegen bin ich doch nicht schlecht. Der Schneider weiss es. Und du?

Sie wiederholte ihre Frage: »Weshalb kommst du, wenn du gar keine Lust hast? Wenn du sowieso nicht auf die Matte willst?«

Ihr Ton war fast freundlich, aber gleich verhärtete sie sich wieder. Nachzugeben fiel ihr schwer. Eine Woge, die nicht zurückrollt.

Ich starrte in ihre schwarzen Augen und sagte: »Hören wir auf, darum herum zu reden. Du weisst, dass es unmoralisch ist.«

»Unmoralisch?« schrie sie aufgebracht. »Willst du mich beschimpfen? Bist du deshalb gekommen?«

Eine Ohrfeige klatschte auf meine Wange. Ein kräftiger, unerwarteter Schlag, der mich völlig überraschte und in helle Wut versetzte. Ich knirschte mit den Zähnen. Schon hob ich die Hand, doch sie stockte. In dem Moment, als ich zuschlagen wollte, hielt sie inne. Das Gesicht der Frau war schreckensbleich. Entsetzt weiteten sich die Pupillen ihrer schwarzen Augen. So blickt eine Mörderin, die in einem Anfall von Wahnsinn den Revolver auf einen Mann vor ihr abgedrückt hat. Mir schien, dass ihr Gesicht auf mich zukam. Übergross wurden ihre Augen, zwei weisse Scheiben mit funkelnden schwarzen Kreisen in der Mitte, die meine Augen berührten, die in sie eindrangen. Die Distanz zwischen uns war aufgehoben, wir gehörten zueinander. Vor mir ein halbgeöffneter Mund, eine Hand, die ängstlich und reuevoll meine Wange streichelte, sonst nichts mehr.

Ich schlug nicht zurück, ich dachte weder an Vergeltung noch Verzeihung. Ich schlug sie nicht. Sie hatte sich selbst geschlagen. Die Woge prallte gegen den Felsen. Blaue Gischt sprüht auf, und weisser Schaum. Sie weinte wie meine Mutter. Zu viel Stärke birgt auch Schwäche. Wir, die Starken, werden schwach, wenn wir keinen Gegner finden. Wie sturmgepeitschte Wogen prallen wir auf die Felsen in der Brandung und zerfallen zu Gischt, die nichts weiter schlägt als Schaum.

Das junge Mädchen war nicht im Zimmer. Die Matte lag noch am selben Platz. Wie gern hätte ich mich jetzt auf der Matte ausgestreckt, mein Gesicht darin vergraben und geweint. Könnte ich meine Unbeschwertheit wieder erlangen! Könnte ich vergessen, was mir in diesen Monaten geschehen war, was ich erfahren musste über die Unbeständigkeit des Lebens, all die Zwietracht, Grausamkeit und Banalität.

»Bist du nun zufrieden?« fragte ich sie. »Auf die Matte soll ich mich legen? Na, dann komm!«

Sie rührte sich nicht.

»Mach schon!«

Ich zog sie mit, und sie gab nach. Wir setzten uns. Schweigend. Hand in Hand ... Wie warm ihre Hand ist, wie grosszügig! Ein Mann und eine Frau. Auf einer Matte, in einem Bett – was interessiert das noch. Weit entfernt sind wir vom Drachen. Wir haben den Drachen getötet. Keine Zitadelle mehr, kein Keller. Die blanke Erde. Wir legen uns auf die Erde. Mutter, sagen wir zu ihr, du unsere Mutter, Quelle unseres Glücks und Leids!

Warum bricht ein Graben auf in unserer Stadt? Warum ist er gefüllt mit Blut und Tränen? Auf einer Seite Paläste, auf der anderen Hütten. Und zwischen den Palästen und den Hütten herrscht Krieg.

»Eins zu eins«, sagte ich. »Meine Mutter hat dir eine Ohrfeige gegeben, dafür haust du ihrem Sohn eine runter. In unserem Haus wurdest du beleidigt, in deinem Haus bin ich dran. Wir sind quitt.«

Sie begnügte sich damit, ihre Finger auf meinen Mund zu legen. »Sprich nicht so. Sag gar nichts. Lass mich in Ruhe.« Sie nahm meine Hand zwischen ihre Hände und setzte mit gesenktem Kopf hinzu: »Dir zuliebe ertrag ich die Kränkung.«

»Dir zuliebe tu ich's auch. Schau her. Der Abdruck ist noch auf meiner Wange. Hätte das jemand anders getan, eine andere Frau …«

Sie runzelte die Augenbrauen. »Das ist doch gar nichts. Ich könnte dir was erzählen von Beleidigung. Lass mich bloss in Ruhe, sag ich dir. Es reicht.«

»Aber du hast mich geohrfeigt.«

»Dann knall mir auch eine. Von mir aus hundertmal. Das wäre gar nichts. Verstehst du? Von deiner Familie allerdings … Ach was, lass mich vergessen. Deiner Mutter würde ich ja noch verzeihen. Jedem in dieser Gasse, in diesem Viertel, könnte ich vielleicht vergeben. Aber das in eurem Haus … Ihr seid es nun mal gewohnt, die Leute zu schlagen. Ihr alle, dein Grossvater, dein Vater, deine Mutter.«

»Meine Mutter nicht.«

»Die auch. Ihr alle, alle. Aber wartet nur ab.«

»Und du? Schlägst du etwa nicht?«

»Das werde ich.«

»Wirst du mich schlagen?«

»Wenn der Tag kommt … Lassen wir das Thema.«

»Mich wirst du schlagen?«

»Schluss damit, hab ich gesagt!«

»Sogar mich?«

»Gib endlich Ruhe!« schrie sie wütend. »Warum reizt du mich? Ich kann dir nichts sagen. Vielleicht komme ich überhaupt nicht dazu, jemanden zu schlagen. Vielleicht bin ich schon vorher tot. Aber die anderen …«

»Der Schneider zum Beispiel?«

»Kein Wort über den Schneider!«

»Ich mag ihn, genauso wie du.«

»Nicht wie ich.«

»Sogar viel mehr.«

»O nein. Du wohnst drüben. Du hast überhaupt keine Ahnung … Ende der Diskussion.«

Wir brachen die Unterhaltung ab. Wieder herrschte Schweigen. Diese Frau war so eins mit ihrem beissenden Hass, dass er mit ihr vom selben Teller ass. Wenn sie Männer wie den Verwaltungsdirektor zwang, sich in einem halbdunklen Loch auf eine Matte zu legen, dann nicht, weil es ihr egal war, ob sie einen Kunden verlor. Sie tat es aus armseliger Rache für eine noch ärmere Frau, um ihr und ihresgleichen Genugtuung für die erlittene Ungerechtigkeit und Erniedrigung zu verschaffen. Sie hat das Stampfen auf den Erdboden vernommen und bestimmt dabei mitgemacht. Der Schneider lehrt nicht nur Musik und Tanz, er treibt noch ganz andere Aktivitäten. Etwas braut sich zusammen, brodelt bereits im Kessel über dem Feuer, und mein Vater und alle Gutsherren legen das Brennholz nach. Unweigerlich muss es zur Entladung kommen, zu einer gewaltigen Explosion. An diesem Tag werden wir, hüben wie drüben, gegeneinander kämpfen und uns erbarmungslos abknallen.

Diese Gedanken beunruhigten, ja ängstigten mich. Mein Grossvater war noch glücklich gewesen, auf seine Art, zu einer Zeit, als ihn dieses Glück nichts kostete. Er brauchte nur seine Fregatten von der offenen See zu Hilfe zu rufen. Damals gab es wenigstens Fregatten auf dem Meer. Mein Vater hat es da schon schwerer. Beim Poker mit dem Berater geht es um seinen Kopf. Deshalb hasst er den Schneider, deshalb hetzt er unsere Familie gegen ihn auf. Entweder töten sie ihn, oder er tötet sie! Das ist vollkommen klar. Und am Tage des Gemetzels muss ich mich in eine der beiden Linien einreihen.

Im Überschwang jugendlicher Romantik beschloss ich, auf der Seite des Schneiders, der Frau und des Taktmeisters zu stehen, zusammen mit meinen Kameraden, die gegen das Mandat demonstrierten und eine nationale Regierung forderten. Seine Idole verrät man nicht so leicht. Meine Helden schenkte mir die Französische Revolution. Ich fühlte mich den Erstürmern und Zerstörern der Bastille viel näher als ihrer Besatzung, die sie zu verteidigen suchte. Wie farbenfroh, strahlend und leidenschaftlich war das Leben der Jakobiner! »Ach«, seufzte meine Schwester, »wir haben keine Jacobins!« Und ob wir welche haben! Hier, diese Frau, ist eine echte Jakobinerin! »Wirst du mich schlagen?« frag ich sie, und sie pariert: »Lass mich in Ruhe!« Sie mag nicht über ungelegte Eier grübeln. Sie engagiert sich nicht, solang sie nicht weiss, was passiert und wie es passiert. Doch dass etwas geschehen wird, spürt sie schon jetzt.

Ich beteuerte ihr: »Ich mag den Schneider, den Taktmeister, den Dolchtanz. Ich mag die Bauern und verabscheue den Verwalter. Ich hasse das Casino und den Tango. Ich werde fortgehen, auf Reisen, zum Studium. Vielleicht kehre ich nicht mehr zurück. Aber deine Ohrfeige vergesse ich nie, und auch nicht, dass du von mir verlangt hast, mich auf die Matte zu legen und Liebe zu machen.«

Sie brach in Lachen aus. »Du bist ja verrückt. Ein verrückter Kindskopf. Gar nichts hab ich verlangt. Ich wusste sowieso, dass du nicht mitmachen würdest. Wehe, du hättest es getan … Jetzt hör mir mal zu. Eines Tages sagte der Schneider zu mir: ›Ich habe da einen tollen Burschen!‹ Ich beachtete es nicht weiter. Was sollte schon Besonderes an ihm sein? Was könnte er bieten, was andere nicht auch hatten? Dann sagte er: ›Der Junge wird mit dem Dolch tanzen.‹ Nun wurde ich doch neugierig. Ich ging hinauf, obwohl ich es sonst tunlichst vermeide. Richtige Schweine, die Nachbarn da oben! Und erst sein Ehegespons! Wenn er nicht wäre, würde ich ihr glatt den Stössel über den Kopf hauen. Die blöde Kuh! Aus Neugier und dem Schneider zuliebe bin ich also hochgestiegen, und dann sah ich dich. Du hast getanzt. Zuerst stellte ich mich ans Fenster. Ja, wirklich ein toller Bursche, dachte ich. Aber was heisst das schon, wenn wir sagen ›ein Bursche‹? Eigentlich gar nichts. Was bedeutet ›ein Mann‹? Auch nichts. Gestalt, Schultern, Gesicht, Muskeln, der ganze Körper – nichts. Aufs Herz kommt es an. Hat er eins oder nicht? Alle beteuern dir: Ich habe ein Herz. Lass dich nicht täuschen. Schau nur in ihre Augen. Das Herz ist in den Augen. Ich habe tief in deine hineingeschaut.«

»Ein toller Bursche?« unterbrach ich sie glücklich.

»Der Schneider hatte schon recht. Aber durch diesen Keller, durch mein Leben, verstehe ich von Männern mehr als er. Ich urteile nicht vorschnell. Ich brauche erst ein Zeichen.«

»Also sprach Jamâma* zu ihrem Onkel Sîr Sâlim: ›Ja, mein Onkel, ich habe ein Zeichen. Meine Mutter Dschalîla war schwanger, als sie sich zu ihrem Bruder Dschassâs begab. Als mein Vater Kulaib getötet wurde, war sie schwanger. Bringt sie einen Knaben zur Welt, so muss er mein Bruder sein. Nennt sie ihn Dscharu, so ist er es sicher. Und wenn er es ist, wird er seiner Schwester Jamâma gewiss ein Zeichen geben.‹«

»Und?« fragte ich sie. »Hast du das Zeichen gefunden?«

»Zuerst hatte ich Zweifel. Du tanztest wild drauflos, ungestüm wie ein Fohlen. Ich verliess das Fenster und drängelte mich an den Rand des Kreises, um dir in die Augen zu sehen. Ich starrte dich an, bis du mich bemerktest. Danach verzog ich mich und wartete unten. Niemand zeigte sich am Fenster, es blieb leer. Ich sagte mir: Er ist es nicht, ist doch nicht so toll. Dann kamst du wieder und gingst auf und ab in der Gasse. Von dem Tag an liess ich meine Tür offen. Für dich hab ich sie offengelassen.«

»Ich bin ja gekommen.«

»Dir blieb gar nichts weiter übrig, du musstest kommen. Aber du kamst ohne Umweg. So gabst du das Zeichen.« Sie erhob sich auf ihre Knie. Mit einer Hand fuhr sie durch mein Haar, mit der anderen streichelte sie meine Wange.

* Gestalt aus dem Volksroman über Sîr Sâlim. Jamâma will den Mord an ihrem Vater, dem Stammesfürsten Kulaib, nicht ungesühnt lassen. Sie spornt ihren Onkel Sîr Sâlim zur Rache an. Auch hofft sie, dass der Knabe, den ihre Mutter nach Kulaibs Tod gebar, ihr leiblicher Bruder und damit ein Rächer sei.

Ihre Augen schimmerten in plötzlicher Rührung. »Ja!« sagte sie. »Du gabst das Zeichen. Du gabst es, mein Liebster, du warst so grosszügig. Wie habe ich mich gequält! Ich machte mir Vorwürfe, denn ich war schuld an deiner Verletzung.«

»Aber ich habe doch gar nichts für dich getan.«

»Sag das nicht. Der Grosszügige schenkt nicht der Leute wegen. Sie wissen es dennoch zu schätzen. Du hast getanzt. Der Dolch lag in deiner Rechten, und als ich dir in die Augen sah, antworteten sie mir und sprachen: ›Du bist es.‹ Der Dolch sauste herab, und es floss Blut.«

»Ich verlor das Gleichgewicht, deshalb stiess ich mir den Dolch ins Knie.«

»Nein, nicht ins Knie. Sag nicht, ins Knie. Ich bin dabei gewesen.«

»Da waren zwei Augen, zwei Lippen, ein Lächeln.«

»Ich habe nicht gelächelt. Ich erinnere mich nicht.«

»Doch, da war ein Lächeln. Ich hab's gesehen.«

»Also war es gar nicht für mich? Es gab eine andere Frau!«

»Ich weiss nicht.«

»Beschreib mir das Lächeln. Ich sag dir, wer sie war.«

»Ich kann nicht.«

»Ach, mein Junge, du bist verhext.«

»Hält das lange an?«

»Ich glaube nicht an Zauberei.«

»Ich auch nicht. Aber obwohl ich nicht daran glaube, erlebe ich es. Mit eigenen Augen habe ich sie gesehen. Sie lächelte.«

»Ich war es, ich habe gelächelt.«

»Nein. Nicht du.«

»Doch, ich. Jetzt fällt's mir wieder ein. Als der Dolch in dein Knie gefahren war, umfasste ich dein Handgelenk. Ich nahm dir den Dolch ab und verdrückte mich. Ich fühlte mich schuldig und zugleich glücklich. Er ist es, mein Liebster! dachte ich. In meinem Bett werde ich ihm gehören ... Ich begann zu warten. Dann kam ich auf die Idee, dich zu besuchen. So könnte ich mich erkundigen, wie es dir geht, und dir den Dolch zurückzugeben. Ich ahnte schon, dass deine Familie über meinen Besuch nicht gerade erfreut sein würde, aber vielleicht war es gerade das, was mich reizte. Warum haben wir Angst, unsere wahren Gefühle zu zeigen? Ich will dich. Sollen die Leute ruhig merken, dass ich dich will. Du meinst, meine Frechheit käme vom Gewerbe? Du glaubst, wenn ich eine andere Frau wäre und in einem anderen Haus wohnte, hätte ich mich gehütet, so zu handeln? Vielleicht ja, vielleicht nein. Wie auch immer, ich besitze genug Mut und Selbstvertrauen. Ich kenne die Frauen, und ich kenne die Männer. Ich weiss um die Geheimnisse der Stadt. Diese Matte kann es bezeugen. Ich kann es bezeugen. Auch ich habe auf der Matte gelegen. Aber mein Bett gehört niemandem. Nie hat es jemandem gehört. Und jetzt ist es dein. Geh nur, wenn du willst. Du wirst zurückkehren und mich finden. Weiter habe ich nichts zu sagen. Vergessen wir alles andere.«

Sie erhob sich. Ich stand mit ihr auf.

Ist sie die Frau, die in der Wohnung des Schneiders war? Die Frau, derentwegen, um derentwillen der Dolch mein Knie durchbohrte? Nein, nicht das Knie. Was dann? Ja, da ist etwas in mir. Ach, wie elend, wie süss ist dieses Etwas in meinem Innern! Wäre ich eine Maschine, eine Uhr zum Beispiel … Ich könnte ewig leben, weil die Mechanik reparabel ist. Jederzeit könnte man ein Rädchen herausnehmen und ersetzen, das Uhrwerk würde gleichmässig weiterticken. Wenn dein Auge dich ärgert, so reiss es aus. Es ist aber nicht mein Auge. Ich könnte es ausreissen, doch es ärgert mich nicht. Keine Ahnung, was das sein mag. Ich bin kein Uhrwerk. Da ist nichts herauszunehmen und zu ersetzen. Selbst wenn ich alles Blut verlöre, bliebe es mein Blut und bewahrte mein Leiden.

Die Frau liess mir die Wahl: »Geh nur, wenn du willst.« Ich werde gehen. Sie ist so stark, so selbstbewusst und fähig, einem die Wahl zu überlassen. Trotzdem, sie ist nicht die Frau, die gelächelt hat, da bin ich mir sicher. Ich werde jetzt gehen. Sie zeichnete mich aus, als sie sagte: »Mein Bett gehört niemandem. Nie hat es jemandem gehört. Und jetzt ist es dein.« Mein? Kein anderer hätte je darin gelegen? Wohl kaum! Aber sie sagte ja auch nicht, dass niemand darin gelegen habe. Sie sagte, es habe niemandem gehört. Ist es ihr Körper? Ihren Körper hat sie gemeint, nicht ihr Bett! Wie viele Jahre haust sie schon in diesem Keller? Wo lebte sie vorher? Ob sie früher verheiratet war? Wie wurde sie so eine? Vielleicht wie das junge Mädchen, vielleicht ist es die gleiche Geschichte. Der Bauer, der Vater des Mädchens, wurde von meinem Vater ermordet. Nicht von ihm persönlich, trotzdem war er's, in gewissem Sinne. Starb der Vater der Frau an einer Krankheit? Oder wurde auch er beiseite geschafft – irgendwie, in gewissem Sinne? Was ist mit meinem Vater? Warum beschuldigt man ihn? Und meinen Grossvater, den Konsul, mitsamt seinen Vorfahren und Fregatten? Sie herrschen durch die Macht der Fregatten und töten, ermächtigt durch die Hohe Pforte, oder wen auch immer. Diese Frau, Tochter des Ermordeten, ist wie das junge Mädchen von Hand zu Hand gegangen. Von Matte zu Matte schleppte sich ihr Körper. Ihr bleibt nichts als ein Bett. »Mein Bett gehört niemandem. Nie hat es jemandem gehört. Und jetzt ist es dein.« Wieso denn mein? Ausgerechnet mein? Weil ich mit dem Dolch tanze und auf die Erde stampfe, die schlafende Hundetochter?

»Geh nur, wenn du willst.«

Ich werde gehen.

Und ich ging.

14

Ich ging verärgert, erbost über die Stärke der Frau und meine eigene Schwäche. »Geh nur, wenn du willst.« Trotz der Aussöhnung gab es keine Versöhnung. Was uns trennte, war zu tief: ein Graben voll Blut. Bitte sehr, dann bin ich irgendein Kunde! Der Beischlaf auf einer Matte mag noch so unmoralisch sein, ihr ist das egal, wenn sie nur ihre Rachegelüste befriedigt. Vielleicht, mir zuliebe, würde sie sich überwinden und mir grossmütig ihr Bett anbieten. »Für dich hab ich meine Tür offengelassen.« Aber als ich eintreten wollte, schlug sie die Türe zu. Sie provozierte mich zu gehen, denn sie war sicher, dass ich zurückkehren würde. »Ein toller Bursche«, hatte sie gesagt. Trotzdem behandelte sie mich von oben herab, als könne ich ihr nicht das Wasser reichen. An jenem Tag, dem Tag der grossen Explosion in unserer Stadt, würde sie auf mich schiessen, wenn ich auf der anderen Seite stand.

Obwohl der Schneider ähnliche Gefühle hegte und das gleiche Ziel hatte, war er nicht so radikal wie diese Frau. Die Gesellschaft hatte ihr auch mehr angetan als ihm, und ihr Vater wurde vielleicht von Leuten wie meinem Vater umgebracht. Doch daran lag es nicht allein, sie verfolgte ihren eigenen, gewalttätigen, riskanten Weg.

Und ich? Trotz all meiner guten Absichten zweifelte der Schneider an mir, und die Frau lehnte mich ab. Ich diente beiden Seiten der Stadt als Sündenbock. Für die Paläste war ich schuldig, weil ich mit den Hütten sympathisierte, für die Hütten war ich schuldig, weil ich zu den Palästen gehörte. Innerlich blieb ich unentschieden. Ich bemitleidete meine Cousine, begehrte die Frau mit den schwarzen Augen und liebte die Erscheinung mit dem Lächeln. Zwischen all diesen Erwägungen hin und her gerissen, erschien ich mir schwach, haltlos und verloren.

Ich war ja erst gegangen, als die Frau mich vor die Wahl stellte. Ich hatte das alles nicht gewollt. Ich musste es tun, um ein Felsen zu werden, an dem die Woge zerschellen konnte. Traurig trat ich auf die Gasse. Ich erwartete, dass sie mich aufhalten, zurückrufen, mit irgendeiner Geste zu sich winken würde, doch sie liess mich gehen. Sie kümmerte sich einen Dreck darum, wie ich mich fühlen mochte.

Na schön, dachte ich trotzig. Bin ich eben genauso gleichgültig. Was liegt mir daran, diese Frau zu gewinnen. Die krieg ich noch klein, oder ich schlag sie mir einfach aus dem Kopf.

Am späten Nachmittag war es ruhig in der Stadt. Kein Lüftchen regte sich, das Licht verblasste. Leblos und fahl sah auch mein Inneres aus. Ein Versager war ich, ein Jämmerling. Nichts mehr konnte mich begeistern. Wie fern alles lag, was mich einst erregt hatte! Ich war ins Stocken geraten wie stehendes Wasser in einem Tümpel, den der Nordwind mit Staub und dürrem Laub zuschüttet.

Ziellos schlenderte ich durch die Gassen und Strassen und liess mich treiben, wohin meine Füsse mich trugen. Als ich zum Haus meines Onkels gelangte, hörte ich von oben Klavierspiel. Ich hielt an und lauschte den süssen Sonaten, die sich in der Luft ausbreiteten und sachte entfernten, bis die Stille sie verschluckte. In meinem Gefühl blieben sie lebendig.

Wie verzaubert genoss ich die betörenden Klänge, die vom Balkon auf die Strasse strömten. Mir war nicht nach Konversation zumute. Am liebsten hätte ich mich in einen einsamen Winkel verkrochen, um in mich zu gehen, mich zu besinnen und zu fassen. Ich kam nicht los von den perlenden Tönen. Reglos stand ich auf dem Gehsteig, unbekümmert um die Neugier einiger Passanten. Irgendwann hielt ich es für besser, zu meiner Cousine hinaufzugehen und ihr ein wenig Gesellschaft zu leisten.

Ich stieg die Treppe hinauf, eine geschwungene schmale Steintreppe, wie man sie noch bei alten Villen findet. Erleichtert atmete ich auf, als ich zur Biegung gelangte, die mich gegen die Strasse und die Eingangstür abschirmte. In der ersten Etage wohnte nur die Familie meines Onkels. Ausser ihnen würde niemand die Stufen herauf- oder herunterkommen. Ich blieb stehen und lauschte. Die Musik hatte sich in ein leises Raunen verwandelt. Plötzlich verspürte ich keine Lust mehr hineinzugehen und setzte mich auf eine Treppenstufe. Hier konnte mich bestimmt keiner sehen. Sollte sich oben die Tür öffnen, würde ich aufstehen und so tun, als käme ich eben herauf. Ich versuchte nachzudenken, es gelang mir nicht. Mein Geist war zu träge, ich verfiel in tiefe Apathie. Nicht einmal meine Cousine konnte so unglücklich sein, wie ich mich jetzt fühlte. Eine unklare Sehnsucht erfasste mich, quälte mich, die Sehnsucht nach dem Unbekannten, das mit dem Schiff künftiger Tage einlaufen würde. Mir schien, dass alle anderen ringsum besser waren als ich. Wenigstens wussten sie, was sie wollten, und lebten dafür. Die Melodien meiner Cousine wurden beschwingter und ein wenig fröhlicher. Das war mein Werk. Ich hatte ihr vorgegaukelt, es auf sie abgesehen zu haben, und das arme Vögelchen glaubte mir. Sie nahm den Anschein für die Realität und war damit zufrieden. Ihr entging, dass meine Ladung nur eine Platzpatrone gewesen war, das machte mich traurig. Aus purem Mitleid eine fruchtlose Hoffnung zu wecken ist erbärmlich. Man pflanzt keinen wilden Hagedorn, wenn man Früchte ernten will.

Schlimmer als die Krankheit ist immer der Rückfall. Diese klingende Freude entsprang nicht den Melodien selbst, sondern der Art und Weise ihres Spiels. Sollte sie je versiegen, würde meine Cousine sich verhärten und von mir sagen, ich sei ein elender Schuft. Mag sein, dass mir das nichts ausmachen würde. Doch sie müsste leiden. Bevor ich ihr meine Zuneigung zeigte, war ich zu nichts verpflichtet. Danach aber hatte sie einen Anspruch darauf. Bevor ich auf die schlafende Erde stampfte, um sie zu wecken, brauchte ich es nicht zu tun. Nachdem ich einmal damit begonnen hatte, wäre Stillstehen gleichbedeutend mit Rückzug gewesen, ja mit Schande. Oder dieses junge Mädchen – wer hätte mich dafür getadelt, dass ich nicht mit ihr auf der Matte schlief? Aber nachdem ich ihr ein Zimmer mit Schrank und Bett versprochen hatte, erwartete sie von mir mehr als dieses Zimmer. Und wenn ich es nun nachholte? Wo wäre da noch ein Unterschied zwischen mir und jedwedem Schweinehund, der sie wie einen lebenden Leichnam besprang und für etwas zahlte, was ihn hinterher nur anekelte? Was würde dann aus der Frau mit ihren schwarzen Augen und ihrem weissen Bett, aus ihrer Liebe zu einem Mann, den sie eigentlich hassen müsste wie alles, was seine Familie repräsentierte?

In irgendeiner Weise hatte ich mich diesen Menschen verpflichtet. Ich war aus dem Palast ausgebrochen, weil ich glaubte ersticken zu müssen, aber genauso panisch war ich aus dem Keller davongestürzt. Ich hatte mich gerettet vor dem Tango. Er ging mir auf den Geist mit seiner schmierigen Laszivität und quälenden Monotonie. Sein Schnekkentempo zerrte an meinen Nerven wie eine Glasscherbe, die über Zementboden scharrt. Ich rettete mich in den Dolchtanz. Hier fand ich Leichtigkeit und Bewegung, Begeisterung und Freude – den Weg der Erlösung. Jetzt wollte ich mich auch vor dem Dolchtanz retten.

Ach, mein liebes Cousinchen da drinnen! Du versierte Pianistin, ich hocke auf deiner Steintreppe. Verfluchte Unschlüssigkeit! Ich baumele an einem unsichtbaren Faden, immer hin und her. Hier ein bequemes, träges, fertiges Leben, das uns Grossvater, der Konsul, vorgeführt hat, dort ein beschwerliches, unglückliches Leben, das ich mir selber erst erschaffen muss!

Ich stieg die Stufen zur Strasse wieder hinunter, ohne das Haus betreten zu haben. Ich werde meiner Cousine die Illusion ihres Glücks lassen. Schliesslich muss sie selbst begreifen, dass es nie wahr werden kann. Wie wird sie sich quälen! Im Dunkeln kommen die Erinnerungen, auf Seide und auf Dornen wird sie sich wälzen. Wieder und wieder beschwört sie die Vergangenheit, die einmal Gegenwart gewesen ist. Sie stellt sich vor, wie ich sie in die Arme nahm, sie küsste und ihr Weisheit schenkte. Irgendwann merkt sie, dass der Schuss von keinem Jäger stammte, sondern von einem Passanten, der zufällig vorbeikam. Er war gar nicht auf der Pirsch, es fiel ihm nur schwer, eine Beute, die gerade vorbeiflog, ungeschoren ziehen zu lassen. Zum Mitleidsspiel braucht es zunächst einmal Mitleid. Meine Cousine wird schon verstehen, dass ich zu diesem Spiel nicht fähig bin, und dass auch sie es eigentlich nicht will. Liebe ist doch kein Almosen! Nein, Liebe ist kein Almosen! Ich muss offen mit ihr reden, und ihr das sagen. Aber weiss ich denn, ob sie den schönen Schein, der sie beglückt, gegen eine Offenheit, die sie unglücklich macht, eintauschen möchte? Ich sollte sie lieber in Ruhe lassen. Wer Wahrheit sucht, entdeckt sie selbst. Ein wenig erfrischter ging ich die Strasse entlang. Endlich fühlte ich genug Entschlusskraft, mich der Entscheidung zu stellen. Weder meine Cousine noch jenes Phantom mit dem Lächeln! Ich werde zurückkehren zu der Frau mit den schwarzen Augen, und mein Versprechen gegenüber dem jungen Mädchen werde ich auch einlösen. Eine Antwort auf meine quälenden Fragen bringen mir erst die Sturmwinde, die sich bereits zusammenbrauen. Sie werden mir Regen senden. In meinem Innern erwachte wieder die Sehnsucht, flehend wie ein inbrünstiges Gebet, seufzend wie durstiger Boden. Aus tiefster Seele stieg sie empor – ein Bittgesang an die Zukunft, an die Frau, die aus dem Bild trat, an die Statue, die lebendig durchs Fenster schwebte und vor dem Taktmeister tanzte.

Als ich heimkam, fand ich meine Mutter allein. Vater hatte nach dem Mittagsschlaf seinen Kaffee getrunken und war ins Casino gegangen. Meine Schwester war unterwegs zu irgendeinem Besuch. Drückende Stille, Totenstille, herrschte zwischen den dicken, verhassten Wänden unseres Hauses, in dem Grossvaters Geist herumspukte – seine Ideen, seine Rituale.

Mutter sass über einer Kanevasstickerei für die Aussteuer meiner Schwester. Sie würde heiraten, wie ihre Mutter und deren Mutter vor ihr geheiratet hatten. Sie würde in einem Haus wie dem unseren wohnen, mit einem Ahnenporträt an der Wand und einem Grammophon, auf dem sich eine Tangoplatte drehte, alles wie bei uns. Die Tischgespräche würden um die gleichen Themen kreisen – die Bosheit und Schlechtigkeit der Bauern, ihre Diebstähle und die Notwendigkeit, sie zu züchtigen. Meine Schwester würde Rommé oder Poker spielen. Ab und zu mochte sie sich auch ein wenig betrinken, und vielleicht begann sie aus Rache an ihrem Verwaltungsdirektor ein kleines Abenteuer. Das wäre aber das einzige, was sie von Mutter unterschied. Alles andere liefe genauso: Schwangerschaft, Geburt, Kinderbetreuung, Rahmenstickerei und schliesslich Sterben, wenn es soweit war. Vergessen die »tapferen Jacobins«, die Bücher, die sie darüber in der Schule gelesen und später ausrangiert hatte. Unsere Gedanken bleiben von den Grossvätern geprägt, in unserer Borniertheit halten wir uns lieber an die Ideen der eigenen Ahnen.

Ich liebte meine Mutter, liebte sie mehr als meinen Vater. Sie hielt in allem zu ihm, stand ihm treulich in Haus und Hof zur Seite, hörte mit ihm Tango und ehrte Grossvaters Andenken. Dennoch war sie ihm nicht ebenbürtig. Sie war nur ein Möbelstück in seiner Wohnung, ein Gegenstand. Eine gefügige Sklavin, die ihrem Herrn nicht einmal grollte. Ja, ich liebte meine Mutter, und ich hatte Mitleid mit ihr. Doch insgeheim rebellierte ich gegen diese masochistische Unterwürfigkeit, denn nichts anderes war ihre Zufriedenheit. Wenn ich an Madame dachte, jene Gutsbesitzerin, die ihren Verwalter zum Geliebten nahm und die Bauern verprügelte, die etwas wagte und riskierte, dann fand ich sie trotz allem lebendiger als meine Mutter. Ich konnte sie nicht leiden, aber sie war voller Leben.

Ich begrüsste Mutter, ohne sie anzublicken. Nach dem Zwischenfall mit der Frau fühlten wir uns beide gehemmt. Seit damals war ich nicht mehr bei Tisch erschienen. Ich nahm meine Krankheit zum Vorwand, um allein in meinem Zimmer zu essen. Mutter kam wohl zu mir herein, pflegte mich und fragte nach meinen Wünschen. Doch im Umgang miteinander spürten wir deutlich, dass eine Barriere zwischen uns stand. Vielleicht hatte sie sich noch nicht an den Gedanken gewöhnt, dass ich jetzt ein Mann war, der mit einer Frau Sex haben konnte. Für sie blieb ich ihr Bub, an dieser Vorstellung hielt sie krampfhaft fest. Als kleiner Junge war ich ihr Eigentum gewesen. Nun sollte sie auf einmal einsehen, dass ich ein Mann war, und sie eine Frau. Eine Mutter, aber auch eine Frau. Plötzlich tauchte eine andere auf, eine Fremde, um mich ihr zu entreissen und mir die kindliche Unschuld zu rauben. Durch sie wurde alles zweideutig – ein Kuss, eine Umarmung, ein verschlossenes Zimmer. Meine Mutter hatte keinen Zutritt zu diesem Hintersinn, doch sie ahnte ihn. Von Stund an hatte sie das Gefühl, ihren kleinen Jungen verloren zu haben. Er war erwachsen, ein Mann. Mir wiederum war Mutters Eifersucht peinlich. Ich schämte mich für den Riss im Bild einer Heiligen, die sie einmal gewesen war, für ihre würdelosen Tränen vor einer Frau, die sie zuvor geohrfeigt hatte.

Liebevoll wie immer erwiderte sie meinen Gruss. Sie legte ihre Stickerei beiseite und stand auf, um mich in die Arme zu schliessen. Ich atmete den vertrauten, geliebten Duft ihres Nackens. Ich liess zu, dass sie mich umfasste, meine Wange und meinen Hals küsste und an meiner Schulter schluchzte. Unsere Versöhnung kam wie von selbst, ohne Vorwurf, ohne Schuldbekenntnis oder Entschuldigung. Wir hatten uns beide insgeheim vorgenommen, den Zwischenfall nicht mehr zu erwähnen. Sie wies auf mein Knie. »Ist der Schmerz weg?« fragte sie.

»Fast.«

»Stört dich nichts beim Gehen?«

»Ich merke nichts. Manchmal sticht die Wunde, aber sie ist schon vernarbt. Ich bin wieder völlig gesund.«

»Lauf nicht zu viel. Nimm dir eine Kutsche, schone dich. Ich mache mir Sorgen um dich. Was hast du denn, mein Sohn? Fehlt dir irgend etwas? Hat dich jemand gekränkt? Warum bist du so verändert?«

Sie versuchte zu lächeln. Es gelang ihr nur mit Mühe. Tränen standen in ihren Augen. Um ihre Ängste zu zerstreuen, lächelte ich zurück.

»Mir geht's gut«, sagte ich leichthin. »Ich bin überhaupt nicht gekränkt.«

»Was ist mit deinem Vater?«

»Was soll mit ihm sein? Er ist mein Vater.« Ich zeigte zur Wand. »Und er ist mein Grossvater. Alles bestens.«

»Ich möchte etwas mit dir bereden. Aber trinken wir erst mal unseren Kaffee. Ich koche ihn gleich selbst.«

Während ich auf ihre Rückkehr wartete, überlegte ich, was ich tun sollte. Trotz meiner unbeschwerten Miene war ich innerlich aufgewühlt. Ich fühlte mich, als suchte ich konzentriert und gleichzeitig entnervt nach einem Ring, den ich im Sand verloren hatte. Die ganze Einrichtung des Hauses erschien mir als alter Krempel. Einem Menschen, der durch seine Herkunft verdammt ist, ihr Gefangener zu sein, bedeuten solche Möbel gar nichts. Mag sein, dass sie in der Epoche meines Grossvaters etwas darstellten, vielleicht auch noch in der meines Vaters. In meiner Zeit hatten sie jeden Wert verloren. Schon ihr Anblick ging mir auf die Nerven! Sollte ich je ein Haus nach meinem Geschmack bauen, bekäme es dünne Wände, möglichst aus Holz, Fenster, so breit wie die Wand, und ein Ziegeldach, auf dem der Regen seine Lieder klopfen konnte. Unter den Fenstern würden Blumen blühen, und an den Spalieren rankte Klematis. In diesem Haus würde ich nichts Altmodisches oder Protziges aufbewahren, vor allem nichts Überflüssiges, für das es keine Verwendung mehr gab. Zu jeder Jahreszeit würde ich einen Tag festlegen, an dem ich alten Plunder ausrangierte. Falls ich aber einmal unser Haus erbte, würde ich es sofort entrümpeln lassen und das ganze Zeug rausschmeissen. Grossvaters Porträt käme als erstes an die Reihe, dann die Peitsche meines Vaters und die verfluchten Tangoplatten. Weil das aber nicht geschehen würde, jedenfalls nicht so bald, blieb mir nichts übrig, als mich selber auf die Strasse zu werfen. Ich würde fortgehen und etwas suchen, das ich irgendwann verloren hatte und irgendwann wiederfinden würde.

Wir sassen im Salon, auf der Chaiselongue, und tranken unseren Kaffee. Mutter wartete auf einen günstigen Augenblick, um mit ihrer Rede zu beginnen. Ich ermunterte sie, ich wollte es hinter mich bringen und in mein Zimmer verschwinden. »Was möchtest du mir denn sagen?« fragte ich.

»Ach, nicht weiter wichtig. Ich finde nur, es ist an der Zeit, mal darüber zu reden. Vielleicht wird dir dann auch leichter. Ausserdem ist mir deine Meinung wichtig.«

»Meine Meinung worüber?«

»Über den Verlobten deiner Schwester.«

»Den Kanzleichef?«

»Du verspottest ihn schon wieder. Also ist er der Grund.«

»Der Grund wofür?«

»Für deine Aversion gegen dieses Haus.«

»Es ist unser Haus, nicht seins. Ich sehe nicht ein, warum ich seinetwegen aus dem Haus flüchten sollte.«

»Aber du magst ihn nicht.«

»Ich achte ihn nicht. Und wenn du's genau wissen willst – ich hasse und verabscheue ihn.«

»Ich wusste es. Nur solche Härte hätte ich von dir nicht erwartet. Immerhin ist er der Verlobte deiner Schwester.«

»Der Verlobte eurer Tochter.«

»Wie auch immer. Er ist dein Verwandter. Ich meine, er wird es bald sein.«

»Der wird nie mein Verwandter.«

»Auch nicht, wenn er deine Schwester heiratet?«

»Nicht einmal dann.«

»Warum hasst du ihn so sehr, mein Sohn?«

»Weil seine Hände und Füsse zu klein sind!«

Verblüfft starrte sie mich an, bestürzt über diesen Grund, der in ihren Augen keiner war. Da gab es schwerwiegendere Einwände, wenn es stimmte, was die Frau mit den schwarzen Augen von ihm behauptet hatte.

»Du scherzt wohl. Du verschweigst mir die Wahrheit.«

»Das ist die Wahrheit! Seine Hände gefallen mir nicht. Mehr habe ich dazu nicht zu sagen.«

»Aber das ist doch kein Grund, jemanden zu hassen!«

»Für mich schon.«

»Nicht zu fassen! Ich kann nicht glauben, dass man jemanden wegen zu klein geratener Hände und Füsse derart hasst!«

»Glaub's nur. Übrigens sind es nicht bloss seine Hände und Füsse. Alles an ihm ist kleinkariert. Seine Gesten, sein Grinsen, sein Gerede. Er ist einfach belanglos.«

»Und wie sollte dein Vater so etwas einsehen?«

»Warum willst du, dass er es einsieht? Was interessiert mich das überhaupt? Meine Schwester wird ihn heiraten, nicht ich.«

»Aber deine Einstellung wirkt bereits auf deine Schwester.«

»Hat sie ihm einen Korb gegeben?«

»Nicht direkt.«

»Lasst sie tun, was sie möchte.«

»Dein Vater will aber …«

»Was will er denn? Glaubst du, dass ihm das Aussehen dieses Aktenwurms gefällt? O nein! Vater geht es nur um seine Besitztümer, seine Dynastie und die Gunst des französischen Beraters. Er denkt noch genauso wie mein Grossvater und Urgrossvater.«

Sie schwieg ergeben, so war das nun mal. An diesen Dingen liess sich nichts ändern. Sie fühlte sich nicht einmal berechtigt, es zu versuchen. Mit ihrem weiblichen Instinkt spürte sie, dass meine Schwester ihren Verlobten nicht liebte. Allerdings hielt sie fehlende Liebe für kein Heiratshindernis, wenn andere Voraussetzungen – Reichtum, Herkunft, Prestige – erfüllt waren. Auch mir war klar, dass diese Ehe zustande käme. Meine Schwester würde sich dem väterlichen Willen nicht widersetzen. Reiche Familien heirateten immer untereinander. Diese Konvention beruhte auf Interessen, Gewohnheiten und ererbten Denkmustern, die geradezu Gesetzeskraft besassen.

»Und du?« Mutter konnte wieder fragen. »Wirst du nun abreisen, wie es dein Vater verlangt?«

»Ich reise, weil ich es möchte, nicht weil er es verlangt.«

»Aber du bist noch zu jung, um deinem Vater auf diese Weise Paroli zu bieten. Ausserdem wäre es ungehörig. Ich verstehe das nicht. Erklär mir den Grund für diese Feindseligkeit. Was willst du? Sag's mir.«

»Gar nichts. Eigentlich weiss ich selber nicht, was ich will.«

Sie dachte einen Moment nach, dann sagte sie: »O doch, du weisst es. Du liebst diese Frau, diese schamlose Person. Ihretwegen bist du zu dem Schneider gegangen, ihretwegen hast du mit dem Dolch getanzt und dein Knie zerstochen. Du bist ein junger Mann, bist weichherzig und reich. Sie haben deine Gutmütigkeit ausgenutzt und dich in ihre Falle gelockt. Sie werden dich ausrauben und deinen guten Ruf ruinieren, sie werden dich vom Studium abhalten. Dieses Pack, dieser Bodensatz der Stadt! Deshalb musst du abreisen und für einige Jahre wegbleiben. Die Trennung fällt mir schwer, aber sie ist leichter zu ertragen als dein Verderben. Wenn du zurückkommst, hast du alles vergessen. Vielleicht bist du dann sogar mit einer Pariserin verheiratet. Wir wären sehr stolz auf dich. Ach, wenn es so käme! ›Unsere

Schwiegertochter, eine Französin!‹ Wie schön, das sagen zu dürfen! Deine Zukunft wäre gesichert! Das verhiesse Macht und Einfluss! Du wärst ein würdiger Enkel deines Grossvaters, der erhobenen Hauptes durchs Leben ging, vor dessen Tür die Leute sich drängten, an dessen Wort es nichts zu deuteln gab. Du wirst abreisen, mein Sohn, und diesen Abschaum, der dich besudelt hat, für immer hinter dir lassen. Jeden Sommer kommen wir dich besuchen und verbringen eine herrliche Zeit mit dir. Das Leben dort ist ja so schön! Ach, Paris! Was für ein Traum!«

Ich hüllte mich in Schweigen.

»An dem ganzen Schlamassel bist du selber schuld«, fuhr sie fort. »Du hättest nicht von Beirut zurückkehren sollen, um den Sommer in dieser schmutzigen Stadt zu verbringen.«

»Aber es ist doch unsere Stadt!«

»Lägen nicht unsere Besitzungen hier …«

»Trotzdem ist es unsere Stadt.«

»Ohne die Besitzungen …«

»Wären wir weggezogen? Also wirklich, ich hätte nie geglaubt, dass du so etwas sagen könntest. Du plapperst nur nach, was man dir einredet.«

»Und du?«

»Hören wir auf mit dieser Diskussion.«

Wütend sprang ich hoch. Meine Mutter war wie die anderen. Sie fluchte dem Boden, der sie nährte. Nicht einmal vorstellen mochte sie sich die Armenviertel. Vielleicht waren meine Eskapaden daran schuld, vielleicht ein eingewurzeltes Vorurteil. Hier hassen sie die Leute dort, und drüben hassen sie die Leute hier. Sinnlos, eine Versöhnung anzubahnen oder darauf zu hoffen. Deshalb wünschen sie, dass ich abreise und das Milieu wechsle!

Sobald Mutter meine Aufregung bemerkte, wurde sie ganz sanft. Wie immer, wenn es hart auf hart ging, gab sie nach. Sie wollte die Situation, die sie unbeabsichtigt zugespitzt hatte, wieder entschärfen.

Eines Tages würden sie fortziehen. Hier hielt sie nichts als ihr Besitz. Liesse sich der Boden in etwas Transportables verwandeln, würden sie ihn aufladen und mitnehmen. An Zerstörung und Aufbau interessierte sie nur, ob dabei mehr Geld für sie heraussprang. So war mein Grossvater gewesen, so waren sie alle – mein Vater, der Bürokrat, das Verwalterliebchen und meine arme Mutter, die sie mit ihren Ideen vergiftet hatten. Für andere aus der Oberschicht mochten solche Überlegungen rein hypothetisch sein. Meine Familie aber plante bereits den ersten Schritt zu ihrer Umsetzung, indem sie mich auf Reisen schickte. Später würden sie zu mir stossen, wenn hier die Situation eskalierte und das Regime des französischen Beraters nicht mehr zu halten war.

Sollte ich Mutter die ganze Wahrheit enthüllen? Sollte ich ihr sagen, dass ich mich für Vaters Verhalten schämte und deshalb meinen Freunden aus dem Weg ging? Sie würde mich wohl kaum verstehen.

Im Casino vertrat man die Meinung, Frankreich habe das gleiche Recht auf dieses Land wie wir auf unsere Güter. Allein dies in Frage zu stellen, bedeutete aus ihrer Sicht eine Entweihung heiliger Rechte, Pflichtvergessenheit gegen die eigene Familie, Verrat an ihren Grundsätzen!

Lieber wollte ich pflichtvergessen sein! Ich würde Mutter nicht sagen, was ich plante. Bis jetzt wusste ich ja selbst nicht genau, was es war. Momentan genügte es, das Haus zu verlassen. Alles hier war abscheulich, sogar die Luft und das Licht, alles war hassenswert, dieses Mobiliar und diese dicken, hermetischen Mauern wie in einem türkischen Kerker.

Ich verkroch mich in meinem Zimmer, die Tür hatte ich abgeschlossen. Kaum begann ich über ein unabhängiges Leben nachzudenken, fühlte ich mich eingezwängt, eingebunden in Abhängigkeiten. Ich war nicht besser dran als jenes Mädchen auf der Matte. Solange ich nicht arbeitete, konnte ich mich nicht frei fühlen. Ich schlief in einem Bett, in einem komfortablen Zimmer, trug modische Klamotten und speiste und trank, worauf ich Appetit hatte. Aber ich bezahlte dafür mit meinem Leben, indem ich es dem elterlichen Willen unterwarf. Ich hatte nichts zu sagen, mein Vater war der Boss. Er verfügte über Geld und Arbeit, Grund und Boden. Um mich von seiner Macht zu befreien, musste ich Schluss machen mit meiner Abhängigkeit von ihm. Ich musste arbeiten gehen. Das war die ganze Wahrheit, zu lange wollte ich sie nicht wahrhaben.

Ich prüfte die Lage in allen Aspekten. Noch war ich ein junger Mann. Gerade deshalb sollte ich meinen Platz auf einer Seite des Grabens bestimmen und ihn ohne Zögern einnehmen. Aber die Dinge lagen nicht so einfach, wie sie auf den ersten Blick erschienen. Das Geld in meiner Tasche reichte nicht einmal für eine Woche, also musste ich in dieser Woche einen Job auftreiben. Was konnte ich schon arbeiten? Ich besass kein Zeugnis, keinen Beruf. Ich war es nicht gewohnt, mich durchs Leben schlagen und die Barrieren meines Milieus zu überspringen.

Alles verschwamm vor meinen Augen. Wie dichter Nebel über den Gipfeln lasteten die Zwänge auf meinem Leben. Ich fühlte mich erniedrigt, erdrückt. Das Spinnennetz der Beziehungen, die das Verhalten der Menschen beherrschten, war stark wie Eisen und fest wie Ketten. Dieses Netz konnte nur ein sehr scharfer Dolch zerreissen. Ein Dolch, wie der Schneider ihn mir reichte, als er mir das Tanzen beibrachte, als er mich lehrte, die ganze Welt herauszufordern.

15

Ich blieb lange in meinem Zimmer und dachte ernsthaft über eine Lösung nach. Von ganzen Herzen suchte ich einen Ausweg. Gestautes Wasser will fliessen. Mit blutenden Fingern begann ich die Erde aufzuscharren, um einen kleinen Abfluss zu öffnen und ins Freie zu entkommen. Doch der Boden war aus Zement. Unmöglich, diese harte Schale ohne Axt und Schaufel aufzubrechen.

Mein Bewusstsein war erwacht. Ich war nur ein junger Mann, aber in diesem Alter regt sich der Geist. Eifrig tastet er nach einem Spalt in der Mauer seines Kerkers, um auszubrechen und sich zu entfalten. Ich verfluchte meine Jugend, und ich segnete sie. Wäre mir all das später passiert, nach dem Studium oder wenn mir Vaters Geld und Besitz gehörten, dann hätte ich leicht tun und lassen können, was mir gefiel. Doch wer weiss, ob mein Bewusstsein nach der Jugend, dem Studium, der Erbschaft noch dasselbe wäre, ob es genauso lebendig und rebellisch seine Selbstverwirklichung suchte.

Kurzum, ich befand mich in dem gesegneten und verfluchten Alter, in dem sich alles entscheidet. Ich stand an einer Kreuzung. Jetzt wurden die Markierungen für meinen künftigen Pfad gesetzt. Der Weg meines Vaters käme für mich nie in Frage. Nicht, weil meine Vorfahren, Grossvater und dessen Grossvater, ihn einst beschritten hatten. Auch nicht, weil er eine Sackgasse war, wo schon mein Vater steckenblieb. Nein, weil dieser Weg meiner Zeit zuwiderlief! Er passte weder zu meinen Büchern noch zu meinem Leben.

Meine Bücher und mein Leben wollte ich keinesfalls verraten. Also musste ich etwas unternehmen, egal was, um mich vom Gängelband loszureissen. Ich musste mich von meiner Familie befreien, von ihrem Leben und ihrem Schicksal.

Meine Schlussfolgerungen waren logisch. Aber wenn ich die Konsequenzen recht bedachte, liessen sie sich nicht durchführen. Das Wasser floss immer wieder zurück in das Zementbecken, wo es gefangen war. Da ich kein eigenes Geld besass, konnte ich mein Studium nicht abschliessen. Um Geld aufzutreiben, musste ich meinen Vater zufrieden stellen. Das wiederum erforderte eine Änderung meines Verhaltens. Als erstes wäre der Verwaltungsdirektor zu akzeptieren und der Tango zu lieben. Dann müsste ich die Bauern beschimpfen und prügeln, das französische Mandat bejubeln und mich strikt von patriotischen Gefühlen distanzieren. Ich hätte an Grossvater, sein Konsulat und seine Fregatten zu glauben, vor dem Berater zu katzbuckeln und mich mit ihm im Casino zu zeigen. Zum Schluss käme das Einfachste und zugleich Schwerste – ich müsste mit dem Schneider und der Frau brechen und das Bildnis vergessen.

Sollte ich mich verstellen? Etwas vortäuschen? Das wäre zu gemein. Sollte ich etwa meinen Vater bestehlen und abhauen? Aber wo steckte das Geld, das ich klauen wollte? Brächte ich so etwas überhaupt fertig? Könnte ich mit einem schlechten Gewissen leben? Käme ich gar auf die schiefe Bahn? Vielleicht sollte ich Mutter bitten, mir zu helfen. Doch in einer Familie, wo ganz allein der Vater die Zügel in Händen hielt, konnte sie mir keine grosse Hilfe sein. Also blieb mir nichts weiter übrig, als zu arbeiten. Prompt stand ich wieder vor der gefürchteten Frage: als was? In unserer Stadt gab es keine Arbeit für meinesgleichen. Nichts zu machen. Die einzige Lösung war die Reise. Wenigstens könnte ich mich der dauernden Kontrolle und den drückenden Problemen entziehen und mein Studium fortsetzen. Ich würde meinen eigenen, selbstgewählten Weg beschreiten. Ich würde lernen, die Schwierigkeiten des Lebens zu meistern, ohne mich auf Geld und Besitz meiner Familie zu verlassen.

Endlich hatte ich einen Entschluss gefasst: Ich werde abreisen!

Meine Eltern wollten das gleiche, wenn auch aus anderen Beweggründen. Den Schneider würde ich einweihen, zu ihm hatte ich Vertrauen. Er würde mich verstehen. Sogar ermutigen würde er mich, sonst müsste ja die Blume, die er im Dornengestrüpp entdeckt hatte, zugrunde gehen. Die Frau mit dem lila Hemd und dem weissen Bett würde vergeblich auf ihren Liebsten warten. Wenn sie erfuhr, dass er abgereist war, würde sie nur lächeln: Gekniffen hat er! Die Woge hätte ihren Felsen verloren, ihre Wut könnte sich nicht mehr in blauer Gischt entladen. Am vorbestimmten Tag würde sie zum Palast aufbrechen, zu allem entschlossen, in der Hand eine Benzinflasche. Meine Cousine würde weinen, dabei hatte sie Glück, sie durfte mir folgen. Sie würde ausziehen mit der Karawane, die den restlichen Familienbesitz transportierte, nachdem die grösseren Schätze bereits mit Mandatsschiffen vorausgefahren waren. Grossvaters Porträt liesse man auch nicht zurück. Sie würden es mitnehmen, und wo immer sie sich ansiedelten, würden sie es an die Wand hängen. Die Frau mit dem Lächeln aber bliebe ein Geheimnis, bis wir uns einmal wiedersähen, am Tage meiner Rückkehr. Dann wäre ich ihrer wert. Ich würde für sie tanzen und mit dem Dolch meine Lichtfäden spinnen.

Um mich zu trösten, sagte ich mir, Unglücksschläge parieren sei etwas wie ein kleiner Sieg. Ein erbärmlicher Trost, der mir nicht weiterhalf. Ich war viel zu traurig an diesem Nachmittag, wusste ich doch, dass es ein erzwungener Entschluss war. Ich akzeptierte, was mir aufgezwungen wurde. Ich verliess die Schlacht, ohne gekämpft zu haben. Der Schneider hatte mich den Tanz der Recken gelehrt und mir Freundschaft von Mann zu Mann gewährt, aber im entscheidenden Augenblick kniff ich. Ich folgte ihm nicht auf seinem Weg, weil ich mich damit gegen meine Familie gestellt hätte. Genau davor schreckte ich zurück, das wollte ich mir ersparen. Mochte alles in meiner Abwesenheit geschehen, ohne meine Beteiligung. Ich würde ihm von ferne gratulieren, mehr konnte ich nicht tun.

Ich schlich aus meinem Zimmer, durch den Salon, dann trat ich auf die Strasse. Ich holte tief Luft, als sei ich aus einem Alptraum erwacht. Lange bummelte ich umher, um die Zeit totzuschlagen, um nicht über meine Situation nachdenken zu müssen.

Als mich vom Meer her eine Abendbrise streifte, durchströmte mich zärtliche Liebe zu meiner Stadt. Es fiel mir so schwer, sie zu verlassen, ihr nicht beistehen zu können mit meiner Liebe. Die Entsagung schürte meinen Hass auf alles, was unser Haus bedeutete – Moos auf den Wänden des Lebens.

Ich fuhr ja nicht aus freien Stücken, sondern weil sie es wollten. Auf meiner Reise ritt ich kein mit Drachenblut bespritztes Ross. Der Recke verdrückte sich, weil es ihm an

Entschlossenheit fehlte, weil er mutloser war als eine Frau, die in einem Keller wohnte.

Bis zum Abend schlenderte ich durch die Strassen. Meine Gedanken schmerzten wie Wunden, die von innen her aufplatzen. Das klebrige, salzige Blut vermischte sich mit meinem Speichel. Ich fühlte mich zerbrochen, zerrissen, verzweifelt, weil ich mich weder anpassen noch distanzieren konnte. Ich schwankte haltlos wie eine Feder, die der böige Wind schroff und verächtlich auf der Oberfläche eines Tümpels umherwirbelt.

Als ich am Laden des Barbiers vorbeilief, rief er mich: »Tritt ein! Warum besuchst du mich nicht mehr? Dieser Schwindler hat's dir wohl verboten?«

Ich schüttelte nur den Kopf und ging weiter. Aber der Barbier stürzte aus seinem Laden und kam mir nachgerannt.

»Halt! Ich habe eine Menge über dich erfahren. Ich kann's nicht fassen! Unmöglich! Wo dein Grossvater doch Konsul war.«

Eben, dachte ich. Pech für mich.

»Es heisst, du hast tanzen gelernt, statt zu musizieren.«

»Stimmt.«

»Und du gedenkst, nach der Pfeife von diesem Scharlatan auf der Strasse zu tanzen.«

»Stimmt auch.«

Er starrte mich an, packte mich am Ärmel und zog mich mit. »Komm rein, na mach schon. Hör bloss auf mit dem Quatsch.«

Ich trat ein, und er redete weiter. »Sie sagen, du hast dir den Dolch ins Knie gestossen.«

»Richtig.«

»Du sollst zu dieser Bande gehören, die alle Gutsbesitzer ermorden und ihr Eigentum stehlen will.«

»Genau.«

»Also würdest du deinen Vater umbringen?«

»Bestimmt nicht.«

»Das erledigen sie wohl.«

»Mein Vater kann nicht ermordet werden.«

Stirnrunzelnd dachte er nach. Dann murmelte er wie im Selbstgespräch: »Es ist Magie. Er hat dich verzaubert. Genau das war meine Befürchtung. Deshalb habe ich deinen Vater gewarnt. ›Passen Sie bloss auf‹, sagte ich zu ihm. ›Der wird Ihren Sohn noch gegen Sie aufhetzen.‹«

»Was hat mein Vater geantwortet?«

»›Ich weiss alles‹, sagte er. ›Diesen verfluchten Flickschneider mach ich fertig, damit er anderen zur Lehre dient.‹«

»Warum sind Sie so erfreut?«

»Sollte ich böse sein? Der vermaledeite Kerl wiegelt nur die Leute auf. Er behauptet, dass dein Vater mit dem Berater unter einer Decke steckt.«

Ich schwieg.

»Weshalb sagst du nichts?« fragte der Barbier. »Du hältst also zum Schneider? Morgen, wenn es ernst wird, ermordest du ihn?«

»Wen soll ich ermorden?«

»Na, deinen Vater!«

»Welchen Grund hätte ich dazu?«

»Diese Bande.«

»Was für eine Bande?«

»Hast du nicht eben gesagt, dass du eingetreten bist? Dass du mit dem Dolch trainierst?«

»Aber das ist doch Unsinn. Jetzt hören Sie mal zu. Ich möchte nicht, dass Sie sich in diese Sache einmischen. Der Schneider ist harmlos. Er hat mir nur Musikstunden gegeben. Ist es etwa ein Verbrechen, Musik zu unterrichten?«

»Ha, ha! Musikstunden hat er dir gegeben? Dieser dumme Ziegenbock! Und was hast du dabei gelernt? Kannst du vielleicht den Baschraf ›Tatros‹ spielen?«

»Ich spiele überhaupt keinen Baschraf.«

»Was dann?«

»Gar nichts.«

»Er hat dir dein Geld für nichts abgeknöpft? Dieser Betrüger! Dein Vater wird ihn bestrafen. Ich berichte ihm alles. Er wird ihm seine üblen Machenschaften schon austreiben.«

»Was denn für üble Machenschaften? Warum hassen Sie ihn?«

»Weil er das Viertel nicht in Ruhe lässt. Überall in der Stadt hetzt er die Leute auf und verleitet junge Kerle wie dich.«

»Gar niemanden verleitet er.«

»Und seine Komplizin? Diese Puffmutter im Keller? Meinst du, ich wüsste nicht, was sich da abspielt?«

»Das sag ich ihr! Ich richte ihr aus, was Sie ihr anhängen wollen.«

»Du denkst wohl, nun fürchte ich mich? Du wirst ihr nichts petzen. Da brauche ich gar keine Angst zu haben.«

»Doch, ich sag's ihr. Sie kommt hierher. Warten Sie nur ab.«

Er kratzte sich den Kopf und schnappte nach Luft. Dann trat er zu mir und legte seine Hände auf meine Schultern.

»Du wirst ihr doch nichts sagen. Wenn du das tust … Hör zu. Du meinst also, ich hätte Angst? Petz nur, wenn du Lust hast, aber du wirst es bereuen. Dein Flickschneider, dieser Schuft, wird nämlich dafür bezahlen. Ich zeig ihn an, ich mache einen Skandal.«

Seine Drohung war dumm und lächerlich. Sobald ich konterte, wurde er unsicher. Ein mieser Typ, und ein Feigling dazu. Einer von der Sorte, die anderen gern eins auswischen. Er wollte unbedingt verhindern, dass ich ging, bevor die Wogen geglättet waren. Lächelnd umschmeichelte er mich und lud mich ein, Platz zu nehmen, ein Gläschen Tee zu trinken. Eine Weile wand er sich in sinnlosen Verrenkungen, dann sagte er: »Vergessen wir, was wir geredet haben. Ich möchte nicht, dass die Schlampe ihre Zunge an mir wetzt. Abgemacht?«

»Nein.«

»Aber das kannst du mir nicht antun! Du bist doch über solche Sachen erhaben. Dein Grossvater war immerhin Konsul.«

»Na, wenn schon«, sagte ich boshaft. »Ich tu's.«

Ich genoss es, ihn zu quälen. Alles an ihm stiess mich ab – die grossen Segelohren, der einsame Zahn, der im Vordergaumen eine Lücke gestossen hatte. Mit seiner Vollglatze über dem platten, gescheckten Gesicht ähnelte er einer Molluske. Er erinnerte mich an Quallen, die von mächtigen Wellen aus der Tiefe emporgespült und im trüben Wasser ans Ufer geschwemmt werden. Ja, er war wie eine Qualle, schlaff und schleimig. Sie klebten sich an die Haut. Wenn sie einen nur streiften, ekelte man sich. Einmal sah ich eine Qualle wie glitschigen Auswurf am Strand liegen. Ich vermied es, darauf zu treten. Manche Kreaturen sind so widerlich, dass man sie nicht einmal töten mag.

Ich hatte grosse Lust, mich mit ihm anzulegen und meinem Ärger Luft zu verschaffen. Aber zugleich empfand ich solchen Abscheu vor ihm, dass ich sogar darauf verzichtete, ihn zu beschimpfen oder zu beleidigen. Gegen seine Absicht weckte er in mir nur um so grössere Hochachtung und Sympathie für den Schneider und die Frau. Im Hinausgehen sagte ich zu ihm: »Jetzt besuche ich den Schneider und sage ihm alles. Dass Sie ihn beschuldigen, eine Mörderbande zu organisieren. Dass Sie diese Frau eine Puffmutter genannt haben. Dass Sie ihn und sie bei meinem Vater und der Behörde anschwärzen wollen.«

Mit einer hektischen, theatralischen Geste schlug er sich an die Stirn und lief zu mir, indem er mich anflehte: »Bitte! Ich küsse deine Hände. Vergiss, was ich gesagt habe. Zur Hölle mit dem Bock! Mag er anstellen, was er will. Ich pfusche ihm auch nie mehr in seinen Kram. Um Gottes willen!« Er verliess den Laden und rannte mir hinterher. »Um Gottes willen«, rief er. »Sag ihr nichts. Um Gottes willen, mein Sohn!«

Unterwürfig beugte er sich nieder, um meine Hände zu küssen. Als ich sie wegzog und weiterging, kehrte er zurück. Mit beiden Händen seinen Kopf schlagend, rief er mir von ferne nach: »Wenn du nichts sagt, lehre ich dich den Baschraf ›Tatros‹.«

»Versprochen!« setzte er hinzu. »Den Tatros und die Tachmîla als Zugabe!«

Nachdem er einsah, dass er mich damit nicht locken konnte, verlegte er sich erneut aufs Bitten: »Erbarmen, bei deinem Grossvater, dem Konsul!«

Da ich nicht reagierte, rief er noch einmal: »Bei deinem Grossvater, dem Konsul!«

Plötzlich platzte mir der Kragen. Ich fuhr zu ihm herum und schrie: »Gott verdamme Sie und meinen Grossvater, den Konsul!« Und mit seltsamer Genugtuung wiederholte ich: »Gott verdamme Sie und meinen Grossvater, den Konsul!«

Dann blieb ich stehen und brüllte noch lauter: »Gott verdamme Sie und meinen Grossvater, den Konsul! Hören Sie?«

»Ich höre ja!« jammerte er an der Tür. »Tu, was du willst. Du bist der Sohn von einem Bey und wer weiss, was noch. Gott erhalte sein Ansehen!«

Er wird's schon erhalten, solange es deinesgleichen gibt, ging es mir durch den Kopf. Hasserfüllt setzte ich in Gedanken hinzu: Verflucht seien alle deinesgleichen!

Sanft und tröstlich senkte sich die Nacht nieder. Vom Meer wehte eine frische Brise herüber, und an der kristallenen Himmelskuppel gingen die kleinen Laternen an.

Wieder verfiel ich in Grübeleien über meine Depressionen. Ich spürte, dass es für meine Krankheit einen besonderen Grund gab, der tiefer sass als alle anderen. Eine heftige Leidenschaft, die mein Inneres zerfrass. Ein Wurm, der jede Freude im Keim erstickte und mich todtraurig stimmte.

Bei meiner Selbstdiagnose, die ich wie ein Psychiater vornahm, gelangte ich zu der Überzeugung, dass mein Leiden weder durch Bleiben noch durch Reisen zu heilen sei. Denn ich war verliebt bis über beide Ohren. Ich hatte meine Geliebte im Blut, und sie würde mit mir bleiben oder mit mir abreisen. Niemals könnte ich zu ihr gelangen, wenn ich vor ihr floh. Mit meiner Entscheidung von heute nachmittag würde ich mich nur lächerlich machen, vor meinen Freunden und vor mir selbst.

Warum die Wirklichkeit fliehen, wenn sie nun einmal unser Schicksal ist?

Ich bin kein Gaukler, der über ein gespanntes Seil balanciert und mühsam sein Gleichgewicht zu halten sucht, wo es sich doch nicht halten lässt. Auch ein Gaukler muss zurück auf die Erde. Die Nummer langweilt ihn. Er hat dieses Leben satt. Irgendwann versagen die Nerven. Ich möchte jedenfalls nicht in seiner Haut stecken, ich bin kein Gaukler. Alles, was ich brauche, ist Entschlusskraft. Entweder – oder. Die Denkweise meiner Familie akzeptieren oder sie ablehnen. Die Verbindung zu dem Schneider erhalten oder sie abbrechen. Mit der Frau schlafen oder sie nicht mehr besuchen. Vor allem muss ich endlich zugeben, dass ich verliebt bin! Ich muss sie suchen, meine Geliebte, dieses mythische Wesen, das Menschengestalt annehmen wird, wenn ich sie aus tiefster Seele rufe und mit beiden Fäusten an ihre Tür klopfe, wenn ich wie der Taktmeister vor der Statue trommle oder wie der Jüngling im Tempel für sie tanze.

»Böses verfluchen ist kraftlose Tugend«, hatte der Schneider gesagt. »Tun wir lieber etwas Gutes! Soll das Böse uns verfluchen. Tun wir, was uns rechtens scheint. Mag der gute Ruf dabei draufgehen. Das ganze Unglück, mein Junge, kommt daher, dass die Leute so viel Angst um ihren Leumund haben. Wie ein aufgeputztes Halfter drückt er den Nacken dieser Esel in Menschenkleidern. Gerade wir, die Armen und Anständigen, brave Leute aller Art, fürchten am meisten um unseren guten Ruf. Dabei ist er ein Joch, das die Starken, Übeltäter aller Art, für uns gefertigt haben, damit wir selber den Kopf durchstecken und es voller Stolz tragen. Ketten sind nicht nur aus Eisen gemacht. Der Leumund ist auch eine Kette. Gehorsam ist ihr Name, Abfindung mit der Realität, mit Unrecht und Hunger. Auf dass dir dereinst ein Korb mit Speisen vom Himmel herabgelassen werde! Im Himmel gibt's aber keine Speisekörbe. Auch keine Scheren, die Fesseln zerschneiden. Der gute Ruf ist so eine Fessel. Ich pfeife drauf. Ich brauche ihn nicht, hab keine Verwendung dafür. Ich verschaffe mir selber mein Ansehen. Gewinnst du einen Kampf, so bestätigt der Sieg deinen Ruf. Verlierst du einen Kampf, bringt dich die Niederlage um deinen Ruhm. Tanze, mein Sohn, tanze! Stampf auf die Erde, wecke sie, diese Hundetochter, weck sie auf!«

Ich beschloss, zum Schneider zurückzukehren.

Nur bei ihm zerstreuen sich die Wolken, die auf meiner Seele lasten. Sein Himmel zieht sich nie ganz zu. Er bewölkt sich, aber die Sonne bleibt. Hinter den Wolken gibt es immer eine Sonne, und der Schneider hört nicht auf, sie zu suchen. Er ist nicht der einzige. Der Taktmeister, das junge Mädchen, die Frau und ich – wir alle sind mit ihm auf der Suche, jeder nach seiner Art.

Ich wollte zuvor noch beim Taktmeister vorbeischauen, traf ihn jedoch nicht an. Im Geschäft war ein Gehilfe, den ich nicht kannte. Über den Schneidetisch gebeugt, fragte ich nach ihm.

»Er ist verrückt geworden«, sagte er.

»Wieso?« rief ich bestürzt. »Wann ist das passiert?«

»Vergangene Woche, mein Herr. Immer hat er ruhig und schweigsam dagesessen. Ganz dünn ist er geworden. Lieber Gott, wie ist er im letzten Monat abgemagert! Manchmal kündigte er uns an, dass er seinen alten Beruf wieder aufnehmen werde. Er redete laut mit sich selbst. ›Ich habe sie verraten‹, seufzte er. Wir fragten ihn: ›Wen?‹ Er aber stiess die Nadel aufs Geratewohl in den Stoff und zerrte sie genauso achtlos heraus. Dabei knirschte er mit den Zähnen. Wir sahen seine blutigen Finger und merkten, dass er nicht wusste, was er tat. Wir mussten ihn niederringen, damit er endlich aufhörte. Er sollte sich doch nur ausruhen, schlafen, essen. Als wir nichts erreichten, riefen wir den Schneider zu Hilfe. Er kam und setzte sich neben ihn. Richtig liebevoll und bekümmert hat er ihn angesehen. Er war sehr nett, lächelte ihn an und sagte ihm ein paar gute Worte. Er schaffte es auch, ihm den Stoff aus den Händen zu ziehen. Danach gingen sie zusammen weg. Der Schneider brachte ihn heim und kehrte wieder zu uns zurück.«

»Was meinte er, als er zurückkam?«

»Wer? Der Schneider? Gar nichts hat er gemeint. Er hatte genug eigene Sorgen. Mehrere Tage sass er im Gefängnis. Seine Wohnung wurde durchsucht, auch sein Geschäft. Man beschuldigte ihn, die Leute gegen die Regierung aufgehetzt zu haben. Sie behaupteten, er sei der Kopf einer Bande. Er wiegle die Armen gegen die Reichen auf. Der Musikunterricht in seiner Wohnung sei bloss ein Deckmantel. Sie schlugen ihn. Ach, mein Herr, wie haben sie ihn verprügelt! Sind Sie nach seiner Entlassung mal bei ihm gewesen? Sein Gesicht war blau von Blutergüssen, seine Augen waren rot und verquollen. Der ganze Körper sah verunstaltet aus, wie geknetet von den vielen Schlägen, eine einzige unförmige Masse.«

»Was wurde aus dem Taktmeister? Wer hat sich um ihn gekümmert, während der Schneider fort war? Hat er Familie?«

»Keine Ahnung. Er soll allein leben. Ich bin nur ein einziges Mal hingegangen. Der Schneider bat mich, ihn nach Hause zu begleiten, damit ich wüsste, wo er wohnt. Er sagte zu mir: ›Besuch ihn, solange ich's nicht kann. Er ist ein guter Freund und ein ausgezeichneter Musiker. Früher war er auch mal eingesperrt. Sie haben ihn gefoltert und gedroht, seine Finger abzuschneiden. Sie holten ein Fleischerbeil und einen Hackklotz und zwangen ihn, die Hände darauf zu legen. Dann hoben sie das Beil und begannen die Finger abzuzählen. Bei sieben wurde er ohnmächtig. Er erlitt einen Schock, und damit war er erledigt, der Ärmste. Seitdem hat er panische Angst, seine Finger zu verlieren.‹«

»Wie schrecklich! Sind Sie sicher? Der Schneider hat mir nie etwas davon gesagt.«

»Ich weiss es aber von ihm. Der Taktmeister ist jetzt richtig verrückt. Kannten Sie ihn denn, mein Herr?«

»Und ob. Wir haben uns manchmal hier miteinander unterhalten. Er war so ruhig und freundlich.«

»Er soll ja einmal für Sie getrommelt haben.«

»Stimmt.«

»Damals, als Sie sich den Dolch ins Knie gestossen haben.«

»Genau.«

»Es heisst, Ihr Vater stecke hinter der Sache mit dem Schneider.«

»Mein Vater?«

»Wussten Sie das nicht?«

»Wer behauptet das?«

»Warum fragen Sie? Es reicht doch, was passiert ist. Gehen Sie lieber, mein Herr. Bringen Sie kein neues Unheil über uns.«

Ich sollte neues Unheil bringen? Ich, der Sohn einer angesehenen Familie, brächte Unheil über die Leute? Wieso?

Welche Schuld hatte der Schneider? Und der Taktmeister?

»Wo ist er jetzt?« fragte ich ihn. »Ich will ihn sehen. Wo wohnt er?«

»Jedenfalls nicht in demselben Haus. Eine Zeitlang wohnte er wohl noch dort. Aber er hat kaum geredet und nichts mehr gegessen. Nur gespielt hat er, von morgens bis abends, bei Tag und Nacht. Immer starrte er vor sich hin, ins Leere. Er muss etwas gesehen haben, was wir nicht wahrnehmen konnten. Sein Spiel wurde mal langsamer, mal schneller, als ob jemand vor ihm tanzte. Wenn er vor Übermüdung und Anstrengung ganz erschöpft war, vergrub er plötzlich die Hände in den Taschen und schluchzte: ›Nicht meine Finger! Nicht meine Finger!‹«

»Wissen Sie denn gar nicht, wohin er gegangen ist?«

»Nein. Vielleicht weiss der Schneider etwas, oder die Frau im Keller. Sie hat ihm das Essen gebracht, und sie half auch dem Schneider. Sie werden sie ja kennen. Damit will ich nichts gesagt haben. Ich bin nur der Ladengehilfe, aber ich mag den Schneider, und ich achte diese Frau. Egal, was sie ist, ich achte sie. Im Unglück war sie besser als sein eigenes Weib. Was für eine tapfere Frau!«

Ihre schwarzen Augen, ihr lila Hemd. Wir beide auf der Matte. Sie sagt zu mir: »Als der Dolch in dein Knie gefahren war, umfasste ich dein Handgelenk und nahm dir den Dolch ab. Ich fühlte mich schuldig und gleichzeitig glücklich. Von diesem Augenblick an war ich dein. In meinem Bett werde ich dir gehören. Meinem Liebsten werde ich mich hingeben.«

Ach, meine Herrin, du Herrin des Kellers, von gottlosen Händen gesteinigt, gib dich mir nicht hin. Ich verdiene dich nicht. Wenn ich einst das Fegefeuer durchschritten habe und geläutert hervortrete, dann verdiene ich dich. Aber nicht jetzt. Ich bin nicht so mutig wie der Schneider, nicht so verrückt wie der Taktmeister, nicht so aufrichtig wie die Pianistin. Ich fordere auch nicht die ganze Welt heraus wie du. Eines Tages, vielleicht. Doch jetzt bin ich noch nicht so weit. Dem Schneider gib dich hin. Lass seinen erschöpften Körper ausruhen auf deinem weissen Bett. Nimm dich seiner an. Das wäre eine tugendhafte Tat, zu der es wahrhafte Tugend braucht, das wäre Edelmut für einen edlen Zweck. Bedecke ihn mit Küssen, schenke ihm Lust. Er hat im voraus bezahlt. Er war tapfer, damit hat er bezahlt. Er stellte sich dem Tod, wieder und wieder. Er war ihm gewachsen und ist es noch. Meine Herrin, uns fehlen Männer, die dem Tod die Stirn bieten. Uns graut vor dem Tod, wir müssen erst lernen, ihn nicht zu fürchten. Nur wenn wir das schaffen, haben wir ein Recht und eine Existenz wie andere Männer. Wir haben ein weisses Bett und eine mutige Frau, die in ihrem weissen Bett mit unsereinem schläft.

Fühltet ihr je solchen Selbsthass wie ich? Passierte es euch irgendwann, dass ihr Recht und Unrecht klar unterscheiden konntet und dennoch unfähig wart, einzugreifen? Mein Vater ist ein Mörder, ein Kollaborateur, Späher und Knute des Okkupanten. Ich, sein Sohn, weiss es und stehe herum, ratlos, zaudernd, unfähig. Wie nennt ihr mich? Einen Feigling? Genau, das trifft es. Ein Feigling im schmählichsten und verhängnisvollsten Sinne des Wortes. Umbringen müsste ich meinen Vater! Oder Selbstmord begehen. Moral und Konvention, all diese dummen Vorurteile, haben mich gehindert, ihn zu töten. Mir bleibt nichts übrig, als meinem Leben ein Ende zu setzen. Ich muss das Urteil über mich fällen, und ich muss es vollziehen.

Ich eilte nach Hause. Es war nicht ganz finster, ein paar Laternen tauchten die Strassen in trübes Licht. Im Schutz der Mauern hastete ich scheu wie ein Verfolgter über die einsamen Gehsteige. Niemand sollte mich erkennen, niemand mich aufhalten und ansprechen. Ich würde keinen Brief schreiben, kein letztes Wort hinterlassen. Es gab nichts mehr zu sagen, alle Worte waren sinnlos. Ich wollte nur noch eins – vor meinem Vater zu Hause sein. Er war im Casino, vergnügte sich bei Cocktails und Tango, prahlte herum mit seinen Würden und Besitztümern und schwelgte in Erinnerungen an Grossvater, den Konsul. Er durfte sich behaglich zurücklehnen, denn alles lief nach Wunsch.

Der Dolch, den die Frau mitbrachte hatte, lag unter der Matratze in meinem Bett verwahrt. Jetzt wusste ich, warum sie ihn mir wiedergab. Sie legte mir die Waffe in die Hand, damit ich sie benutzte. »Du bist ein toller Bursche«, hatte sie gesagt und dennoch ein Zeichen von mir gefordert. Hatte ich ihr das Zeichen gegeben? Wohl kaum, sonst hätte sie es nicht verlangt. Sie hätte den Dolch nicht gebracht und sich der Beleidigung ausgesetzt. Nein, das Zeichen bestand darin, den Verrat auszulöschen. Ich musste es tun, ich musste den Verrat töten.

Niemand war zu Hause. Das Dienstmädchen öffnete mir und trat beiseite. Wie der Sturmwind sauste ich an ihr vorbei, ohne guten Abend zu wünschen. Bei diesem Wettlauf ging es um Sein oder Nichtsein. Die kleinste Verzögerung, und mein Plan wäre zunichte. Ich hatte einen Entschluss gefasst, nun gab es kein Zurück. Was ich plante, war das Gegenteil von dem, was ich eigentlich tun sollte. War ich schon ausserstande, meinen Vater umzubringen, so wäre ich doch fähig, Selbstmord zu begehen. Ich fände endlich Ruhe. Es wäre meine Art von Protest, mein Ausdruck von Hass und Anklage.

Ich verschloss die Zimmertür. Mein lautes Keuchen ärgerte mich. Ich wollte nicht nervös sein, konnte aber meine Aufregung nicht unterdrücken. Ich wünschte, Leben und Tod liessen sich wie Helligkeit und Finsternis einfach per Lichtschalter regeln. Jemand drückt den Schalter des Lebens, und wir kommen an. Jemand drückt den Schalter des Todes, und wir gehen.

He, wo bleibt der eigene Wille in dieser Farce? Ich selbst werde das Licht ausmachen! Gäbe es nur einen Schalter. Ginge es so leicht und schnell, wie den Lichtschalter an dieser Wand auszuknipsen. Der Revolver wäre eine gute Alternative. Mündung an die Schläfe, ein kurzer Druck am Abzug … Wo verwahrt Vater seinen Revolver? Nein, suchen würde zu viel Zeit kosten. Ich habe den Dolch, der genügt. Es wird weh tun. Bin ich zu feige? Schrecke ich zurück, wenn die Klinge in mein Fleisch fährt? Alles hängt ab vom präzisen Einstich. Genau ins Herz muss er treffen. Also erst mal die Stelle bestimmen. Mit dem Dolch werde ich sie markieren.

Ich schob die Hand unter die Matratze. Kalt war es dort unten. Meine Hand tauchte ins Kühle, nach vorn, nach rechts und links. Ich wendete die Matratze. Vielleicht war der Dolch heruntergefallen? Ich bückte mich und suchte unter dem Bett. Ich riss die Kommode auf, durchwühlte den Inhalt des Schranks. Der Dolch war verschwunden. Mein Vater musste ihn versteckt haben. Bestimmt hatte er meinen depressiven Zustand bemerkt und eine solche Tat vorausgesehen. Er hatte seine Vorkehrungen getroffen. Er durfte mich auf keinen Fall verlieren. Zuerst würde er mich bändigen, um mir dann die Rolle aufzuzwingen, die ich als Erbe meines Grossvaters, des Konsuls, und meines Vaters, des Grossgrundbesitzers, zu spielen hatte. Sein Leben wäre verpfuscht ohne den Erben, der wiederum einen Erben zeugen musste, damit die Besitztümer auf ihn übergehen konnten. Nur so blieben sie bis ans Ende der Zeit in Händen der Familie. Es machte ihm schwer zu schaffen, dass er seine Güter womöglich an Krethi und Plethi abgeben sollte. Er wollte sie unbedingt für sich behalten, das heisst für seinen leiblichen Sprössling. In ihm sah er die Gewähr seines eigenen Weiterlebens, in steter Fortpflanzung von Generation zu Generation, bis zum Ende der Welt. Dieser Sprössling war der Überlebensgarant für ihn, den Grundbesitzer, der sich partout nicht vorstellen konnte, dass seine Güter den Kreis einer verzweigten Nachkommenschaft jemals verlassen könnten. So, und ich würde diese Kontinuität der Spermien, die Erbfolge des Besitzes, jetzt ein für allemal durchbrechen. Es war die einzige Strafe, die einzige Busse, die in meiner Macht stand. Verflixtes Pech! Im ganzen Haus fand ich keine einzige Waffe. Keinen Dolch, keinen Revolver, nicht einmal ein scharfes Messer. Irgendwo musste es doch eine Waffe geben, man hatte sie bloss versteckt. Vater würde sie mir selber in die Hand drücken, wenn er sicher wäre, dass ich sie in seinem Sinne gebrauchte. Dahinter steckte nicht nur List, nicht nur Härte, das war auch Wachsamkeit. Mein Vater war eben Grossvaters hochwohlgeborener Sohn. Ein echter Erbe seiner Besitztümer und seiner Methoden, sie zu bewahren.

Ein lautes Klopfen an der Haustür! Ich hörte, wie das Mädchen öffnete und dem Besucher bestätigte, dass ich daheim sei. Richtig dumm war sie. Allein ihre Beschränktheit hielt sie in unserem Dienst. Vielleicht hatte sie gar nicht bemerkt, in welchem Zustand ich mich befand. Solche Dinge merkte sie nie. Sie hatten ihr eingebleut, nicht aufzuschauen, wenn sie mit unsereinem sprach. Respekt vor der Herrschaft ist Gesetz! Leute herumkommandieren, Bauern, Dienstboten, arme Schlucker, das verschaffte ihnen Glück und Lust. Deshalb fanden sie die Kühnheit der Frau mit den schwarzen Augen ja so unverzeihlich. Sie wollten sie klein kriegen. Sie hat aber nicht mitgespielt und sperrt sich bis heute. Sie will keine Aussöhnung. Wer sagt denn, dass Schlichtung immer der beste Urteilsspruch ist? Versöhne dich nicht, du meine Liebe, Schwarzäugige! Versöhne dich nicht! Paläste schliessen keinen Frieden mit den Hütten, Wölfe sind den Schafen kein Freund.

Unser Dienstmädchen war wirklich zu dämlich. Jetzt pochte sie auch noch an meine Tür. Mein Plan war gescheitert!

Ich öffnete nicht. Das Klopfen wurde lauter. Ich rührte mich nicht. Wer kann dieser verwünschte Besucher bloss sein? Warum besteht das Mädchen darauf, dass ich ihn empfange? Hinauswerfen werde ich ihn! Und dann sage ich ihr endlich mal, wie dumm sie ist!

Alles ging schief, es war zum Verrücktwerden. Ich riss die Tür auf und schrie das Mädchen an: »Geh zum Teufel! Warum sagst du, dass ich zu Hause bin? Warum?«

Der »Besucher« war meine Cousine. Als sie mein Geschrei hörte, lief sie rot an. Wie angewurzelt stand sie auf der Schwelle und versuchte zu lächeln.

»Ach, du bist es?« rief ich und bat sie herein. Mir fiel auf, dass sie frisch und rein aussah, als käme sie eben aus dem Bad. In der Hand hielt sie eine rote Nelke. Sie war herabgeschwebt von ihrem Ausflug durch die Wolken. Noch bewegte sie sich wie in luftiger Höhe, leicht und sanft wie ein Schmetterling, der am Frühlingsmorgen über eine Blumenwiese flattert, selig entrückt im Taumel einer Verliebten, die nach langen Zweifeln entdeckt, dass sie wiedergeliebt wird. Erschrocken stutzte sie nun, und es verging eine Zeit, bevor sie in ihren glücklichen Zustand zurückfand.

Ich brauchte nicht zu überlegen, weshalb sie gekommen war. Ihre Gebete waren zu Ende. Inständig hatte sie zu Gott gefleht, dem Schöpfer der allergrössten Gnade – der Liebe! Leidenschaft, die das Gebet weckt, vergeht nicht, sie sucht Erfüllung. Diese Leidenschaft hatte meine Cousine zu mir getrieben. Spürte sie, dass ich zu Hause war, einsam und unglücklich, vom grossen Unbekannten gerufen und voller Angst, ihm zu folgen? Hatte sie an mich gedacht? An sich selbst? Oder kam sie einfach, weil sie kommen musste?

Wir standen uns gegenüber. Ich wusste, was sie fühlte, doch sie ahnte nicht, was in mir vorging. In einem flüchtigen Augenblick des Mitleids hatte ich ihr »Weisheit« geschenkt. Ich handelte wie ein Arzt, der dem Kranken eine Ampulle Morphin verabreicht. Die Wirkung des Morphins lässt nach, der Patient erscheint wieder und bittet eindringlich um eine neue Dosis. Der Arzt kann sie ihm nicht geben, und der Kranke will es nicht einsehen. Schmerz pur, ohne Lust. Schmerz, besänftigt von Lust. Also Lust als Heilmittel für den Schmerz. Das Medikament ist bekannt, es wird eingefordert. Ich war gefordert, denn die Arznei lag auf meinen Lippen. Die Patientin stand vor mir, sie wartete. »Gib mir meine Medizin!«

Wie vertraut ist mir diese Bitte. Ich richte sie ja selbst an die unbekannten Mächte. »Gib mir meine Medizin!« Ich sage es der Zukunft, ihrem Schiff mit der verborgenen Fracht. Sage es zu der Frau mit dem Lächeln, jener Frau im Bildnis, aus dem sie heraustreten wird. Zu ihr, die einmal ein Sturmwind heranweht, auch wenn er sich noch nicht erhoben hat. Schon zittert in meiner Sehnsucht die dunkle Erwartung, dort drüben, in irgendeinem Haus, einer Stadt, einem Land, dieser anderen dunklen Erwartung zu begegnen. Gesegnete, geheimnisvolle Winde tragen mich zu ihr, tragen sie zu mir, damit eine seltsame Vorahnung sich erfüllt und die Begegnung wahr wird.

Soll ich ihr die Medizin verabreichen? Wie oft muss ich sie ihr dann noch geben? Am Ende müsste ich ihr ganz gehören? Sie lieben? Ihre Liebe erwidern? Selbst wenn da gar keine Gegenliebe wäre? Würde sie mir denn glauben? Liebe ist doch kein Almosen. Kein Almosen! Ich sollte es ihr sagen, sie muss es wissen. »Gib mir meine Medizin!« Auch ich flehe: »Gib mir meine Medizin!« Du sagst es mir, ich sag's einer anderen. Du bist krank, ich bin krank. Ach, Cousinchen, meine arme Kleine, beide sind wir krank. Könnte ich dir Liebe schenken statt Almosen! Wäre die Frau mit dem Lächeln mein, in Wirklichkeit, nicht nur als Illusion! Es gäbe keine Krankheit mehr. Wir hätten ein Ziel, wir könnten es anstreben und weiterleben.

»Was hast du?« fragte meine Cousine. »Bist du traurig?«

Ich zuckte mit den Schultern.

Mehr als traurig, meine Kleine. Hätte ich die Waffe gefunden, wäre alles schon vorbei. Wir wären beide erlöst. Töte mich, gib mich frei und befreie dich durch meinen Tod. Du wirst vergessen. Du wirst mir nachtrauern und mich vergessen. Töte mich! Töte mich!

»Was machst du so allein zu Hause?«

...

»Warum besuchst du uns nicht?«

...

»Schmerzt dein Knie noch?«

»Ein wenig.«

»Du solltest schlafen.«

»Ausgehen wäre besser.«

»Ins Casino?«

»Was soll ich im Casino? Etwa Tango tanzen?«

»Ganz egal. Es würde dich zerstreuen.«

Sie schwieg. Sie wartete, dass ich etwas sagte. Dass ich sie einlud, mit mir spazieren zu gehen. Eine Idee schwirrte ihr durch den Kopf. Aber sie fürchtete, dass ich ihren Vorschlag ablehnen würde. Sie zögerte. Schliesslich fragte sie bittend, ohne allzu grosse Hoffnung: »Kommst du mit? Ich könnte dir doch ein bisschen vorspielen?«

Beinahe hätte ich gelacht.

Ein bisschen Musik vorm Sterben. Prima Vorschlag. Sie glaubt, ich sei traurig, weil mein Knie schmerzt, weil das Wetter trübe ist, oder weil ich einen tragischen Roman gelesen habe. Ein bisschen Musik, und schon kommt Freude auf. Ich soll mich mit der Welt versöhnen wie ein heulendes Kind, das unter Tränen lacht, sobald man ihm eine Puppe in die Hände drückt oder eine lustige Grimasse schneidet. Die Welt meiner Cousine fasst noch keine grösseren Visionen. Ein verliebtes kleines Mädchen ist sie, verrückt nach Musik, unbeschwert von Sorgen. Sie ist noch nicht wie Madame, die Geliebte des Verwalters. Noch hat sie die vielen Güter nicht geerbt und denkt nicht in diesen Begriffen. Sie ist Mensch geblieben, ihre Gedanken sind unschuldig und harmonisch. Sie glaubt, alles wird gut, wenn ich nur mit ihr komme, um Musik zu hören, Händchen zu halten, zu flanieren, zu plaudern.

»Was meinst du dazu?« drängte sie.

»Gehen wir.«

Ich schloss mein Zimmer ab, damit niemand die Unordnung sah.

Vielleicht kehre ich heut nacht nicht zurück. Ich werde jene Frau besuchen und mit der Matte vorlieb nehmen. Soll sie ihre Gelegenheit zur Rache haben. Ich werde das junge

Mädchen umarmen, ich werde sie küssen. Morgen gehe ich zum Schneider und tanze zum letztenmal mit dem Dolch. Wundervoll wird das sein. Sterben, während ich auf den Boden stampfe, während ich den Drachen niedersteche. Ich werde den Drachen durchbohren wie jener Bauer in unserem Dorf.

»Bist du schon mal einem Drachen begegnet, Cousinchen?«

»Auf einem Bild?«

»In Wirklichkeit.«

»Nein, und ich möchte auch keinem begegnen.«

»Ich hab ihn gesehen.«

»Wo? Wie ist das möglich? Hattest du keine Angst vor ihm?«

»Er war bei uns zu Hause.«

Sie blieb stehen und starrte mich ungläubig an. »Wie ist er da hineingekommen?«

»Keine Ahnung. Doch ich habe ihn gesehen. Er ist im Haus.«

»Du meinst so eine Schlange, die in Wohnungen lebt?«

»Nein, ich meine den siebenköpfigen Drachen, genau wie auf Bildern.«

»Du machst Spass. Du willst mir Angst einjagen. Damit ich euch nicht mehr besuche. Mein Gott! Ich glaub's nicht, dass bei euch daheim ein Drache haust.«

»Bei euch daheim auch.«

»Aber ich habe ihn nie bemerkt. Nicht ein einziges Mal.«

»Wegen der Brille.« Es war mir unabsichtlich herausgerutscht. Meine Cousine verkrampfte sich, senkte den Kopf und verstummte. Ich bereute meinen Schnitzer und schob eine Erklärung nach: »Der Drache ist überall. Minderjährige wie du können ihn nur nicht sehen.«

»Wieso hast du ihn dann gesehen?«

»Weil ich kein Kind mehr bin.«

»Und? Hast du ihn getötet?«

»Nein.«

»Was wirst du jetzt tun?«

Soll ich ihr sagen, dass ich mich umbringen wollte? Soll ich meine Niederlage eingestehen? Mich vor der Schlacht geschlagen geben? Die Ideale meiner Jugend verraten? Als Junge habe ich den Hahn verurteilt, weil er sich vor dem Kampf gedrückt hatte. Mein Favorit war der andere, der antrat und besiegt wurde. Ich befahl, den Deserteur hinzurichten. Heute erliess ich Befehl zu meiner eigenen Hinrichtung. Das heisst, im Unterbewusstsein gestand ich bereits meine Fahnenflucht. Ich habe mich schuldig bekannt und das Urteil angenommen. Ich bin erledigt. Nicht zum Kampf anzutreten mit der Ausrede, der Gegner sei der eigene Vater, ist einfach lächerlich. Stünde mein Vater drüben auf der anderen Seite und es käme zum Schusswechsel, würde er auch auf mich feuern. Erbarmen mit dem Feind ist Schwäche. Der Verwalter von Madame hat diese Wahrheit begriffen und danach gehandelt. Er tötete den Bauern und schlief mit der Herrin. Er kannte kein Mitleid mit einem Feind, der genauso gnadenlos mit ihm umgesprungen wäre. Bloss mir tut es leid um den Drachen. Ich bin noch nicht sein Feind. Bin ja selber Drachenbrut.

Meine Cousine fing wieder an: »Meine Eltern sagen, Drachen gibt es nicht mehr.«

»Glaub ihnen nicht.«

»Aber sie sind doch meine Eltern.«

»Sie lügen, genau wie meine.«

»Sprich nicht so. Das ist ungehörig. Unsere Eltern lügen nicht.«

»Und ob.«

»Mein Gott! Du liebst sie nicht.«

»So ist es. Ich kann sie nicht leiden.«

»Das ist Sünde.«

»Dann bin ich eben ein Sünder!«

Wir schlenderten langsam dahin. Plötzlich löste sich die Spannung in mir, das Gefühl der Abneigung und Feindschaft verschwand. Am liebsten wäre ich aus der Stadt gerannt, hinaus in die tiefste Nacht, um ganz darin aufzugehen. Doch im selben Augenblick spürte ich, dass ich meine Cousine jetzt brauchte, dass ihre Gutherzigkeit meine Schmerzen linderte. Mir war zumute, als würde ich gleich die Nerven verlieren, als müsse meine Seele ersticken. Beinahe hätte ich ihr ins Gesicht geschrien: Lass mich! Komm nicht mehr. Hoffe nicht auf mich. Du tust mir leid, aber lieben kann ich dich nicht. Sie merkte, dass mich etwas störte, dass ich neben ihr herlief, aber weit von ihr entfernt war. Sie begriff auch, dass mein Ausruf »Dann bin ich eben ein Sünder!« vor allem Ärger, Überdruss und Pein ausdrückte. Sie fasste nach meinem Arm und fragte besorgt: »Warum sagst du das? Du bist doch gut. Also, warum sagst du so etwas?« Und noch einmal fast flüsternd: »Ja, du bist so gut, warum sagst du das?«

Durch den Stoff fühlte ich ihre Lippen, die einen Kuss auf meinen Arm drückten. Wie ein kleines Mädchen, die ihren Papa erzürnt hat und ihn wieder versöhnen möchte. Sie versucht, seine Hand zu küssen, aber er zieht sie zurück. So klammert sie sich an ihn und küsst seinen Arm. Sie glaubte, ihretwegen sei ich verstimmt. Weil ich mich zusammennehmen musste, um sie nicht zu kränken und den Anblick ihrer Brille zu ertragen. Die Ärmste hielt sich für schuldig. Sie meinte, meine Aversion gegen ihre Eltern käme von meiner Abneigung gegen sie. Ihr Glücksgefühl verwandelte sich in Leid. Sie weinte und hoffte, dass die Dunkelheit ihre Tränen verbarg.

Ich spürte einen Anflug von Mitleid. Mit diesem Ausdruck ihres Leids teilte sie mein Unglück. Sie schien schwächer als ich, das stärkte mich. Ich fühlte mich getröstet. Sie zog mich an, ganz nahe war ich ihr. Unwillkürlich legte ich meine Hand auf ihre Finger, die noch meinen Arm festhielten, und sagte freundlich: »Schön, dann glaub ihnen, wenn du willst. Der Drache ist tot, wie sie behaupten.«

»Aber du hast ihn gesehen, und ich glaube dir. Obwohl, der Drache auf dem Bild war von der Lanze durchbohrt. In der Schule hat uns die Nonne alles erklärt.«

»Ja, der grosse Drache wurde getötet, aber die kleinen …«

»Du machst mir Angst. Du sagst das nur, um mich zu erschrecken.«

»Ich will nicht, dass du dich ängstigst.«

»Und du? Hast du dich nicht gefürchtet?«

»Doch, bevor du kamst. Ich war allein und hatte Angst, aber jetzt fasse ich wieder Mut. Na, los, gehen wir nach Hause. Spiel mir ein bisschen vor. Das Stück von heute nachmittag, das würde mich freuen. Ich hörte dich spielen, als ich an eurem Balkon vorbeiging. Ich bin sogar die Treppe hochgestiegen und habe mich auf die Stufen gesetzt. Wie heisst das Stück?«

»Es hat gar keinen Namen, dafür gibt es keine Noten. Ich hab nur so vor mich hin geklimpert, wie es mir gerade einfiel.«

»Dann spiel eben noch mal, wie es dir gerade einfällt. Schmeiss deine Partituren in den Papierkorb. Die sind so alt wie unser Grossvater.«

»Bitte, sag nichts gegen Grossvater.« Sie starrte mich im ungewissen Dunkel an und setzte hinzu: »Unser Grossvater stört dich wohl?«

»Allerdings.«

»Du magst keine Bilder von Verstorbenen im Haus?«

»Nein. Vor allem keine von Vorfahren.«

»Sie sind aber nun mal unsere Vorfahren.«

Sollte ich ihr sagen, dass unser ganzes Unglück von ihnen herrührte? Lieber nicht. Ich hatte keine Lust zu diskutieren. Vielleicht war es jetzt besser zu schweigen, als zu reden.

Ich begnügte mich, sie einfach am Arm mitzuziehen. »Na, komm, mein Mädchen«, sagte ich und legte einen Schritt zu. »Beeilen wir uns, dass wir nach Hause kommen.«

16

Eilig machte ich mich mit meiner Cousine auf den Heimweg. Ich rannte wie ein Dürstender zur Quelle. In meiner Begeisterung hätte ich alles auf einmal tun können – weinen, beten, lachen, auch tanzen. Ich bedauerte, sie nicht zum Schneider mitgenommen zu haben, damit sie die Musik zum Dolchtanz lernte. Eines Tages würde ich das Stück aufnehmen lassen. Wenn es dann wieder in mir kribbelte, ob im geschlossenen Zimmer, im Blumengarten oder Wüstensand, bei Dunkelheit oder Mondschein, müsste ich nur meine Grammophonplatte auflegen, und schon könnte ich lostanzen.

Meine Cousine spielte zwar keinen Dolchtanz, aber sie spielte auch nicht nach Noten. Nur so für sich habe sie geklimpert, sagte sie, wie es ihr gerade einfiel. Genau das war es, was ich jetzt brauchte – Improvisationen, Bittgesänge aus tiefster Seele, Beichten eines gequälten Herzens, die mein armes Herz trösteten. Etwas brodelte in mir, vielleicht würde die Musik es besänftigen und mir meine Ruhe wiederbringen.

Ich stellte mich wie immer ans Fenster, nachdem ich meine Cousine gebeten hatte zu beginnen. »Ich möchte nur zuhören, meine Liebe«, sagte ich zu ihr. »Tu so, als sei ich gar nicht anwesend. Spiel für dich, wie heute nachmittag.«

Sie setzte sich und gab sich die grösste Mühe, mich zufriedenzustellen. Sie spürte meine Stimmung und versuchte, mich aufzumuntern. Deshalb spielte sie heitere Weisen, schwelgte in sanften Melodien. Wiegenlieder einer jungen

Mutter, die ihr Kleines einlullt, Gesänge eines Hirten, der seine Schafe im Abenddämmer heimführt. Dann begann sie zu rufen. Flehend klagten die Tasten unter ihren Fingern, und plötzlich legte sich Trauer über die Melodie. Meine Cousine spielte für sich allein, sie beweinte ihre Einsamkeit. Vielleicht fühlte sie, dass sie mich verloren oder noch gar nicht gefunden hatte. Von neuem ging sie auf die Suche. Wie der Schneider, wie die Frau und der Taktmeister suchte sie nach ihrer erhofften Sonne hinter den Wolken.

Ach, Sonne, du unsere verheissene Sonne, wann wirst du endlich scheinen? Wann kommt der Regen und spült diese Wolken fort, diesen Dunst, den Sand der Wüste, aufgewirbelt in Zeitenstürmen? Wann kommt das Gewitter, wann wäscht uns der Regen?

Über dem Fenster ein Stück Himmel. Und Wolken. Eine Orgel, und mit der Orgel sie. Weltvergessen, versunken im Gebet, kniet sie vor einer Kerze, erhebt sich nun, schwebt empor, entschwindet am Firmament. Meine Cousine erhob sich, schwebte empor, entschwand. Meine Cousine schlief. Sie träumte, dass sie flog. Sie flog davon. Ich blieb allein, wie zuvor auf der Treppe. Vor mir zwei Arme in rastloser Bewegung, eilende Fingerspitzen, zuckende Schultern im Gleichklang mit meiner Erregung. Sie spielte, als habe sie meine Anwesenheit vergessen, als umarmte sie mein ganzes Sein, um mit ihm zu verschmelzen und darin zu vergehen.

Heute nacht muss meine Cousine weinen. Sie wird abstürzen aus ihrem Traum vom Fliegen zwischen den Wolken und hart auf den Boden der Menschenwelt schlagen. Sie wird mich rufen und nicht finden – genauso wie ich die Frau mit dem Lächeln rufe und nicht finde. Nacht für

Nacht wird sie, wie ich und viele andere, ihre Sehnsüchte zu quälenden Hoffnungen spinnen. Sie wird lernen, mit diesen Hoffnungen glücklich zu sein oder alles zu vergessen.

Ein Stück Himmel über dem Fenster. Wolken. Keine Sterne. Und Westwind. Es sieht nach Regen aus. Sturm kündigt sich an. Er wird den morschen Wald hinwegfegen. Zu alt ist er schon, unser Wald. Alles ist zu alt – unsere Stadt, unser Haus, unser Boden. Wir selbst sind gealtert vor der Zeit.

Der Schlussakkord liess den Salon erzittern. Dröhnend verhallte der letzte Ton, als hoch am Himmel ein schrecklicher Donnerschlag krachte und direkt über uns, über das Dach hinwegrollte. Fenster klirrten, Wände vibrierten. Dann prasselte der Regen.

Meine Cousine wurde kreidebleich. »Was ist das?« schrie sie, die Hände noch auf den Tasten.

»Elias' Wagen steigt gen Himmel.«

»Du glaubst doch gar nicht an Elias im Himmel.«

»Ich glaube an Elias auf Erden.«

»Das ist Sünde.«

»Na, wenn schon«, sagte ich und stand auf. »Ist's eben Sünde. Ich liebe die Sünden.«

Ich öffnete das Fenster. Regen und Wind fuhren herein. Tief aufatmend empfing ich beide. Meine Erregung steigerte sich zur Raserei. In diesem fiebrigen Zustand musste alle Mühe meiner Cousine, mich zu beruhigen, vergeblich bleiben. Manch einer sucht beim Wein Vergessen und erinnert sich nur um so klarer. Genauso ging es mir mit der Musik, sie brachte meine Trauer zur Entladung. Das Gewitter stimmte ein mit Sturmwind, Blitz und Donner. Der ganze weite Himmelsraum gab für mich ein Dschinnenfest, auf dem ich tanzen sollte. Ein allerletztes Mal, danach nie wieder.

Ein unwiderstehliches, süchtiges Zittern stieg in mir auf. Ich zuckte wie ein Wahnsinniger, der einen Anfall erleidet. Entweder würde ich jetzt verrückt werden oder mich in epileptischen Krämpfen winden. Von weither vernahm ich eine Stimme, die mir zurief: »Komm, beeile dich!« Wollte ich je wieder Frieden finden, musste ich ihr folgen. Fern am Horizont, wo die Wetter leuchteten, warteten zwei Arme. Sie würden sich durch das Gewölk schieben und mich emporheben. Wolken hüllen mich in ihre samtenen Schleier und tragen mich weit fort.

Ich warf einen Blick hinaus. Ringsum nur Dunkelheit, Wind und Regen. Mit jeder Sekunde wuchs meine Sehnsucht, in diesem Unwetter draussen herumzulaufen.

»Adieu«, sagte ich zu meiner Cousine und ging zur Tür.

»Wohin, bei diesem Wolkenbruch?« rief sie.

»Zur Regentaufe.«

»Du bist ja verrückt. Mein Gott! Bei diesem Wetter!«

Sie sprang vom Klavierschemel auf, um mir den Weg zu vertreten. Aber ich war schneller und öffnete die Tür. Hinter mir hörte ich noch ihre erschrockene Stimme: »Geh nicht raus! Geh nicht! Verlass mich nicht. Ich habe Angst. Solche Angst.«

Ich verliess sie.

Ich stürmte die Treppe hinunter und rannte durch die Strasse, ohne zu wissen, wohin. Die Märkte waren geschlossen. Die Stadt schien ausgestorben. Bäche fluteten durch die Gassen. Das Meer toste, der Wind war ausser Rand und

Band. Es goss in Strömen. Und ich? Gleichgültig stapfte ich durch die Pfützen. Ich spürte nichts und suchte keinen Unterschlupf. Mich interessierte weder der Regen, der meine Kleidung durchnässte, noch der Wind, der mir das Haar zerzauste. Ich lief am Strand entlang, immer der geheimnisvollen Stimme nach. Je weiter ich lief, desto leiser wurde ihr Ruf, bis er schliesslich ganz aufhörte. Der Wind trug mich nicht empor, die Wolken umfingen mich nicht, kein Blitz verbrannte mich. Alle Blitze, die der Himmel schleuderte, schlugen im Meer ein, mich traf keiner.

Erschöpft kehrte ich um. Ich lehnte mich an die Kaimauer und starrte hinaus aufs Meer, enttäuscht wie ein kleiner Junge, dem ein Vogel weggeflogen ist. Er verfolgt ihn durch Büsche und Gestrüpp. Seine Hände sind zerkratzt, seine Kleider zerrissen, und doch fängt er ihn nicht ein.

Auch ich hatte nichts erreicht. Der Blitz, eben noch ein zauberhaftes Lächeln, dem ich nachgerannt war, erlosch wie eine Sternschnuppe, sobald er am Horizont ins Meer tauchte. Zu keinem Zeitpunkt der Krise hatte ich mehr Grund zum Selbstmord als in diesem Augenblick völligen Scheiterns. Aber gerade in diesem Augenblick lag mir der Gedanke des Todes ferner als je zuvor. Ich fühlte, dass mein Körper aufgab. Ich wollte an nichts mehr denken. Nicht an meine Angst vor dem Wahnsinn, der mich durch die Nacht getrieben hatte. Nicht an das tosende, schäumende Meer, diese Bestie, die schon ihren Rachen aufriss, um mich zu verschlingen.

Ich hing wieder am Leben. Mich entsetzte die Vorstellung, jetzt tot zu sein, wenn ich den Dolch oder eine andere Waffe gefunden hätte. Ich erwachte wie aus einem Alptraum und versuchte mich zu erinnern, was passiert war. Mit dem klaren Bewusstsein stellte sich die Reue ein, und ich schämte mich meiner Schwäche in dieser ersten Konfrontation mit dem Leben. Niemals war ich über die blosse Spekulation hinausgegangen, wie es wäre, wenn ich ohne den Schutz meiner Familie zurechtkommen müsste.

Mein Hass auf alles, was unsere Familie repräsentierte, war ungebrochen. Ich verabscheute ihre Schändlichkeiten – ihr Kollaborieren mit dem Feind, ihre Grausamkeit gegen die Bauern, ihr Paktieren mit der Macht, um Widersacher auszuschalten. Aber ich räumte auch ein, dass ich, verglichen mit anderen Söhnen der standeswürdigen Familien, in diesen Dingen wohl etwas überempfindlich gewesen war. Ich begriff, dass ich mich in eine Depression hineingesteigert hatte, als ich von der Folterung des Taktmeisters und der Inhaftierung des Schneiders erfuhr. Zugleich wurde mir bewusst, dass mein Selbstmord, hätte ich ihn denn begangen, eine Riesendummheit gewesen wäre. Allem zum Trotz musste ich durchhalten und beharrlich weitermachen, wie es mich der Schneider gelehrt hatte. Ich musste tun, was ich wollte, und nicht, was meine Eltern wollten.

Der Regen hörte nicht auf in dieser Herbstnacht. Das Gewitter, zur falschen Jahreszeit ausgebrochen, tobte noch immer, als ich erschöpft und niedergedrückt umkehrte. Es tat mir leid, was geschehen war. Ich dachte daran, wie erschrocken meine Cousine aufgesprungen und mir bis zur Treppe nachgelaufen war. Spontan hatte sie ihre Angst um mich gezeigt, wirkliche Angst, wie sie nur ein liebendes Herz um den Geliebten in Todesgefahr fühlt. Ihr Verhalten tröstete mich. Glücklich, wer im Unglück ein mitfühlendes

Herz findet! Dankbarkeit mag sich in Wertschätzung äussern. Achtung ist aber keine Liebe. Leider empfand ich für meine Cousine nicht mehr als Achtung. Meine Liebe, all meine Liebe, galt jener anderen, die mich aus dem Reich des Unsichtbaren rief, deren betörendes Lächeln einen flüchtigen Augenblick lang vor mir aufgeblitzt war. Dennoch, in dieser Nacht stand mir die Frau in dem Keller näher als Mutter und Schwester. Seltsam, dass ich nicht zu ihr gegangen war, obwohl ich immerfort an sie dachte und mir fest vorgenommen hatte, mich ihrem Willen zu beugen.

Von neuem packte mich die Erregung. Doch jetzt war es keine Todessucht, sondern die pure Lebenslust. Taumelnd stürzte ich los, voller Verlangen. Endlich kam ich an ihre Tür. Ich klopfte heftig, beharrlich, damit sie es gleich hörte und mir aufmachte.

»Wer ist da?«

»Ich bin's«, antwortete ich flehend und sagte meinen Namen.

Sie öffnete die Tür. »Herein, herein«, murmelte sie. »Um diese Zeit gehst du aus?«

Sie führte mich in das Kellerzimmer. Eine Gaslampe auf dem Tisch in der Ecke spendete trübes Licht, die nackten Wände reflektierten stumme Trostlosigkeit. Die ärmliche Einrichtung war unverändert. Das weisse Bett stand unberührt wie beim letzten Mal. Niemand hatte darin gelegen.

Sie nahm den Umhang, der sie vor dem Regen geschützt hatte, von ihren Schultern. Das Nachthemd darunter war ausgeschnitten und ärmellos. Vom Schwung, mit dem sie den Umhang über einen Stuhl warf, zitterten ihre Brüste. Als sie die Arme hob, um ihr Haar zu ordnen, gab das

Nachthemd ihre Knie frei. Sie klappte die Truhe auf und holte ein Handtuch heraus. Dann trat sie wieder zu mir, ich war neben dem Tisch stehengeblieben. Sie befühlte meine Jacke. »Mein Kleiner!« rief sie erschrocken. »Mein Liebster! In welchem Fluss hast du gebadet? Du wirst ja krank! Nass wie ein Schwamm! Du erkältest dich, und ich habe kein Feuer, keine trockenen Sachen. Was soll ich bloss machen? Zieh dich aus. Wart, ich helfe dir. Warum stehst du da wie ein Ölgötze? Was ist passiert? Rede! Weshalb bist du gekommen?«

Ihr Mund fragte, ihr Herz antwortete. Sie wusste, weshalb ich gekommen war, und sie war glücklich darüber. Vielleicht hatte sie es sogar geahnt und erwartet. Meine Augen sagten: Wenn ein Mann bei solchem Unwetter anklopft, braucht man nicht mehr nach dem Grund zu fragen. Und ihre Augen verstanden. Sie hatte sich nicht geirrt. »Geh nur. Du wirst zurückkehren.« Nun war ich zurückgekehrt.

»Zieh deine Sachen aus!«

Und nachdem ich sie ausgezogen habe? Soll ich mich etwa auf die Matte legen? Ich bin ja gekommen, um auf der Matte zu liegen. Zur Sühne, meine Herrin, zur Sühne. Geh, lass mich allein. Sieh mich nicht so an. Hüte dich, mich anzusehen. Verdächtige mich nicht. Ich bin getauft von Wind und Wetter, von Finsternis und Qual. Ich werde tun, was ich für richtig halte. Nimm dich in acht. Sage mir nie wieder, was ich tun muss. Zwischen uns ist keine Distanz mehr. Heute habe ich die Distanz überwunden. Keiner von uns beiden wird jemals auf den anderen schiessen, denn nun gibt es das nicht mehr: ich und der andere. Grossvater ist tot, meine Herrin. Heute ist mein Grossvater gestorben.

»Zieh deine Sachen aus!« Nach kurzem Schweigen setzte sie hinzu: »Auch die Schuhe. Ich mache ein Feuer hinten im Keller, dort liegen noch ein paar Holzscheite und kaputte Stühle herum. Dann setz ich Wasser für ein Fussbad auf und koche dir etwas Heisses.«

Ich legte meine Jacke ab und warf sie zur Türschwelle. Mein Hemd war klatschnass, herunter damit. Ich zögerte, bevor ich das Unterhemd auszog. Ich hatte gehofft, dass es trocken sei, aber der Regen war durchgedrungen. Ruhig streifte ich es über den Kopf und blieb mit nacktem Oberkörper stehen. Sie musterte mich mit ihren blitzenden schwarzen Augen, und der Anflug eines Lächelns umspielte ihre Lippen.

»Was hast du?« rief sie. »Bist du ein Mädchen? Na, mach schon. Ich will deine Sachen auswringen und trocknen. Dreh dich um, damit ich dir das Haar und den Rücken frottieren kann. Jetzt zieh auch den Rest aus und leg dieses Tuch um.«

Sie ging zu dem Bett, dem strahlend weissen Bett, raffte das Laken zusammen und reichte es mir. Ihre Hände begannen meinen Rücken mit dem Handtuch zu rubbeln und zu massieren. Plötzlich bedeckte sie mich mit Küssen. Sie schloss mich in ihre Arme und flüsterte: »Das ist heisser als Feuer, heisser als Feuer.«

Ich stockte beim Ausziehen und wandte mich zu ihr um. In all ihrem verführerischen Zauber stand sie vor mir – warm, verlockend, halb nackt. Bevor ich mich fassen konnte, umschlang sie meine Hüften. Den Kopf an meine Brust gelehnt, raunte sie: »Bald lodert das Feuer. Mach's wie ich. Umarme mich.«

Ich umarmte sie. Gertengleich gab sie nach, als ich sie an mich zog. So heiss war ihr Körper, so weich und schmiegsam. Ihr schwarzes Haar bedeckte meine Brust wie eine wollene Decke. Ihre Lippen wanderten über meine Haut und hauchten sie warm. Den Hals hinauf stiegen sie zum Gesicht, zu den Wangen, und suchten meinen Mund. Trunken flüsterte sie: »Küss mich.«

Ich küsste sie! Wie eine Aureole umgab die schwarze Haarflut ihr Gesicht. Dann verschwamm alles zu einem dunklen Rahmen, einem Antlitz mit zwei bebenden, fiebrigen Lippen, zwei wilden, glühenden Augen, die flehten und schrien. Ihre Hand lag auf meinen Hinterkopf, ihre Finger durchwühlten mein feuchtes Haar. Schliesslich trennten wir uns.

»Ein Schuljunge!« rief sie lachend.

»Das Examen ist zu schwer.«

»Weder leicht noch schwer. Ein bisschen Übung, und du schneidest bestens ab.«

»War das etwa nur ein Test?«

»Das war zum Aufwärmen«, lachte sie. »Um das Blut in Wallung zu bringen. Hier, nimm!«

Sie warf mir das Handtuch zu, bedeckte sich mit dem Umhang und ging hinaus. Nun zog ich mich ganz aus, trocknete meine Arme und umhüllte meinen Körper mit dem Laken. Ich trat vor den Spiegel. Wie ein Schlossgespenst sah ich aus.

Eine Stunde später sass ich am Feuer und schlürfte eine heisse Suppe. Dampfend trockneten meine Kleider. Ich merkte, dass sich in einer Grotte des Kellers etwas regte. Als der Schein des Feuers darauf fiel, erkannte ich den schwarzen

Esel, der mich bei meinem ersten Besuch so erschreckt hatte. In der Nähe des Feuers lag eine Matte, in der Ecke stand ein Wasserkrug. Weit und breit keine Menschenseele. Ich fragte mich, wo das junge Mädchen geblieben war. Immerhin hatte ich ihr ein eigenes Zimmer mit Schrank und Bett versprochen, das wollte ich auch halten. Ich würde ihr den Schrank und das Bett kaufen, ein Zimmer für sie mieten und sie dort besuchen. Ja, ich würde sie in dem Zimmer besuchen.

Während ich die Holzstücke ins Feuer warf, musste ich immer wieder an sie denken. Plötzlich hörte ich mich laut fragen: »Wohin ist das Mädchen gegangen?«

»Keine Ahnung.«

»Wieso nicht? Hat sie dir nichts gesagt?«

»Warum sollte sie? Ich bin weder ihre Mutter noch sonst für sie verantwortlich.«

Um sie nicht misstrauisch zu machen, verkniff ich mir weitere Fragen. Ich fischte einen dürren Zweig aus dem Holzstoss und begann ihn zu zerkleinern.

»Sie interessierst dich wohl?« fragte sie und rückte näher.

»Sie dauert mich.«

»Du lügst.«

»Tu ich nicht«, sagte ich achselzuckend.

»Doch«, schrie sie, »du lügst!«

»Lass mich in Ruhe! Ich hab keine Lust herumzustreiten.«

»Du machst dir selber was vor.«

»Ich sage dir, ich möchte nicht streiten.«

»Schlappschwanz!«

Wütend über die unerwartete Beleidigung, starrte ich sie an. »Weil ich gekommen bin?«

»Weil du eben ein Schlappschwanz bist.«

»Ich will mich nicht mit dir anlegen. Bedenke, was du sagst. Sei nett.«

»Weshalb hast du sie dann nicht geküsst?«

»Wen denn?«

»Die Kleine, die dir so leid tut.«

»Ihr liegt doch gar nichts daran.«

»Wer sagt das?«

»Na, ich.«

»Du hast sie gekränkt. Damit sie die Kränkung schluckte, hast du sie bestochen. Eine Goldkette zum Geschenk, da würde sie schon die Klappe halten. Ihr seid wahre Meister im Beleidigen.«

»Dafür bist du eine Meisterin im Beschuldigen.«

Sie streckte die Hand aus und riss mir mit einem Ruck das Laken von der Schulter. »Hör zu«, zischte sie. »Ich denke nicht daran, dich zu beschuldigen, das liegt mir fern. Aber sei einmal ehrlich, und gib zu, dass du Angst vor ihr hattest, dass du ihre Krankheit gefürchtet hast. Du glaubtest doch auch, dass sie schwindsüchtig ist. Wie hat das arme Wurm gelitten unter diesem Argwohn, unter der Niedertracht der Leute, den scheuen Blicken, mit denen sie ihren dürren Körper musterten.«

»Und was ist mit dir?« fuhr ich sie an. »Hat sie etwa nicht gelitten unter deiner Verachtung? Sei auch du ehrlich. Red schon! Hast du sie nicht gezwungen, nackt auf einer schmutzigen Matte zu liegen? Das war wohl nicht grausam von dir?«

Ich stand auf, um ihr ins Gesicht zu sagen: »Richtig gemein hast du sie behandelt. Sie hätte dich umbringen müssen. Sie hat's nicht getan, weil sie nämlich viel zu human ist. Sie ist das einzige menschliche Wesen von uns allen.«

Ich warf mir das Laken wieder um die nackten Schultern. Dann hockte ich mich ans Feuer und wendete meine Hose zum Trocknen. Die Frau sah ich nicht mehr an. Ich hatte keine Lust, mit ihr weiterzustreiten. Nicht, weil sie endlich Ruhe gab, sondern weil es stimmte – ich war ein elender Schlappschwanz. Etwas fehlte mir, um mutig und gut zu sein. Ein Etwas, das ich erahnte, um das ich litt und das ich dennoch nicht erlangen konnte. Die Frau kannte es, der Schneider kannte es, nur mir blieb es verschlossen.

Die Frau schwieg. Sie liess ab von mir. Auch sie hatte genug vom Streiten. Nicht, dass sie aufgegeben hätte, aber sie blickte der Wahrheit ins Auge: Sie hatte grausam an dem Mädchen gehandelt, trotz aller Rechtfertigungen, die sie für sich zusammenbastelte.

Eine bedrückende Stille herrschte. In meinem tiefsten Innern gab ich zu, ein Feigling zu sein. Sogar Madames Verwalter war besser als ich. Wenigstens zögerte er nicht. Er übte kein Mitleid und täuschte keins vor.

»Entweder Liebe oder Hass«, hatte der Schneider gesagt, »Mut oder Feigheit. Ein Zwischending gibt es nicht. Angenommen, eine Situation ist unentschieden. Sie wankt und schwankt wie das Zünglein an der Waage. Doch wie das Zünglein, so die Situation. Beides pendelt sich ein. Was schwerer wiegt, entscheidet.« Der Schwarm meiner Schwester, die Jakobiner, wogen schwerer. Sie entschieden die Lage und verliehen der Revolution neuen Schwung.

Das Feuer knisterte. Es war das einzige Geräusch, das die gespannte Stille unterbrach. Die Frau von der anderen Seite betrachtete mich nachdenklich, und auch ich dachte nach. Jeder von uns entdeckte, dass der andere recht hatte. Sie war zu hart mit dem jungen Mädchen umgesprungen, und ich hatte mich feige zu ihr verhalten. Die Frau benutzte sie für ihre Rache, ich missbrauchte sie für mein Selbstmitleid. Aus Eigennutz bot sie ihr eine Bleibe, und aus dem gleichen Grund schenkte ich ihr die Kette.

Die Frau verschwand für ein Weilchen, dann kam sie zurück und blieb hinter mir stehen. Ich kauerte am Feuer und starrte weiter in die Flammen. Plötzlich merkte ich, dass sich über meinem Kopf etwas bewegte. Ich sah auf und erkannte die Kette, die an ihrem Finger baumelte und wie ein Uhrenpendel vor meiner Nase hin und her schwang. Im Glutschein wanderte der Schatten über mein Gesicht und mein Haar. Mochte sie doch tun, was sie wollte! Mich erfasste ein dumpfes Gefühl von Ärger und Abneigung gegen die Frau und das Mädchen. Ich sagte mir, dass sie die Güte meiner Schwester weder verstehen noch würdigen konnten. Sie bedeutete ihnen nicht mehr als das Geld meines Vaters. Ein Geschenk von Herzen fand keinen Weg zum Herzen dieser Frauen. Sie betrachteten es als gönnerhafte Gabe, als ein Almosen, das sie schroff zurückwiesen.

Die Frau sagte sanft und schmeichelnd: »Halt deine Hand auf.« Ich tat es. Sie liess die Kette darauf fallen.

»Bring sie dem Eigentümer zurück«, sagte sie. Ich häufelte die Kette auf meiner Handfläche, umschloss sie mit den Fingern, spielte ein bisschen damit herum. Dann warf ich sie ins Feuer.

»Warum?« schrie sie auf.

»Darum. Weil niemand sie haben will.«

»Und wer ist das, dieser Niemand? Der Kleinen hast du sie geschenkt, aber sie möchte die Kette nicht. Sie bat mich, sie dir zurückzugeben, was ich hiermit getan habe. Wem gehört diese Kette überhaupt? Oder hast du sie gekauft?«

»Nein, so was wäre mir gar nicht eingefallen. Ich sollte sie dir als Geschenk bringen, von meiner Schwester.«

»Für mich? Von deiner Schwester? Wieso? Aus welchem Anlass? Wohl als Trostpflaster für die Beleidigung?«

Aufgeregt sprudelte sie die Worte hervor, als redete sie mit sich selbst. Ihre Stimme verriet, wie gern sie erfahren hätte, warum ihr meine Schwester eine Kette sandte und weshalb ich sie dem jungen Mädchen gegeben hatte.

Als sie nähertrat, fasste ich nach ihrer Hand. »Das ist doch kein Trostpflaster!« rief ich. »Weder meine Schwester noch ich dachte an so etwas. Im Gegenteil. Wir boykottierten eine Anweisung meines Vaters, weil wir sie für eine Beleidigung hielten. Am Tag nach dem Zwischenfall kommt er in mein Zimmer, legt ein paar Geldscheine auf die Kommode und sagt, das wär für dich! Als nachher meine Schwester zu mir kam, forderte ich sie auf, das Geld aus dem Fenster zu werfen, von mir aus Almosen dafür zu spenden oder Kerzen zu stiften. Sie bestärkte mich in meiner Ablehnung. Sie verwahrte das Geld, dann kam sie mit dieser Kette. ›Sie gehört mir‹, sagte sie. ›Gib sie ihr in meinem Namen, als Dank für ihre Haltung mir gegenüber.‹ Ich fand ihre Gefühle aufrichtig. Sie war dir so dankbar und wollte das irgendwie zum Ausdruck bringen. Sie wusste nur nicht, wie. Da hat sie dir eben ihre Kette geschickt.«

Die Frau schloss die Augen und dachte nach. Ihre Züge wurden weich, sie leuchteten von einer inneren Freude, wie man sie fühlt, wenn man einen lieben Gruss empfängt oder ein freundliches Wort vernimmt. Sie fragte nicht mehr, warum ich dem jungen Mädchen die Kette geschenkt hatte. Sie vermutete wohl, dass ich zwingende Gründe hatte, so zu handeln, und gab sich damit zufrieden.

»Du hättest sie aber nicht ins Feuer werfen dürfen«, sagte sie noch.

»Reden wir nicht mehr drüber, es war mein Fehler ... Ich habe dem Mädchen ein Zimmer mit Schrank und Bett versprochen. Ich war nicht schlecht zu ihr. Schön, ich habe weder mit ihr geschlafen noch habe ich sie geküsst, doch schlecht bin ich nicht zu ihr gewesen. Sie tat mir bloss leid, dabei brauchte sie mein Mitleid gar nicht. Sie ist einfach fortgegangen.«

»Niemand braucht jemandes Mitleid.«

»Verstehe.«

»Wenn du das verstehst, so betrachte die Kette als angenommen. Der Spenderin besten Dank! Jetzt aber Schluss mit dem Gerede. Legen wir uns schlafen.«

Sie langte nach dem Wasserkrug und goss ihn langsam über dem Feuer aus. Bevor es ganz verlöschte und das Dunkel uns einhüllte, bat ich sie: »Gehen wir mit der Matte ins andere Zimmer.«

Sie trat vor mir hinaus. Ganz ruhig war sie und sanft. Keine Spur von Streitsucht lag in ihren Bewegungen, kein Zeichen von Angriffslust. Wir wollten beide nur noch schlafen, eng umschlungen, aneinander geschmiegt, die ganze Nacht.

Ich klemmte meine trockenen Sachen unter den Arm, um die Matte zu tragen. An der Schwelle drehte sich die Frau zu mir herum. Sie nahm mir die Matte ab, öffnete die Tür und warf sie in den Hof. Danach deckte sie das Bett auf und löschte das Licht. Unter der Decke schloss sie mich in ihre Arme. Wir waren nackt. Das Bett begann zu schaukeln, sachte erst, dann heftiger, immer heftiger. Draussen grollte der Donner. Im Licht eines Blitzes ahnte ich ihre Augen, und ich tauchte hinein wie in einen exotischen Dschungel voller Schrecken und Wonnen. Ich verlor mich, verging in diesen Augen, bis ich irgendwann zurückfand, mit einem langen, langen Atemzug, tief wie ein bodenloser Seufzer.

Wir verharrten, ohne uns zu trennen. Wir erkalteten nicht, wir bäumten uns nicht auf. Wir hielten einander umfangen und kosteten die Erfüllung unserer heissen, erregten Körper aus, die jetzt mit allen Poren ihren einzigartigen Amberduft von Rausch, Lust und Glück verströmten.

Sie blieb in meinen Armen. Ich durfte sie noch behalten, ihre Wärme und Sanftheit geniessen. Wir dachten nicht ans Aufstehen, fragten weder nach Heute und Morgen noch nach Sorgen und Problemen. Wir schlummerten ein und vergassen alles. Draussen tröpfelte der Regen und spielte uns sein monotones Wiegenlied.

Plötzlich fuhren wir hoch. Ein Schrei, gellend wie eine Granate, durchschlug die gläserne Stille. Wir hörten Gepolter an der Tür nebenan, einen dumpfen Aufprall und das Getrappel von Füssen, die in der engen Gasse davonrannten. Sofort erschallten aus den Nachbarfenstern besorgte Rufe, ein Stimmengewirr, das wir bald nicht mehr unterscheiden konnten.

Nackt, wie sie war, sprang die Frau aus dem Bett und riss die Tür auf. In diesem Moment hörten wir die Frau des Schneiders schreien: »Sie haben ihn umgebracht! Umgebracht!« Während der Tumult in der Gasse anschwoll, versuchten wir so rasch wie möglich in unsere Kleider zu kommen. Dann vernahmen wir lautes Weinen und eine Stimme, die schluchzte: »Sie haben ihn ermordet! Sie haben den Schneider ermordet! Den guten Mann haben sie umgebracht! So ein Unglück!«

Die Frau rannte hinaus in den Regen. Barfüssig, nur das Nachthemd auf dem Leibe, stürzte sie los. Ich lief ihr nach, mitten durch die Pfützen. Wir erreichten die Aussentür und eilten mit den Leuten die Treppe hinauf, zur Wohnung des Schneiders.

Jemand schrie: »Licht! Macht Licht an!«

Ein Mann kam von der anderen Seite des Hauses mit einer Gaslampe gelaufen. Er schaffte es nicht bis herüber. Der Wind blies die Lampe aus. Einige zündeten Streichhölzer und Feuerzeuge an. Zwischen den vielen Beinen und Füssen vor der Wohnungstür erkannte ich einen ausgestreckten Körper. Seine Brust war voller Blut. Männer bückten sich, um ihn hochzuheben. Wehklagen ertönte: »Er ist tot! Er ist tot!«

Andere riefen: »Tragt ihn hinein! Bringt doch Licht!«

Eine Stimme sagte: »Holt den Doktor, vielleicht lebt er noch.«

Eine andere antwortete: »Zwecklos. Er atmet nicht mehr.«

In diesem Augenblick ging das Licht wieder an. Alle stürmten zur Tür. Ich war nicht fähig, einzutreten, die Frau sah ich auch nicht mehr. Ich stand draussen und kämpfte mit den Tränen. Später, im Regen, weinte ich los.

Niemand hatte mich erkannt, niemand beachtete mich. Sie waren in Panik. Alle redeten laut durcheinander und drängten sich an der Tür und am Fenster. Dort in dem Raum, wo ich getanzt hatte, im Kreisrund, wo ich die Erde, die schlafende Hundetochter, wach stampfen wollte, schlief der Schneider seinen ewigen Schlaf. Die Leute umringten ihn, wie sie mich umringt hatten. Einige begannen ihn zu entkleiden, um die Wunde zu sehen, den Einstich des Dolches in seine Brust, mitten ins Herz.

Unaufhörlich strömte der Regen, lauter wurde das Geschrei. Ich stand draussen und stellte mir das Gesicht meines Meisters vor, wie er musizierte und ich dazu tanzte. Beifall brandet auf, das Lächeln erstrahlt. Ich springe in die Luft und lande, ein Bein gestreckt, das andere angewinkelt. Der Dolch in meiner Hand spinnt Kreise aus Licht, um die Dunkelheit für immer zu bannen. Ich rief mir seine Stimme zurück, als er zu mir sagte: »Spiel mit deinen Füssen. Stampf auf die Erde, stosse hinein!« Jetzt hatten sie sein Herz durchstossen. Sie haben ihn beseitigt, damit er nicht mehr existierte, nicht mehr lehrte. Aber er hat existiert, und er hat gelehrt. Viele vor mir haben an diesem Platz getanzt und mit ihren Füssen auf die Erde gestampft. Andere hörten es und begannen selbst aufzustampfen. Die Frau mit den schwarzen Augen war einfach losgerannt, im Nachthemd, ohne Schuhe. Sie hatte den Ruf vernommen und war ihm gefolgt. Auch in den Hütten war der Ruf angekommen, und er wurde befolgt. Und sie, die Frau mit dem Lächeln, das Abbild im Bildnis, würde ihn ebenfalls hören und befolgen.

Wie sagte der Schneider einmal: »Alles hängt von der Beharrlichkeit ab, mein Sohn.«

Weshalb fühle ich mich so fremd? Wieso stehe ich ausserhalb? Der Schneider bedeutet mir genauso viel wie ihnen. Er lehrte mich tanzen, wie er sie tanzen lehrte. Er offenbarte mir seine Weisheiten, wie er sie ihnen offenbarte. Die Frau mit den schwarzen Augen warf heute nacht die Matte in den Hof und umarmte mich in ihrem Bett. Die Frau mit dem Lächeln erschien mir in einem flüchtigen Blitz. Da drinnen liegt sein Leichnam aufgebahrt, aber ich beweine ihn hier. Warum gehe ich nicht hinein und reinige seine Wunde, wie es die Frau mit den schwarzen Augen jetzt tut? Warum bin ich nicht bei ihm, mit ihr zusammen? Gerade ich, dem sie vertraut und mehr Ehre erwiesen hat, als ich verdiene?

Ich ging zur Tür, fest entschlossen, meinen Meister in die Arme zu schliessen, ihn zu küssen und ihm auf immer Lebewohl zu sagen. Doch plötzlich vernahm ich den Namen meines Vaters.

Die Frau des Schneiders schrie: »In seinem Auftrag haben sie ihn getötet! Weil er ihm den Tanz beibrachte! Der Barbier hatte mich noch gewarnt. ›Sehen Sie sich bloss vor‹, sagte er zu mir. ›Sein Grossvater war Konsul. Und sein Vater ist ein hohes Tier im Serail. Der verzeiht Ihrem Mann nie, was er da anstellt. Wenn er nicht damit aufhört, wird er ihm was antun.‹«

Ich war so schockiert, dass ich zitterte. Es passte, es stimmte! Trotzdem, ich wollte und konnte es nicht glauben. Aufgewühlt, wie ich aus dem Haus meines Onkels ins Unwetter hinausgerannt war, stürzte ich nun aus dem Haus des Schneiders. Nur rasch heim! Meinen Vater zur Rede stellen! Rechenschaft von ihm fordern! Bevor ich unsere Tür erreichte, sah ich zwei Männer herauskommen und eilig in der Dunkelheit verschwinden.

Beweis genug für die Behauptungen der Schneidersfrau! Mein Vater war der Mörder, und ich das Motiv. Er hatte ihm nicht verziehen. Sie verziehen keinem Mann, der die Leute lehrte, die Erde wachzustampfen. Eher vergossen sie sein Blut. Und erweiterten den Graben.

Heftig, mit beiden Fäusten, schlug ich gegen die Tür, obwohl ich den Schlüssel bei mir trug. Mein Vater öffnete, er war im Pyjama. Fassungslos über meinen Zustand, brachte er kein Wort hervor. Er begriff, dass ich Bescheid wusste und ihm um nichts in der Welt vergeben würde.

Ich starrte ihn an, mit einem harten, unbarmherzigen Blick, dann schleuderte ich ihm meinen rasenden Hass ins Gesicht: »Mörder!«

Er schrie im selben scharfen Ton zurück: »Schweig!«

Das Licht ging aus.

Zwischen uns herrschte tiefes Dunkel.

Anmerkung
Bibelzitierungen sind der Textfassung des Romans angepasst. Die Übertragung beruht auf: Die Bibel. Nach der deutschen Übersetzung D. Martin Luthers. Altenburg, 1970.

In keinem seiner Werke verliere Hanna Mina seine politische Botschaft aus den Augen, stellt Mustapha M. Badawi, renommierter Kenner arabischer Literatur, in seiner arabischen Literaturgeschichte fest. Und schon mit seinem ersten Roman, *Die blauen Lampen* (1954) habe der syrische Autor eine Version des Realismus oder gar sozialistischen Realismus eingeführt, der die Literatur seines Landes zwei Jahrzehnte lang beherrschen sollte. Er folgte darin einem Trend der ägyptischen Literatur, der dort schon ein bis anderthalb Jahrzehnte früher eingesetzt hatte und der auch stark durch Übersetzungen aus der russischen Literatur mitgeformt war. Gorkij, Tschechow und andere russische Autoren sind in Hanna Minas zahlreichen Interviews häufig genannte Namen.

Doch mahnt Hanna Mina zur Vorsicht und sucht im literarischen Schaffen, im Gegensatz zu manch anderem Autor, direkte politische Meinungsäusserung zu vermeiden. »Bei mir«, sagt er einmal, »gibt es keine unmittelbare Beziehung zwischen Roman und politischer Wirklichkeit. Ich behandle einen Vorgang, der in sich eine politische Wirklichkeit enthält, vermeide aber tunlichst diese verführerische Falle, die uns dazu verleitet, für unsere Gedanken, seien sie philosophisch oder psychologisch, und für unsere Erlebnisse, seien sie politisch oder seelisch, einen erzählerischen Rahmen finden zu wollen. Wenn ich schreibe, so schreibe ich über ein Ereignis, das einen Gedanken enthält, nicht über einen Gedanken, der nach einem Ereignis sucht.«

Die in *Sonne an bewölktem Tag* und zahlreichen anderen Romanen Hanna Minas geschilderten Ereignisse entstammen der syrischen Wirklichkeit, in die der Autor hineingeboren und in der er aufgewachsen ist.* Hanna Mina kam 1924 in Latakîja zur Welt, nur kurz nachdem Frankreich in der Folge des Ersten Weltkriegs in Syrien sowie im Libanon und Grossbritannien im Raum zwischen Palästina und Irak als Mandatare die Kontrolle übernommen hatten. Erst nach dem Zweiten Weltkrieg haben die Europäer die Region, vielfältig umgestaltet, wieder geräumt, unter Zurücklassung nicht weniger Antipathie in weiten Kreisen der Bevölkerung, die an der Gestaltung der Politik damals nur sehr begrenzt beteiligt war.

Es ist also nicht überraschend, dass jene Zeit mit ihrer Not, ihrem Elend und der erlittenen Erniedrigung auf der einen, dem Widerstand und dem als heldenhaft gesehenen Kampf gegen die fremden Invasoren auf der anderen Seite vielfältigen Stoff für literarische Verarbeitung lieferte.

In einer Art zweibändiger Autobiografie hat Hanna Mina, der insgesamt nur vier Jahre zur Schule gehen konnte, seine von Not und Armut gekennzeichnete Kindheit in zwei Büchern dargestellt: *Bilderreste* (1975; deutsch 1994, Lenos Verlag) und *Der Sumpf* (1977) zeichnen das Leben des Autors bis zu dem Augenblick, als seine Familie Alexandretta (Iskenderun) verlässt, nachdem die Region im Jahre 1938 der Türkei überlassen worden war. Doch auch in anderen Werken ist, auf diese oder jene Weise, in den

* Über Leben und Werk des Autors vgl. das Nachwort zu seinem Roman *Bilderreste* (aus dem Arabischen von Angela Tschorsnig; Basel, Lenos, 1994)

»Helden« so manches vom Autor eingegangen. »Meine Helden«, sagt dieser einmal, »sind Teil der Wirklichkeit, die ich in meinem Romanwerk behandle, und Teil meiner selbst, durch den die Wirklichkeit hindurchgeht und zu einer anderen wird.«

Der sozialistische Realismus ist im Verständnis von Hanna Mina ein weiter Rahmen für literarische Stilarten. »Es stimmt«, sagt er in einem Interview, »dass ich in *Sonne an bewölktem Tag* und ein paar anderen Romanen den Reichtum des sozialistischen Realismus deutlich gemacht habe, seine Fähigkeit, mit allen literarischen Schulen zusammenzuwirken und aus allen Strömungen und Stilen Nutzen zu ziehen, ohne sich selbst zu verlieren. *Sonne an bewölktem Tag* hat drei Dimensionen: die realistische, die romantische und die symbolisch-mythische. Dazu kommt der Duft der Poesie. Dieser Roman ist ein Zeugnis des schöpferischen Realismus, der sich so oft den Attacken der formalistischen Kritiker ausgesetzt sieht oder jener Figuren, die sich mit der Kritik salben, deren kritisches Produkt dann aber nichts anderes offenbart als ihre persönliche Ignoranz.«

Doch nie verliert Hanna Mina, wie eingangs gesagt, die politische Botschaft aus den Augen, und diese handelt vom Kampf zwischen Hütten und Palästen. »Worum geht es denn in *Sonne an bewölktem Tag?*«, fragt er in einem Interview und gibt die Antwort: »Es geht ganz einfach um den Kampf zwischen der Feudalklasse und der neugeborenen Bourgeoisie, dem Kleinbürgertum, das da und dort zwar die Macht übernehmen, nicht aber den Feudalismus ausrotten und eliminieren konnte, weil es sich eben um eine Bourgeoisie handelt, die den feudalistischen und den kapitalistischen

Samen in sich trägt, der einfach beginnt und kompliziert endet – in der Spaltung aufgrund des Reichtums, den ein Teil dieser Bourgeoisie erwirbt. Ein Bourgeois liefert sich nicht selbst an den Strick, das heisst, er verwandelt sich nicht in einen Proletarier und bleibt deshalb Kleinbürger, zögernd, schwankend, unentschlossen. Der Held in *Sonne an bewölktem Tag* ist dafür ein hervorragendes Beispiel. Er war nicht imstande, seinen Vater, den Repräsentanten des Feudalismus und der Kollaboration mit dem französischen Imperialismus, zu töten, während sein Vater, mit der Entschlossenheit des Klassenfeindes, imstande war, den Schneider zu ermorden, den Revolutionär und Mitverschworenen seines bourgeoisen Sohnes. Der Sohn kommentiert das mit den Worten: ›Mir tut es leid um den Drachen. Ich bin noch nicht sein Feind. Bin ja selber Drachenbrut.‹ Das ist ein klares Bekenntnis, das wir nicht übersehen sollten.«

Die Empörung, der Wille zur Revolution, der Traum von der besseren Welt ist Inhalt des Romans, und diese Empörung wird, wohl zum erstenmal in der arabischen Literatur, durch die Kunst, durch die Musik, durch den Tanz, durch die menschliche Kreativität symbolisiert. Sie hebt die Grenzen auf, die die Gesellschaft gesetzt hat. Der Dolchtanz wird zum Tanz des Lebens. Beim Dolchtanz muss man auf die Erde stampfen, damit sie aufbricht.

Hartmut Fähndrich

PS. Zur Erleichterung der Aussprache arabischer Namen wurden in der Übersetzung betonte lange Silben mit einem Zirkumflex (^) versehen.

Literatur aus Syrien im Lenos Verlag

Geschichte eines kurdischen Kindes
Aus dem Arabischen von Burgi Roos Khalil
107 Seiten, gebunden, mit Schutzumschlag
ISBN 3 85787 237 3

»Barakat verknüpft in seiner Erzählung überzeugend den kritischen Rückblick eines entwurzelten Erwachsenen mit der Sicht eines Kindes, das bereits ahnt, dass Kurde sein Ausgrenzung bedeutet.«
Frankfurter Allgemeine Zeitung

LITERATUR AUS SYRIEN IM LENOS VERLAG

Roman aus Syrien
Aus dem Arabischen von Angela Tschorsnig
331 Seiten, gebunden, mit Schutzumschlag
ISBN 3 85787 225 X

»Hanna Mina, heute gewiss der renommierteste Romanciers Syriens, hat seine Bildteilchen mit Mühe und mit Freude gesammelt. (...) Der Roman erzählt aus der Sicht eines Jungen schlicht, anrührend und wahrhaftig von harten Gutsherren, armen Schluckern und Aufrührern, von solidarischen Frauen und kämpferischen Prostituierten, und von den Schwächsten, den Kindern.«
Sächsische Zeitung